中国记者自选集

穿越时空的眷恋

——薛崧云获奖新闻作品选

来自全国发行量最大的晚报
来自新闻战线最前沿的实战
来自30年呕心沥血布袍萧索鬓如丝

薛崧云◎著

光明日报出版社

图书在版编目（CIP）数据

穿越时空的眷恋：薛崧云获奖新闻作品选 / 薛崧云著. -- 北京：光明日报出版社，2017. 11

ISBN 978 - 7 - 5194 - 3652 - 0

Ⅰ. ①穿… Ⅱ. ①薛… Ⅲ. ①新闻—作品集—中国—当代 Ⅳ. ①I253

中国版本图书馆 CIP 数据核字（2017）第 287182 号

穿越时空的眷恋：薛崧云获奖新闻作品选

CHUANYUE SHIKONG DE JUANLIAN：

XUESONGYUN HUOJIANG XINWEN ZUOPINXUAN

著　　者：薛崧云

责任编辑：许　怡　　　　责任校对：赵鸣鸣

封面设计：中联学林　　　　责任印制：曹　诤

出版发行：光明日报出版社

地　　址：北京市西城区永安路 106 号，100050

电　　话：010 - 67078251（咨询），63131930（邮购）

传　　真：010 - 67078227，67078255

网　　址：http：//book. gmw. cn

E - mail：xuyi@ gmw. cn

法律顾问：北京德恒律师事务所龚柳方律师

印　　刷：三河市华东印刷有限公司

装　　订：三河市华东印刷有限公司

本书如有破损、缺页、装订错误，请与本社联系调换

开　　本：710 × 1000　1/16

字　　数：246 千字　　　　印　张：15. 25

版　　次：2018 年 3 月第 1 版　　　　印　次：2018 年 3 月第 1 次印刷

书　　号：ISBN 978 - 7 - 5194 - 3652 - 0

定　　价：54. 00 元

人在路上　路在笔下　笔在心中（代序）

人物再小也是条性命。忙忙碌碌的，一抬头，发现生命已混去大半，事业也基本结束，心里有点空。青葱少年，时光吹老。遥想当年辞掉行政公务，背上挎包就上路，只身来到大江边，那种胸怀朝阳、浮想联翩的意气风发，而今安在哉！不过，总得给空空的心里塞点啥才好，于是私下里嘀咕：出本书吧。

我是向来反对滥出书、出滥书的，占据空间，浪费资源，说不准还会带来病毒。一般出书无非"名""利"而已，什么"黄金屋""颜如玉"之谓也。而我为了什么？说"名"吧，写过不少稿子，拿了不少奖项，自以为好歹也是个"名记"了吧，就算不是，靠出本小书在当地成为当红明星，怕是天方夜谭，想想都难；说"利"吧，这本书没有企业大款赞助，估计也卖不出去几本，还得瑟瑟地自掏腰包刊印，得不偿失那是板上钉钉的事；为了评职称？这倒热门，搞得丑书假论文满天飞，但我已经获评新闻系列最高职称，不需要"著作"这个硬件了。说了半天还得绕回去，我出书的宗旨大抵是：在无害他人的前提下骗骗自己，或者为了证明：我曾在路上，我仍在路上。

出什么书呢？时评言论集，通讯特稿集，时政报道集，企业策划集，论文集，散文集……想了许多，也想了许久，难以定夺。归根到底还是怕，怕才疏学浅，误人子弟，怕自损尊严，贻笑大方。思来想去，最后决定先出这本获奖新闻选，并决定只选取相当于省年度好新闻二等奖及以上的。理由有三：其一，是我对这些稿件的采写真的发过力、动过情，深悟个中酸甜苦辣咸，也算是"代表作"吧；其二，如果这不是本"滥书"，那么我愿把痛苦、快乐和我一直坚持的"以散文笔法写通讯、以杂文笔法写言论"的尝试，以及我的一些新闻观点，与新闻界同仁、高校文科学子、机关文员、企业文案乃至中小学生及家长们分享；其三，如果这就是本"滥书"，给读者带来不适，那说明社会的新闻价值取向出了问题，说明评委们设定的评奖标准出了问题，不全是我的事，各打三十大板差不多。于是如释重负，想着都开心。

选稿难，分类更难，难于爬格子、敲键盘、上青天，分来分去，还是打断骨头连着筋，割舍不下。那就再来个“需要说明的是”吧：第一，小书所收文章均首发《扬子晚报》，分四部分，“系列报道”往往参与者众，每个系列只选取本人撰写的代表性文字，如有另获单篇奖的就拎入“通讯特稿”部分，如果是言论则归入“时评言论”部分，可互读。第二，文后标注获奖类型和等级，以及获奖信息、相关文图等，以示真实；因时间久远，有两三份获奖证书一时难寻，信不信由你。第三，由于时间跨度较大，评论部分有些观点难免不合时宜，比如“抵制有偿家教”，姑妄收之姑读之。第四，“市民茶座”是沙龙式群众评论栏目，由我主持、筛选、编辑，只收录获奖年度由我出题并码字的话题预告及相关资料。第五，有的文章见报时署有合作者，但如果文字全部出自吾手，就不标其名了，深表歉意；另有《汗水滴滴重千钧》《心心相印情似海》两篇，由于分头多地采访，我只能原创其中的部分，本不打算收录，又怕“上气不接下气”，影响“互读”，就勉为其难了，在此对合作者深表谢意，同时请求：亲们收集出书时亦无须署我陋名，千万别客气。第六，发表过几篇论文，一并有针对性收入，对读者或有裨益。

至于那些未参加评奖窃以为不比获奖稿件逊色甚至更佳的作品，本拟收入“附录”部分，太多，怕喧宾夺主，就先忍痛割爱吧，来年山花烂漫时，或许再出一本“未获奖作品选”，亦未可知。

以上就算是序吧。

2016 年 11 月草写于南京
2017 年 7 月修改于北京

目　录
CONTENTS

通讯特稿篇:感天动地一个吻 …… **1**

顺手牵羊“牵”出好新闻 …… 3

阳光,洒满“窗口” …… 7

汗水滴滴重千钧 …… 12

检测“皮肤识字” …… 15

穿越时空的眷恋 …… 18

无尽哀思麻栗坡 …… 26

一篮吃不完的鸡蛋 …… 30

拥抱每一天的太阳 …… 34

感天动地一个吻 …… 39

六万海里牵“神五” …… 43

“不能顶天,我也要立地” …… 47

长荡湖畔英雄路 …… 51

寻找通讯的几个“点” …… 55

时评言论篇:三五年,是短还是长 …… **63**

我的言论“不归路” …… 65

师德无价 …… 68

校园圣洁　众望所归 …… 69

张宗友,“希望工程”的骄傲 …… 71

张宗友,老区人民的好后生 …… 72
张宗友,贫困生的榜样 …… 73
张宗友,时代的幸运儿 …… 74
孩子,你为什么这样做 …… 75
生命,呼唤家庭美德 …… 76
生命,呼唤社会净土 …… 77
教育,是综合工程 …… 78
为“校园大讨论”叫好 …… 80
拨旺理想的篝火 …… 81
为了母亲的希望 …… 82
展示青春的风采 …… 83
校正人生的轨迹 …… 84
摘取明天的辉煌 …… 85
感谢老教授的警世良言 …… 86
校园不是平静的港湾 …… 87
花掉的不只是金钱 …… 88
交往,无需“媚俗” …… 89
急火烙不出好烧饼 …… 90
“完美”情结几时解 …… 91
少年之过谁之责 …… 92
勿让应试魔棒逞凶 …… 93
踏平坎坷成大道 …… 94
理想,在平凡中闪光 …… 95
情操,在理解中升华 …… 97
价值观,在贫病中凸现 …… 99
三五年,究竟有多长 …… 101
三五年,是短还是长 …… 103
三五年,不短也不长 …… 105
向您致敬,崇高的父母! …… 108
生命,私欲膨胀成恶魔 …… 109

生命,燃烧不已腾烈焰 …… 111
中国结,挂起来! …… 113
知错悔过不为晚 …… 115
难忘今宵 …… 117
今天是个好日子 …… 119
明天会更好 …… 121
生命无悔十八年 …… 123
非同寻常“百家饭” …… 125
咫尺天涯寄深情 …… 127
如此殊荣,说明了什么 …… 129
春风化雨,点点滴滴上心头 …… 132

系列报道篇:一位烈士遗孤的期盼 …… 137

迈向21世纪的脚步 …… 139
片片绿叶映芳菲 …… 145
人各天涯“车”相随 …… 147
心心相印情似海 …… 151
情染大江南北 …… 155
蔡艳红小店一日 …… 159
一位烈士遗孤的期盼 …… 163
为了这一天 …… 169
情涌泪飞会亲人 …… 174
魂牵梦绕16载 …… 178
雪域赞歌的回响 …… 181
情燃《方太阳》 …… 186
他们,永远执着 …… 190
像陈阳那样珍爱生活 …… 193
生活是大海,我是水手 …… 196
暖心的泉水,从四面八方涌来 …… 199
打开青苔喝山泉 …… 204

市民茶座篇:劳模授课该不该收费 …… 209
评扬子晚报“市民茶座”专栏 …… 211
“市民茶座”1998 年度各期话题 …… 212
多读书少喝酒,走向新文明 …… 221
晚报都市报言论怎样“接地气” …… 223

主要获奖作品目录(省二等奖及以上) …… 229

通讯特稿篇

01

感天动地一个吻

顺手牵羊“牵”出好新闻

——也说新闻记者如何“俯下身、沉下心、动真情”

写出好新闻，是每个记者的追求。然而好新闻从哪里来？经典答案是“脚板子底下出新闻”，这没错，但只有“脚板子”还不够，还要有“心”、有“眼”、有“抓手”，否则好新闻就会稍纵即逝、擦肩而过。本文试从《扬子晚报》几篇获奖作品，结合记者切身体验，谈谈如何“邂逅”好新闻、“攒住”好新闻、“炮制”好新闻。其中有点巧合，有点幸运，甚至有点可遇不可求，但一切并不偶然。

捕风捉影：从“五十把伞”到“一篮鸡蛋”

2003年春节之后，记者“奉命”到徐州采访一出租车司机。为了方便乘客，他在车里放了50把伞，让乘客遮阳避雨撑回家，下次乘车再带回来，几年下来50把伞居然一把没丢。一把普通的伞通过一名普通出租车司机，在一个个普普通通的乘客手里，成了文明的接力棒。这是通讯《五十把伞，撑起一方晴空》的内容，按下不表。

话说就在采访即将结束时，一位素昧平生的市民告诉记者，说有一个三年级女孩患白血病去世，去世时手里还紧握着一幅画。本来，生老病死世之常情，看不出有什么新闻点，采访几天载渴载饥，也该回南京复命了。但是，那幅画在记者脑海里却挥抹不去。那是谁的画？画的什么？为什么在幼小生命残酷结束时还“紧握着”？她在短暂人生的尽头想了什么说了什么？好奇心和同情心强迫记者留下，没早没晚继续采访。

原来，在她化疗三年半又住院一年多期间，学校师生和社会各界纷纷伸出救援之手，班上小同学们送来鲜花、图书、折纸、水果等，但邵×却送来一幅水彩画，太阳下一片草地，草地上一棵大树，大树下一篮鸡蛋，画上留言：“我知道你现在最需要营养，可我父母都下岗了……”

原来，她脊髓移植出现机体排斥，昏迷几天醒来，喃喃地说："妈妈，我要看看那张画，我要吃生日蛋糕……"20 分钟后她又试着坐起来，断断续续地说："妈妈……你说……要……帮别人……邵×……家里……穷……"妈妈含泪点头，赶紧拿出还未来得及读给女儿听的《中国神话故事》，一口气读了 50 多页，看看女儿已经永远睡着了，苍白的小手还紧握着那幅画……

原来，开学那一天，父母来到女儿生前班级，说女儿不在了，你们都是我的孩子，并替邵×交了 70 多元学费。他们把女儿治疗剩下的钱和药，交到其他几个病友手中，说"孩子病时，大家帮过我们。现在孩子去世了，我们也该力尽所能帮助别人"。他们拿着密密麻麻的欠账单说："咱两口这辈子能还清，还不清的是女儿的心愿，是大伙对咱的那份情意……"

通讯《一篮吃不完的鸡蛋》见报后，受到好评，并获得江苏省年度好新闻二等奖。

"一篮鸡蛋"与"五十把伞"的采访任务风马牛不相及，其信息来源似乎也天马行空不着边际。但要是没有"闻心"和"慧眼"去捕捉，没有"吃着碗里看着锅里"的业态追求，这一稍闪即灭的亮点怕是要永远沉寂于滚滚红尘之中，也是要与好新闻失之交臂的。

道听途说：从"小店一日"到"生命之吻"

《扬子晚报》曾报道过一对夫妇在贫病中舍小家为大家的故事。丈夫是"远望二号"海洋测量船科技人员，长年在大洋上"追星赶箭"。为了支持丈夫完成"国家级大任务"，在江阴基地，并无工作的妻子承担了家中一切。2000 年初，她患尿毒症，后在社会各界的关怀下，这位情系祖国航天事业的好军嫂做了肾移植手术。一年过去，她怎样了？2001 年 11 月，记者来到江阴回访。这时她每天要按时服 5 次药，每月送检血样。她开了个 20 平方米的小服装店，得到基地家属和市民的关心。她每天早上 6 点起身，烧饭、送孩子上学，8 点骑着自行车，捎上一瓶水，赶往小店……不日，通讯《蔡艳红小店一日》见报。

在小店采访时，一基地家属同蔡艳红拉家常，说："四号船一姓王的人就没你幸运，他肾衰竭去世，才 28 岁，留下不满周岁的儿子，真可惜。"

又是远望号，又是肾衰竭！说者无心，听者有意。记者随即找到基地相关领导了解情况。原来，王海鹏是“远望四号”的优秀科技干部，2001 年 7 月在船上病倒，经查为严重肾功能衰竭，8 月 14 日凌晨在医院抢救无效去世。两个月前的事，时效已经很差；报道他生前如何工作如何攻关，也脱不了“好人好事”的窠臼。还能不能挖出点“金子”来？

不甘心的记者顺藤摸瓜，赶到无锡第二人民医院，找到他做护士的妻子“拉家常”，拉着拉着，一个不经意的细节，立即让记者全身震撼：8 月 11 日中午，躺在病床上的王海鹏从昏迷中醒来，突然拉住妻子的手说：“让我吻一下吧！”平时性格内敛的妻子见病房里有其他人，不好意思，没有满足他的要求。两天后，他与世长辞……这是逝去丈夫的大憾，更是活着妻子的大憾！12 月 21 日，通讯《感天动地一个吻》见报，通讯以时效更贴近的“远望四号”海葬王海鹏的场景为由头，以妻子现场情感的流动为倒叙的线索，串起全文，每段的开头都是一个词——“此时此刻，她已置身于瀚海蓝天间，看着她亲爱的海鹏带着万里海途的咸味向她奔来，就像以往的任何一次一样。”“此时此刻，她想起了与海鹏短暂而又灿烂无比的如梦佳期。”“此时此刻，她想起了他俩心爱的孩子。”“此时此刻，她感到了一种无法排解的遗憾所带来的无法排解的苦痛（此段写她拒吻过程）。”“此时此刻，她伏在他的骨灰盒上号啕大哭：‘海鹏，那天病房有人，求求你，别怪我……’”

通讯获评中国晚报年度好新闻特等奖。有职业敏感的记者如果连街谈巷议、小道消息也不轻易放过，或许就离“得来全不费功夫”的化境不远了。还有，对于一个好的新闻素材如何去表述、表达，如何饱蘸激情写出“温度”，恐怕并不简单，这就是“抓手”。

顺水推舟：从“清明期盼”到“无尽哀思”

2000 年清明前夕，通讯《一位烈士遗孤的期盼》在《扬子晚报》见报，说的是灌云一个叫吉云云的 16 岁女孩，她出生 10 天后爸爸在老山前线牺牲。从童年起，她就喜欢抱着爸爸的相片入睡，从小学开始就暗自一毛一毛攒下 178 元钱，想在哪一天能同相依为命的妈妈去云南看望爸爸，但 12 岁时她被查出患有下丘脑胶质瘤，一直未能成行……

记者突然想到：为什么不能发动社会力量，促成她们云南之行呢？于是跟踪采访，连续报道，短短一个多月，见报稿件 20 多篇，同时开设“是什么，让我们泪流满面”专栏进行讨论，一时间在大江南北掀起关爱烈士遗孤的春潮。

5 月 21 日，银燕载着云云母女奔向 500 里滇池，奔向烈士生前的部队。22 日，在青山红土一路陪伴下，来到麻栗坡。23 日上午 8：00，麻栗坡县捐赠云云 1 万元用于治病，云云把积攒的 178 元钱交给当地乡亲，托他们逢年过节为烈士们扫墓，她说这钱本来是为看爸爸的，到这里看到牺牲的不只爸爸一个人，他们都是亲人。9：10，在“云云，你是老山的女儿”等横幅陪伴下，她们来到麻栗坡烈士陵园，在层层叠叠的墓碑林中，她们来到第 6 排 22 号墓碑前，失声恸哭。她们在墓前摆上两个从家乡带来的苹果，说代表母女的两颗心。云云献上缀着 16 朵白花的花篮，那是她临行前在医院一朵朵扎好的，她说 16 年没见过爸爸、没孝敬爸爸，16 朵白花代表她 16 年的思念。她们用手帕前前后后一遍遍擦拭亲人墓碑，一根一根拔着墓上的杂草。云云抓了几把墓土，用手帕包起来贴在脸上，泪流满面地说：“爸爸，我走了。爸爸，我们带你一起回家……”告别亲人的时候，她们三步一回头，无限留恋。

24 日，发自云南边陲的通讯《无尽哀思麻栗坡》见报，催人泪下，也获得了当年江苏省报纸优秀作品一等奖。短短一个多月，如果说“清明期盼”是春潮初涌，那么后续报道和讨论就是推波助澜，最后“无尽哀思”则是水到渠成形成高潮。而对于一篇现场新闻尤其是现场通讯来说，细节又是何其重要啊！

“捕风捉影”也好，“道听途说”也罢，本来都是指说话做事缺乏事实根据，更是新闻的大忌。但是，如果用在记者对新闻线索的收集、筛选、判断等先期处理上，倒也恰当。抓好新闻，不只需有朴实勤快的“脚板子”，还需有善于发现的“眼眸子”，不只要做“有心人”，还要做“有情人”，如此才能有“板”有“眼”、有“心”有“情”地让顺手牵羊般的偶然成为必然。这也是习近平主席要求新闻人“俯下身、沉下心、动真情”的题中应有之意吧。

（《传媒观察》2016 年 4 期）

先民们说，太阳载在一驾车子上，由东到西，周而复始。今天，在欧亚大陆桥的“东桥头堡”，每天也往返着一辆英雄的三轮车，它让——

阳光，洒满“窗口”

已经34年了！

5月16日，当我们慕名来到连云港新浦汽车站时，正遇上长途服务组的姐妹们，拉着“雷锋车”，沿着解放路，跨过龙尾河，走向港城的大街小巷……

（一）

龙尾河深情地记着，34年前，在学雷锋的热潮中，汽车站的长辈，当年那些风华正茂的人们，用3条扁担，每天到500米外的火车站，肩挑背驮地加入了义务接送旅客的行列。半年后，车站领导为她们专门购置了一辆平板车。从此，人们亲切地称她们的车子叫“雷锋车”；从此，她们实现了500米线路的延伸：旅客转车就送到车站，在新浦落脚就送到门口，误了班次就在车站食宿；从此，“宁愿自己千般苦，不让旅客一时难”，成了她们精神的追求。直到今天，她们仍一脉相承，并将这种义务劳动制度化，每天按时派出3个人接送旅客，风雨无阻。

龙尾河深情地记着，服务组几乎都是女同志，撇开她们作为妻子、媳妇、母亲或女儿所应尽的责任不谈，单是班务的冗杂，就足以让她们必须遵循每晚七八点下班、清晨四五点上班的节律，因为她们承担着车站的主要工作，检票、发车、咨询、候车服务、特别护理、安全讲话、礼仪告别……而就在这样十分忙碌的情况下，她们一刻也没有忘记“雷锋车”这个额外线路上的特别班车，上下午和夜间 11 点左右，每天三次准时出现在火车站的出口处。

作者（左一）当年采访“雷锋车”。

龙尾河深情地记着，她们把旅客当亲人，旅客把车站当成家。1990 年 2 月的一个早晨，回涟水老家的孕妇王秋荣在候车室里临产，小朱等几个服务员忙把她扶上“雷锋车”，直奔医院。中午 12 时 10 分，一个男婴呱呱坠地。产妇回到病房刚躺下，热汤就端到了床前。王秋荣望着守候一旁的服务员小盖说：“大姐，给孩子起个名字吧。”小盖想了想：“叫‘路平’好不好？一路平安。”“好，就叫‘路平’吧！”不久，闻讯赶来的奶奶又按当地习俗给孙子起了个乳名：“车站”，让他一生记住这个地方。

龙尾河深情地记着，“雷锋车”已累计行程 13.8 万公里，相当于绕地球三圈半，无偿接送旅客 8.5 万人次，接运行李 15 万件，送病人去医院抢救、送迷途老人回家 300 多人。34 年来，车子换了 6 辆，拉车人换了 6 茬，站领导换了 10 多任，服务组由五六人发展到 22 人，车站的班车也由一天几班增加到与七省三市对开的 200 余班，但“雷锋车”始终无怨无悔地穿行于时空的隧道，在龙尾河长长的记忆里，刻下了一路晶莹的轨迹。

（二）

“雷锋车”从纯真的 20 世纪 60 年代走过迷乱的 70 年代，又从迷乱的 70 年代走进振奋人心的 80 年代，始终以无私奉献的初衷和一如既往的步履，拉来了一片春色。而当它一路风尘来到 90 年代时，却遇到了前所未有的困惑。

困惑，来自人际关系的隔膜：“你们不是为了捞外快吧？”“吃饱撑得没事做，跑到街上出洋相！”“拉这个玩意，真下贱！”困惑，来自一些个体运输户的势利，有人以抢了生意为借口，不让“雷锋车”停放，有人蛊惑旅客：“她们专门拉到半路宰人。”还有人故意冲撞、掀翻“雷锋车”。困惑，同时来自不被亲朋理解。有一次，徐梅拉着旅客，路过儿子读书的小学门口，正赶上放学，儿子一见她拉着个旧平板车，就红着脸，低下头，一声不吭地走了。回家后，孩子委屈地说：“你拉着个破车，影响市容！”徐梅潸然泪下。困惑，更来自旅客的怀疑。听说不收钱，许多旅客就像遇上了外星人，那不信任的目光，如根根针尖，刺痛了姐妹们的心。她们穿上统一的站服，佩戴服务证，挂上“共产党员”的牌子，但有时还是接不到一个旅客。

拉，难，不拉，更难；拉，委屈自己，不拉，更割不下这段魂牵梦绕的情愫。偌大的世界，难道真的就没有“雷锋车”不到两平方米的停泊之地了吗？商品经济还要不要奉献精神？1992 年底，车站党支部组织了“雷锋车”到底拉不拉的大讨论。讨论中，顾客那一封封滚烫的感谢信、一张张激动的面容、一滴滴飞溅的泪花，又一幕幕呈现在她们的脑海中。1989 年 9 月，西安电器厂的老马下了火车，一见“雷锋车”就热情地打招呼：“又见到你们了！”原来，5 年前，“雷锋车”帮他拉过行李，好久不来新浦，他以为早停了。一位已坐在车上的老太太说：“俺年年走闺女家，年年都是这个车子接，哪会停呢。”

讨论中，她们又想起了敬爱的朱大姐。1984 年底，朱秀兰正受着乳腺癌的折磨。看着她日渐消瘦的面容，谁不劝她赶快治疗，谁还忍心让她拉车！可她请求说：“我拉了 15 年‘雷锋车’，舍不得离开它！让我陪着车子走一走，给大伙做个伴，也成哪。”春运 20 天，她一个人就收到旅客表扬近 200 条。3 个月后，她终于永别了她深爱的同伴和深爱的“雷锋车”。就在她去世一个月后，从山东日照寄来了一封感谢信和一张 20 元汇款单，这钱，是她生前替一位旅客买票垫付的。

讨论中，车站站长范德喜动情地说：“助人是传统美德，金钱买不来真情，市场经济，更需要‘雷锋车’。维系着几代人情结的这根红线，不能在我们这一代人手中中断，谁也没有这个权力！”

是的，旅客需要“雷锋车”，传统需要“雷锋车”，时代需要“雷锋车”！也就在这个时候，市交通系统 900 多名团员青年，捐赠给她们一辆崭新的三轮车。从此，“雷锋车”又以崭新的姿态，在流淌不息的龙尾河畔，理直气壮地拉出了一串时代的强音。

（三）

小小“雷锋车”，拉来了一种精神、一股动力。34 年来，服务组共有近 300 人拉过“雷锋车”，仅 1982 年以来，就有 500 多人次受到各级表彰，有 30 多人被评为省市劳动模范、学雷锋标兵和全国服务明星，还涌现出全国人大代表、省党团代表等先进个人，获得了包括“全国五一劳动奖状”“全国三八红旗集体”“全国学雷锋先进集体”等殊荣在内的 200 多枚熠熠生辉的奖牌。新浦汽车站也连续 14 年蝉联“全国文明站”称号。

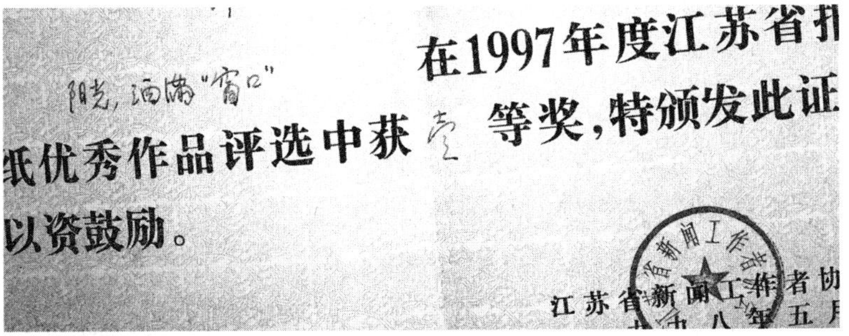

小小“雷锋车”，拉来了一个传统、一条纽带。滕士花的丈夫 1985 年在部队殉职，市政府为了照顾她，给她提供了几家较好的单位让她选择，可她偏偏选中了汽车站，因为这里有她羡慕的“雷锋车”。今年 4 月，陈素霞读高校的儿子过 20 岁生日，她让儿子许一个愿，儿子提出的愿望竟是：拉一趟“雷锋车”，妈妈高兴地在“五一”节这天满足了他的要求。朱大姐去世后，她的女儿继承母业，拉起了“雷锋车”；车站老书记宋燕南退休后，媳妇和女儿双双拉起了“雷锋车”；市运输公司老经理叶挺武的女儿，也拉起了“雷锋车”；凡是到车站工作的新职工，第一堂课就是拉一个星期的“雷锋车”……

小小“雷锋车”，拉来了一车阳光、一片灿烂。“雷锋车”的消息传到山东日照，即将入伍的虎山乡青年张兵，给车站写来一封热情洋溢的信，表示入伍后要像拉车的姐妹们那样，做一名雷锋式的好战士。今年5月4日，在服务组长陈叶俊等三人拉车接送旅客的路上，一辆陕西的军车，主动给她们让路，并下车对着“雷锋车”的牌子，郑重地敬了个军礼。这个军礼如同一股强大的暖流，顿时暖遍她们全身，暖上她们心头，她们激动得热泪盈眶。5月8日下午，雷锋生前的战友，电影《离开雷锋的日子》的主人翁原型乔安山来到服务组，听了“雷锋车”的故事，他激动不已地说：雷锋在哪里？在“雷锋车”这里！明年清明节，我要到老班长墓前，把这里动人的故事，好好讲给他听……

34年风雨人生路，34年雷锋伴君行。可敬可亲的姐妹们用晶莹的汗水、顽强的意志、浩瀚的情爱，用几代人并不宽阔却无比坚韧的脊背，连同没有终点站的“雷锋车”一起，撑起了一幢精神文明的大厦，巍巍矗立在黄海之滨、龙尾河畔，矗立在公交职工、港城人民和南来北往的旅客们心中！

（1997年5月26日。江苏省报纸优秀作品一等奖）

《扬子晚报》报道三百人拉过34年的“雷锋车”

《扬子晚报》5月26日报道，连云港市新浦汽车站职工34年前，用三条扁担，每天到500米外的火车站义务接送旅客。半年后车站为她们购置了一辆平板车，人们称之为“雷锋车”。从此“宁愿自己千般苦，不让旅客一时难”，成为她们的精神追求。该站每天派三人到火车站义务接送旅客，一直坚持到今天……

《扬子晚报》5月28日发表短评说，“雷锋车”34年来几代人接力不衰，这是一种优良传统，而“优良传统贵在传”。

阅评员认为，“雷锋车”的事迹很有教育意义。精神文明建设的宣传需要新闻工作者深入生活，挖掘出深埋在基层的各种先进典型。《扬子晚报》抓住了这个闪光典型，应予积极评价。

（《新闻阅评》第337期，中宣部新闻局，1997年6月4日）

汗水滴滴重千钧

——江浦、高淳、溧水酷暑抗洪录

今年，梅雨季节一结束，南京及周边城市立即进入了持续高温天气。可怕的热浪似猛虎出笼，咆哮城市，肆虐乡里，令人谈暑色变。

望着仍居高不下的江河湖水位，我们的注意力又一次集中到了抗洪前线：长江洪峰7月9日进入我省境内，11日又适逢农历十八，大潮的到来，南京又将面临一次洪潮并袭的考验。

昨天，气温高达37℃，我们赶赴江浦、溧水和高淳三县抗洪一线采访，在挥汗如雨中摄取了一组组感人的镜头。

江浦

江浦县紧邻长江，境内4条与长江相连的内河水位比县城平地高出5米多，稍有疏漏，后果便不堪设想。在珠江镇七里村防汛指挥部，我们见到了在大堤上已苦战15个昼夜的镇党委书记徐书林。烈日下，他已显得很虚弱。我们要他谈谈他自己时，他却向我们介绍了人称“铁脚板”的防汛老模范冯长良。冯长良今年65岁了，是一名老党员。他每天巡堤都要步行80多华里。他一边走，一边忙不迭地用拐杖四处探查，发现有一丁点儿问题，就用随身带的红绳系上，留下标记。有一天，他发现堤埂背水坡下的马圩塘冒水泡，随即报警。村防汛指挥部立即调集人员运来草包，及时堵住了洞眼。老冯一家四代同堂，防汛战斗一打响，全家参战。儿子参加抢险突击队，媳妇参加巡逻，老伴则给防汛前线送水送饭。

两天前，烈日暴晒下的河水似乎下降了一点，人们松了一口气。但是，意想不到的事发生了：有人报告，南门排涝站的水位不但没下降，反而涨了20厘米，如果不及时采取措施，团结圩大堤内的油库、工厂、农场及一千多户居民的生命财产将受到威胁。县委书记戴宗宝、县长刘捍东闻讯立即率抢险人员赶赴现场。建设乡调来500名民工、100台装土拖拉机以及木桩等物资。几户村民抱来5床棉胎，港务局也派出了潜水员。一名水手穿上潜水服潜到8米深的水下，发现闸门没有关死，便果断地用棉胎卷成柱状堵塞空隙。岸上干群则用油泥装进编织袋，一袋一袋投入水中将闸门空隙堵死，解除了险情。最后，戴宗宝书记通过对讲机对水下潜水员动情地说：“江浦人民感谢你。但是，还请你坚持一下，再检查一遍，做到万无一失啊！”

溧水

YANGTSE EVENING POST 新华日报社主办

1998年7月11日 星期六　农历戊寅年闰五月十八　(第4559

南京市区天气：今天下午到明天晴，局部有阵雨或雷雨，偏南风4级左右，温度38－27℃。

网址：http: //www. yangtse. cor

汗水滴滴重千

——江浦、高淳、溧水酷暑抗洪

今年，梅雨季节一结束，南京及周边城市立即进入了持续高温天气。可怕的热浪似猛虎出笼，咆哮城市，肆虐乡里，令人谈暑色变。

望着仍居高不下的江河湖水位，我们的注意力又一次集中到了抗洪前线：长江洪峰7月9日进入我省境内，11日又适逢农历十八大潮的到来，南京又将面临一次洪潮并袭的考验。

昨天，气温高达37℃，我们赶赴江浦、溧水和高淳三县抗洪一线采访，在挥汗如雨中摄取了一组组感人的镜头。

江浦　江浦县紧邻长江，境内4条与长江相连的内河水位比县城平地高出5米多，稍有疏漏，后果便不堪设想

在溧水县明觉镇胜利圩东埂我们看到，这里一边是高程只有6米的万顷田园，一边是浩浩33万亩、水位达11.76米的石臼湖。就在两天前，800米长的埂段有600米出现裂缝、200米塌方。当巡逻队报警的锣声响起时，远近村舍的男女老少纷纷而至。刚从广东打工回乡的4位年轻人午饭未吃就投入了战斗。8日、9日两天他们冒着高温打了44根桩。昨天记者在现场看到，他们冒着高温仍在继续打。木桩打不下去，就改用三角铁。铁桩被烈日烤得烫人，打桩人一个个挥汗如雨。

在胜利圩东埂的工棚内，我们见到了已在此吃住十多天的护堤人员。“圩长”黄开双说：“护堤就是护家，这个道理乡亲们都懂。”根据他的介绍，我们用手机拨了设在渔歌乡西大圩陈家圩堤段的防汛热线，一拨即通。我们又用这部热线电话分别要了县、乡防汛指挥部，也都是一拨即通。已吃住在这儿半个多月的乡宣传委员顾永康说：“水不退，险不排，我们不能回家。”他说，为了防汛抗洪，县委书记王德寿、县长孙长松都累病了。县里一位同志还讲了一个“老荣军”的故事。他叫蔡德宽，共产党员，今年已70岁，在朝鲜战场立过三次功，1957年又被公安部授予“一线值巡能手”称号。从1986年开始，他和老伴一直吃住在明觉镇的团结圩上，义务巡堤12年如一日，成

了全县知名的防汛宣传员、后勤员、参谋……

高淳

下午 1：00 左右，烈日已将大地烤得火烫。柏油路面早已油汪似浇。当我们来到高淳县淳溪镇的固城湖永联圩大堤时，热浪窒人，我们中的一位同志差点儿昏倒。定睛看去，面前是白亮生烟的固城湖。高高的圩堤成弧形向前延伸，另一端已隐约嵌入远处绵延起伏的青山之中。在堤上的一个防汛棚内，我们见到了刚刚吃罢午饭的宝塔村村民史年胜。老史的面前摆着两只空碗、两只咸菜瓶子和几只西红柿。显然，他吃得很简单。一问才知，在这堤上他待了十几天，每天活动范围就几百米，而且白天高温难耐，晚上蚊虫叮咬，人早没了食欲。说话间，老史满头汗珠直往下掉。我们也感到，这棚子里其实跟太阳底下的温度差不了一二度。只几分钟时间，我们已浑身湿透。我们问老史，这十四五米高、八九米宽的大堤，已经多年垒实、加固，现在又在缓慢退水，真有必要花这么多人力在这毒日头底下死守吗？老史一听，甩下一把汗珠正色说，这种时候过去出事的多了。1991 年胜利圩不就是天晴退水时破的吗？别说避避暑、喘口气，当班时连打个盹都不成！而且，夜里更紧张。这里，每天晚上要分两班通过传统的传水牌的方式来巡堤。从晚上 7 点钟到第二天早上 5 点钟，每一小时传一道水牌。哪一处不能及时传出水牌，便说明此处有险情或有人脱岗。所以，整个一条堤上都没有人敢懈怠的。说到这里，老史指着不远处一处圩堤说，20 多年前，下塘村一位村民在值夜守堤时，就是因为麻痹，在他沉沉睡去时大堤冲决的，他自己也被冲入水中淹死了。

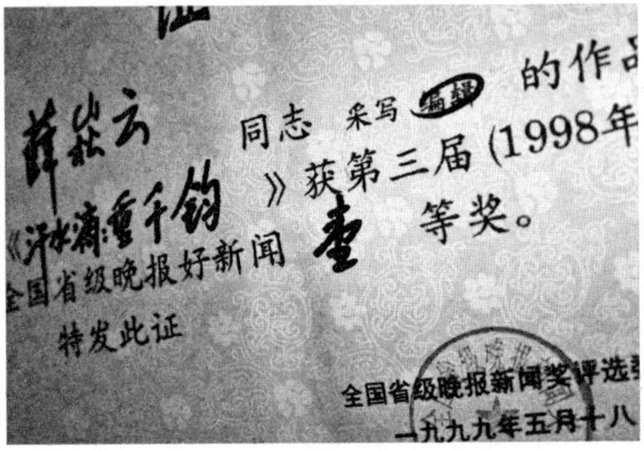

听老史这么一说，我们放眼堤内数千亩高淳人民引以为豪的林网化良田，联想到臧正金县长上午所说的“32 平方公里的固城湖，其湖底与苏州虎丘塔顶平齐”的严峻局势，再看看在这条 16 公里长的大堤上正经受着烈日炙烤的一个个防汛棚，我们立刻明白了，他们的汗水滴滴重千钧！

（1998 年 7 月 11 日。全国省级晚报好新闻一等奖）

编者按 当今社会常有些光怪陆离的现象，为人们所亲见。因为一时还找不到答案，有些现象就在人们的传说中变得神秘起来，有的甚至已完全脱离了原本的客观状态，而归结于神鬼邪魔的“显现”或“天意”的反映。其实，常识告诉我们，我们赖以生存的地球约40亿岁，宇宙则有百亿寿龄，而人类的文明史却只有数千年！以数千年的眼界去观察、认识百亿年的存在，人类是何等的渺小与幼稚。如此，人们时常为一些自然现象所迷惑、所困扰，也就可想而知。

当然，人类对未知世界的探索和对真知的追求也从未止步和懈怠过。也许这正是人类区别于其它动物的文明之处和可以主宰世界的伟大之处。基于此，本报今天开辟的“揭秘与求真”专栏，即是以新闻报道的形式，为读者提供一个解疑益知、去伪求真的窗口和课堂，进而激励大家崇尚科学，以文明、健康、向上的生活态度迈向新的世纪。

检测“皮肤识字”

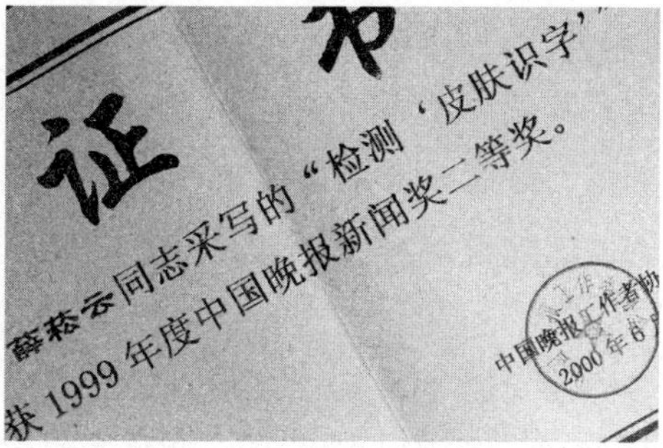

最近，听说苏北某县出了个“小小神童”：一个11岁男孩能用皮肤识字，别人写在纸上的字经他皮肤或头部简单摩擦，就能识别。记者前日来到这里。在外围的初步采访中，学校老师、班级同学、宾馆服务员、市公安局在此检查工作的同志对此都给以毋庸置疑的证明。

当日下午两点，在巡警大队办公室，我们见到了正在看武打片的男孩和他热情厚道的父母。据介绍，今年4月（一说5月），在一次亲友聚会上，偶然发现了这个男孩的皮肤识字功能，但在激烈运动或注意力不集中时不能辨认。

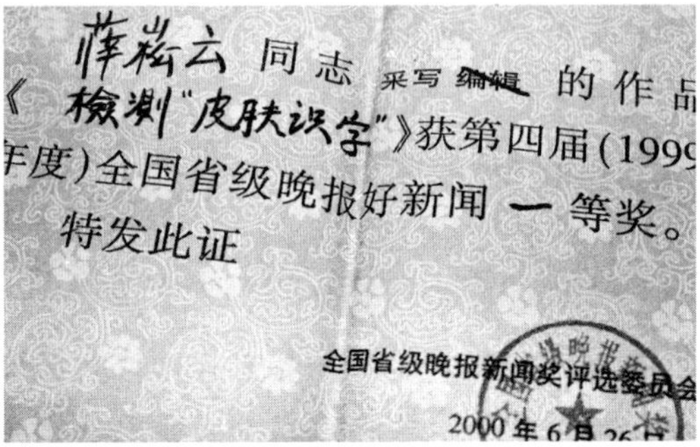
薛松云 同志 采写编辑 的作品
《检测"皮肤识字"》获第四届(1999
年度)全国省级晚报好新闻 一等奖。
特发此证
全国省级晚报新闻奖评选委员会
2000年6月26日

测试时，健壮、机灵、可爱的男孩坐在办公用大转椅上。下午2时20分，记者用圆珠笔在两寸见方的白纸上写了“松云”两字，放进他后背的汗衫里，字贴皮肤。5秒钟后，他说背部不行，要放到头顶。他双手抱头捂住纸条，不住地前后左右摩擦。演示中，他多次把转椅转过去背对大家，常把纸条似乎无意地“摩擦”到额头，眼睛上窥。又过5分钟，父母说他“不争气”，他背朝大家用一只手擦额头的汗，说“没来感觉”，过一会儿问：“是不是‘王’字？”到2时39分又肯定地说：“是‘王’字！”接着，男孩父亲拿来一摞扑克。男孩坐到长沙发靠近横头处，横头坐着另一成年人，与男孩侧面成90度，而我们几个人与男孩坐在一条线上，男孩正好挡住了那人。记者拿一张黑桃K放到他背在身后的手里，让他摸，过了15分钟没摸出来，父亲又吵他：“摸不出来就不要摸了！”他一边流眼泪，一边哽咽着说：“有感觉了。”为了不致场面过于尴尬，记者故意眼睛望着窗外，似乎在“走神”，但眼睛余光一刻也没有放松“警惕”。这当儿，记者发现他摸牌时多次想把牌给坐在沙发顶头的那位看，那位到最后用报纸挡住脸，头压得很低，牙齿含着空空的一次性塑料杯，不知是啥意思。5分钟后，男孩说是“黑桃K”。

SE EVENING POST 新华日报社主
号 CN32－0055 网址:http://www.yangtse
揭秘 求真
检测『皮肤识字』
本报记者为此专程前往探访

据说这个男孩“早晨清醒，反应快”，10日上午8时30分，我们在宾馆继续测试，在场的人也更多。记者在3寸见方的白纸上用钢笔写上“公安”两字。他25分钟未“认”出；他提出要到宾馆大厅，在大厅里，有人写了“认字”二字，经过19分钟“感应”未果；宾馆一位女士即兴让他“摸”她的名字“刘淑文”，经过八九分钟，也失败了。不过也有成功的，而且时间都较短——他穿着父亲肥大的短裤，左手从左裤腿伸进去、右手从松紧带做的裤腰伸进去摸扑克，摸了三张只“摸”对一张，记者发现他右手的“动作”总是比左手大得多；有人用手巾蒙住他的眼睛，他“摸”对了“沈根”的名片。记者事后也用手巾蒙住双眼试试，可无论手巾扎得怎么紧，发现从鼻梁的两侧总会透进不小的光亮。

回南京后，记者于今天上午采访了省中医院眼科主任王育良，他说：在人的5大感官系统中，只有眼睛可以感受到外界光像，外界的光像通过人的眼球屈光系统在视网膜上成像，视神经细胞把光像信号转成生物电信号，通过神经传入大脑，于是人就“看见”了外界的物体形态。而皮肤虽可感觉到红外线即热能，但对光像是绝对无能为力的。无论是从解剖学或生理学上看，目前世界上还没有发现一例眼睛之外的其他器官具备眼睛功能的实例。

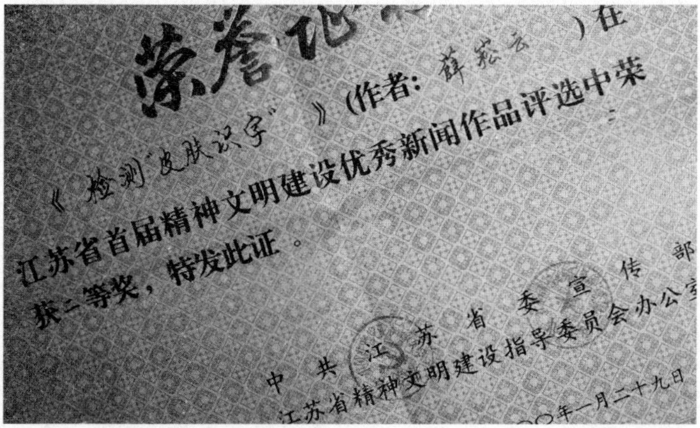

（1999年7月13日。全国省级晚报新闻奖一等奖、中国晚报新闻奖二等奖）

优秀共产党员、我省援藏干部、党和人民的好儿子任国庆平凡而动人的故事，本报6月8日曾作详细报道。日前记者再次来到他的病榻前采访，又一次受到其人格和情感力量的震撼——

穿越时空的眷恋

“是谁日夜遥望着蓝天?”那是妻子女儿对任国庆无边的牵挂。

“是谁留下千年的祈盼?”那是任国庆对未竟事业永恒的眷恋。

这冰清玉洁的雪域壮歌带着感天动地的人间大爱，穿越时空，跨越山河，在青藏高原回荡，在江南水乡回荡，回荡得那么久远——21年，7665个日日夜夜……

(一)

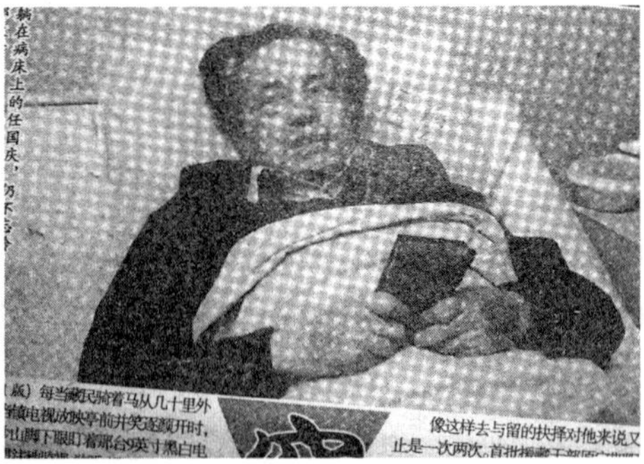

病榻上的任国庆，仍在收听西藏的声音。

21年前，时任无锡崇安区委副书记、副区长的任国庆，主动报名参加首批援藏队伍，那年他47岁。离开无锡时，他对大女儿说：“你是老大，要带好两个妹妹。”对二女儿说：“在农场不要怕吃苦，注意劳逸结合，防止肾病发作。”对小女儿说：“要好好读书，自强自立。”临上火车又微笑着对哭泣的女儿们说：“照顾好体弱多病的妈妈，爸爸三五年就回来。”从此，自幼依偎在爸爸怀中渐次长大的女儿们，只能在睡梦中感知伟大的父爱；从此，爸爸就像喜马拉雅山和雅鲁藏布江一样，既熟悉又陌生，既贴近又遥远，既亲切又神圣；从此，女儿常常遥望夜空，寻找属于爸爸的那颗星，祈盼他归来的那一天。可三五年过去，一同援藏的叔叔们陆续归来，就是没见爸爸的影子。爸爸，你在做什么？

他，已把西藏的山南当成了无锡、把山南的沙山当成了惠山，他已与雪域高原融为一体！别看沙山高不过百米，但在山南藏胞的心中，那就是至高无上的珠穆朗玛，因为这里矗立着西藏第一个地区电视发射转播台和第一个地区广播电台，因为他们从这里第一次直接听到了党的声音、接触到了现代文明，因为这海拔近4000米雪原上的小小山丘浸透了“培埃来结巴牙古都”（藏族人民的好干部）任国庆的汗水和心血，因为它像蓝天白云下的一座巍巍丰碑，娓娓诉说着一个藏汉人民好儿子的动听故事——

当进藏的车辆驶入雪球和暴风轮番轰击的生命禁区———昆仑山和唐古拉山口，当有的人第一次感到天旋地转、鼻孔流血的高原反应，当第一眼看到藏族同胞十分艰苦的自然生存条件，当接到山南地区宣传部副部长兼广电局长的任命时，他就横下一条心：一定要让藏胞拥有自己的电视、自己的广播！于是，他一边大口大口呼吸着稀薄的空气，一边学习西藏语、学喝酥油茶、学饮青稞酒，一边带着20多个藏族同志吃住在沙山上的简易帐篷4个月，硬是用双手把设备器械搬上了沙山，之后又在全区12个县相继建成了电视转播台。

每当藏民骑着马从几十里外赶到泽当镇电视放映亭前并笑逐颜开时，他正在沙山脚下眼盯着那台九英寸黑白电视，全神贯注地监视、监听，遇到一点点发射质量问题，便在至今还没有路的岩石间健步上山，一般人上山要半小时，而他只需10分钟，每天要跑许多次，一跑就是许多年，风雪病痛从未间断。在山南男女老少一片“扎西德勒”（吉祥如意）的欢呼声中，他不知跑烂了多少双解放鞋，甚至晕倒在半山腰。

“洛阳亲友如相问，一片冰心在玉壶。”其实他走过的路又岂止在沙山上下，山南的山山水水、村村落落都留下了他的身影，他在山南又相继建成了全藏第一个地区人民广播电台和第一个地区地面卫星接收站。山南地委主要负责同志在一次全区大会上拉着他的手对大家说，每一个收看电视的山南人，要永远记住一个名字：任国庆。是的，为了一个信念、一股浓情、一份期盼、一种责任，莽莽高原、皑皑雪域留下了他的串串足迹，冰封的大坂、险峻的高山阻挡不住他的生命之旅，而他就是迟迟没有踏上通往家乡的路。3 年期限到了，5 年期限又到了，同去的援藏人员一批批返回，亲人一次次望眼欲穿，他却一次次自愿留下，因为他要完成他未竟的事业，实现他未竟的执着追求。每次女儿问爸爸啥时能回，他都还是那句安慰的话：再等一年吧，我那边工作实在走不开。

（二）

一年又一年，春风一遍遍染绿了女儿望中的锡惠山头；一天又一天，太湖一波波涌动着亲人心中的遥远呼唤。爸爸临行时路边的小小树苗长成了参天绿荫，爸爸百般疼爱的女儿们在眷念与期待中已相继成家，爸爸敬重如宾的妈妈也在沧桑岁月的雕刻下渐渐衰老，但在一声声的“对不起”中，爸爸还是没有回来。

一直到 6 年前，他有了一次“衣锦还乡”的机会，但又是那么短暂，那么稍纵即逝。那年他 62 岁，退休后，从拉萨回到无锡家中。女儿欢欢喜喜绕在他的膝边，但看着已由中年变成老年的爸爸，看着爸爸的缕缕白发，一个个心里又十分难受。他安慰说：“白发好啊，白色在藏胞眼中是最神圣高贵的。现在好了，我回来了，困难过去了。”虽然他对西藏的未竟事业仍然魂牵梦绕，但当着女儿面，还是为自己描绘了一幅天经地义的晚年生活美景：“我帮你们带孩子，送孩子上学，减轻你们的负担。你们常回家看看，我们一起享受天伦之乐……”女儿开心得泪花飞溅。然而没几天，西藏广电厅来电，拟安排他到驻成都物资转运站“发挥余热”，本来已经退休的他可以谢绝，真正享受他的天伦之乐，但他耐心说服家人，穿着旅游鞋毅然上路，一干又是 5 年。

A1版
2000年7月28日 星期五
农历庚辰年六月廿七
EVENING POST 新华日报社主办
网址:http://www.yangtse.com
今日本报52版 明28版
5305期
共产党员、我省援藏干部、党和人民的好儿子任国庆平凡而动人的故事，本报6月8日
报道。日前记者再次来到他的病榻前采访，又一次受到其人格和情感力量的震撼
穿越时空的眷恋

像这样去与留的抉择对他来说又岂止是一次两次。首批援藏干部原定期限是3到5年，根据政策调整，1981年有一批要提前回内地，一位了解他的干部劝他："你家里没有男子汉，从无锡来的援藏干部中岁数又最大，还是回去吧！"可这时山南电视转播站刚建一半，怎能一走了之？他恳请妻子和女儿支持他，再等他5年。5年后，山南的广播电视网建成，他欣然提笔给妻子写信：我要回无锡了，我一定要带你到锡惠公园走走。然而就在这时，自治区广电厅长杜泰在家中用西藏最尊贵的礼仪——牛肉饺子接待了他，希望他能留在拉萨，推广山南经验，为全自治区广播电视"村村通"再作奉献。一边是日夜等待的妻子女儿，一边是西藏人民事业的呼唤，怎么办？他又一次面临情感的炙烤和生命的选择。他把妻子接到西藏，以西藏和内地的发展差异让亲人体会他为什么逗留高原那么多年。妻子胡惠文再次答应了他：咱和女儿等你，等你一辈子……此情此言，怎能不让他泪流满面！他告别工作8年的山南，洒泪收下近百条藏民敬献的哈达，又穿着旅游鞋走向了拉萨，一干又是8年。

他在西藏的千辛万苦，家人最初并不知道，因为他在来信中从不提及。直到有一次出差内地逗留无锡，大女儿玲玲和家人陪他爬惠山，女儿到了山顶只是喘气，呼吸困难，他不经意地脱口而出：在西藏工作时呼吸就是这样。女儿听了十分惊讶，也十分心痛，说："爸爸，让我到西藏教书吧，这样我可以照顾你。"他沉思良久，说："不行，你适应不了。你照顾好妈妈和两个妹妹，就是对爸爸最大的支持。"那天，女儿挽着爸爸的手没有放开过。可亲可敬的爸爸啊，这么些年您在外受苦了！请接受女儿最圣洁的亲吻、最崇高的敬礼吧！您每次回家多逗留几天好吗？您赐予女儿熨平心中内疚和遗憾的机会好吗？让女儿细数您渐多的白发、带给您亲情的温馨好吗？可您哪一次回家不是那么来也匆匆去也匆匆，哪一次女儿不是与您挥泪而别！

1986年春，他采购器材路过家里，刚同小女儿璇璇说了几句话，就一头栽到地上，昏了过去，原来他出差在外长途奔波，已两天没有合眼。小女儿抚摸着爸爸染霜的鬓发声泪俱下："爸爸您赶快回来吧，您这样让我们多担心！"而他又何尝不想早日回到妻女身边！这么多年，谁家能遇不到大大小小的难事，谁家能少得了一个顶梁的男子汉！夏日的山南景色诱人，山坡上的牧草开着小花伸向天边，天边洒落白云般的羊群。夏日傍晚，他经常攀上附近的山顶，望流云东去，想家中亲人，直到泪盈双眼。他感觉对不起心疼他支持他的柔弱妻子，让她一个人支撑家庭那么多年，让她一个人面对医生“家属怎么不来陪你”的询问；他感觉对不起从小就十分疼爱的小女儿，她的婚典照片中亲人齐聚，唯独没有她至亲至爱至尊至敬的爸爸，给她也给爸爸留下了终身大憾；他感觉对不起年迈多病的父亲，那年母亲去世，他公务在身，连葬礼也没来得及参加，他发誓要在父亲身上弥补双倍的孝心……然而，他现在所能做到的，只是每周给亲人写一封平安家书并编上序号，在信中教育女儿刻苦学习、勤恳工作、诚实做人；只是每次短逗家中时，天天检查一遍全家每个人的自行车车刹，让她们出入平安，让她们有一种安全感；只是把这种对女儿、对妻子的无限眷恋，化为双倍的工作激情，再镌刻于圣洁的冰川雪壁，接受亲人们最神圣的检阅！

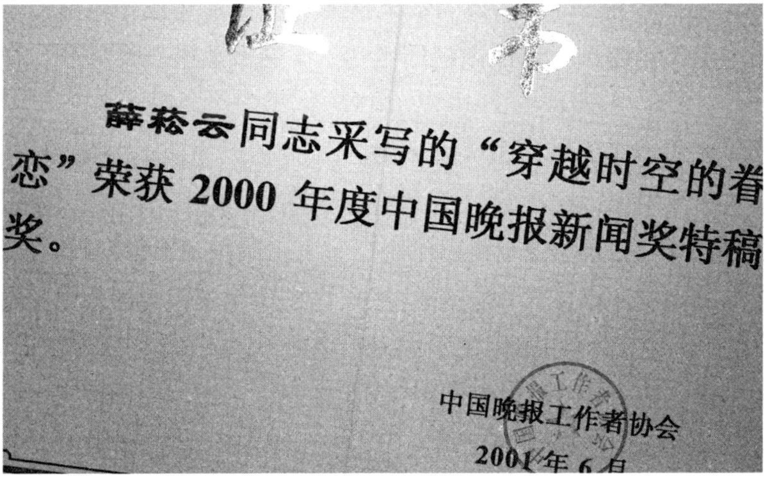

（三）

今年 1 月 30 日，腊月二十四，无锡的大街小巷沉浸在欢乐祥和的气氛中，新千年第一个春节即将来临。这一天，作为我省 212 名首批援藏干部中返乡的最后一人，任国庆回到家乡。

终于归来了，老任！21 年，7665 个日日夜夜，“三更同入梦、两地谁梦谁”的夫妻分离即将结束，家中没有男子汉的艰难日子即将结束，白头偕老的幸福晚年即将到来！你每年可以休 4 个月长假，可你每年加起来休不到一个月，你承诺以后一并补偿，现在是时候了；你说欠妻子太多，要陪妻子去医院看病，要牵着妻子的手好好逛逛公园、走走家乡的大街小巷，现在是时候了！

终于归来了，亲爱的爸爸！你走时女儿都未成家立业，是最需要父爱的时候，你走后女儿只能在梦中感知爸爸的音容，只能从星星的凝眸中感受爸爸的慈祥。你每周一封编上号的家书女儿一封不少地珍藏着，你教育女儿要做的事女儿都做到了。你说没尽到一个做爸爸的责任，不，爸爸，这么些年你吃了那么多苦，女儿却不能照顾你，是女儿没尽到责任。女儿一定让你过一个幸福的晚年！

然而，就在她们沉浸在幸福的遐想中时，就在68岁的任国庆一下车踏上久别的故土、就在10岁的小外孙手拿鲜花欢蹦乱跳地跑向外公、就在一大家人围拢过去迎接朝思暮想的亲人的时候，他们忽然发现：归来的亲人好像接不住小外孙送上的鲜花，两只手茫然地向前伸着、摸着。他们哪里知道，这时的任国庆只能凭着一声声亲切的呼唤来辨认魂牵梦绕21年的家人。看着他那双红肿得几乎睁不开的眼睛，女儿惊呆了："爸爸，您怎么啦?"妻子泪如泉涌："老任，你怎么啦?"第二天小年夜，医院确诊他是食道癌晚期，无情的癌细胞已向他的头颅、肝脏和骨髓扩散！饱尝了生离的千辛万苦，无痕岁月刚刚露出笑颜，又将面对死别的残酷威逼，胡惠文如何承受得了！她一手捂住眼睛，一手猛击自己的头部，哭喊着冲出医生办公室："是我没照料好他！"她苦苦哀求医生，能不能摘下自己的眼球，让她的老任恢复光明，他太需要看看阔别的亲人、阔别的家乡了……

以往他难得回无锡过春节，而每次回来，都亲手做饭做菜。这一次他实在不能做了，全家就在饭店订了一桌年夜饭。饭桌上大家强作欢笑，让他高兴，又不停扭过脸去悄悄抹泪。大年初三，小女儿陪爸爸到成都移交工作，发现他的抽屉里尽是润喉片和眼药水的空盒，原来他在几个月前就遭受病痛折磨，竟为了工作没到医院去认真检查、治疗！在成都双流机场登机回无锡时，女儿看到爸爸在舷梯上一步一回头，虽然他已看不清楚，但他还要多看几眼这援藏的最后驿站；到了飞机门口，他又朝西久久凝望，在那遥远的地方，有他刻骨铭心的生命情结。

他在洁白的世界里走得那么久，走了那么远，终于回到了亲人身边。他把心血、才智和最宝贵的年华留在了风雪途中，带给亲人的却是衰老、疾病和无法兑现的诺言。他不能陪妻子去医院反而要妻子陪伴他，他不能为女儿带孩子却让女儿为他操心，他越发感到这一生欠她们太多太多，唯一能够做到的就是在病情略好时穿上旅游鞋、牵着她们的手，出去看一看、走一走，这对他来说几乎是一种精神上的奢侈。他太累太倦，终于躺倒了，然而也只有在绝症缠身、生命之旅即将走完时，他才能够返身故里，与亲人共享痛楚的天伦之乐。那天他知道病情后，同妻子一道来到城中公园的同庚厅，深情地说："惠文，你记得46年前的一天，咱俩在同庚厅第一次见面的情景吗?"妻子难过地点点头，心里不是滋味。

他住院后，三个女儿争着要请假照料他，他说什么也不允许，怕影响她们工作。无锡的同志要向市里汇报他的病情，他说："我是西藏人了，千万不要给家乡的领导增添新的麻烦。"消息传到西藏，藏民和同事们纷纷打来电话，一个个失声痛哭。自治区广电厅党委书记群觉来看望他，要他从三人病房换到单人病房，但他老泪纵横地说："我已不能为西藏作贡献了，组织上给了我那么多荣誉和关怀，不能再拖累组织了。"群觉含泪说："老任，你到现在还想着西藏……"

他怎能不想啊，毕竟，同风雪高原生死与共了21年！他十分清楚这三尺病榻可能就是他人生的最后阵地，但在他脑海中挥之不去的，仍然是冰封的大坂、磅礴的山峦、美丽的雪莲、翱翔的雄鹰、洁白的哈达、开着小花伸往天边的牧场，仍然是那一双双渴望的眼睛、一声声远方的呼唤、一个个朝夕相伴的身影，仍然是西藏全区尚未实现的广播电视"村村通"宏伟目标。沙山梦重归，觉来双泪垂，这正是一个好父亲、好丈夫、好男儿，一位优秀共产党员永久的祈盼、永恒的眷恋，高原作证！

（2000年7月28日。中国晚报新闻奖特等奖）

中国晚报新闻奖揭晓

本报任国庆事迹通讯获特稿奖

本报讯 2000年度中国晚报新闻奖日前在新疆伊犁召开的第16届全国晚报年会上揭晓，本报3篇作品获奖，其中《穿越时空的眷念》获特稿奖（特等）……

本届中国晚报新闻奖评选，共收到全国127家晚报选送的627篇参赛作品，参赛单位和参赛作品之多，都超过了历届。本报长篇通讯《穿越时空的眷念》，报道了援藏干部任国庆平凡而动人的事迹，是又一个孔繁森式的重大典型，报道后在江苏乃至全国引起强烈反响，被评委们认为“在晚报如何宣传重大典型，晚报特稿如何做到可读又耐读方面作出了有益的探索”……

（《扬子晚报》2001年8月25日）

“后发制人”写英雄

1996年翻过春节，我来到扬子，成了“新闻狗”。那时儿子13岁，女儿3岁，留在县城，通讯交通不便，一如咫尺天涯。在我办公桌上一直摆着他俩的相框，我深谙个中滋味。

2000年，任国庆事迹引起重视，省级媒体集中采访，发了大量文章，而我没有参与。忽一日，总编辑朱铭佐先生把我叫到办公室，问我对各家媒体任国庆报道的看法，我直言不讳：“事情感人，但报道不咋的，要么无端拔高，要么平铺杂陈。”他说：“要的就是你这句话！”我一不小心“入瓮”了。

媒体反复宣传，又无新的材料，怎样“后发制人”？痛苦中我一筹莫展。忽然，我游移的目光停留在办公桌的那两张相片上，许久许久，此时我的脑海里波涛汹涌，耳边反复回荡着一个空旷的旋律……是的，我要以女儿们思念爸爸的情感线、意识流串起全篇，而不是极易落入俗套的夫妻情感！我要以“爸爸三五年就回来”作为文眼，形成情感抒发的始发站和根据地，而不是无病呻吟隔空打牛！我要以《青藏高原》穿越时空的神圣讴歌高原雄鹰，而不是线型的机械的去标签！我要笔蘸血泪记下不可或缺的情景细节，而不是面面俱到地堆砌！于是，为了不打断意识情感的自然流淌，小标题都不敢起；于是，任国庆、妻子、女儿、记者在报道中已浑然一体。陈翠兰女士在校对中几次唏嘘：“不能再写啦，大家受不了……”

而今，孩子们都大了，照片也不再摆在办公桌上，收藏着哩。谢谢他们给我灵感。

（2017年7月15日于南京）

23 日上午，麻栗坡烈士陵园，苍松挥泪，聆听着陆荣华内心深处的倾诉；群山肃立，回荡着吉云云感天动地的呼唤——

无尽哀思麻栗坡

作者在麻栗坡烈士陵园采访现场。

在吉兴林生前战友的陪伴下，在云南大地青山红土的陪伴下，吉云云母女日夜兼程，一路来到祖国南疆，来到麻栗坡县，来到亲人身旁。麻栗坡这片英雄的土地以最崇高的礼遇，迎接万里归来的亲人。昨天上午 8 点，该县县委县政府领导代表全县 9 个民族 26 万人民，向云云捐赠了 1 万元钱用于治病，并号召全县向英雄的母女学习。吉云云也将 10 多年积攒起来的 178 元钱转交给麻栗坡的父老乡亲，托他们逢年过节去烈士陵园看望全体长眠的英烈。她说这 178 元钱本来是为看望爸爸攒的，来到这里觉得，牺牲在这片土地上的不只爸爸一个，他们都是我的亲人。陆荣华在座谈中说：麻栗坡 16 年前就在我心中烙下了终身不灭的印象，也维系着我们一家的思念和牵挂、追忆和期盼，因为这儿长眠着近千烈士，其中就有我的丈夫吉兴林。当年他对我说，麻栗坡也许会成为他的第二故乡，那么今天这里也就是我的第二故乡，感谢父老乡亲对我丈夫 16 年来的看护和爱护！

25 日上午 9 点 10 分，在“云云，老山军民欢迎你”“云云，老山是你的家”“云云，你是老山的女儿”等一幅幅横标伴送下，在麻栗坡县委和县政府领导同志的引导下，陆荣华和云云来到麻栗坡烈士陵园。在陵园大门内高耸的纪念碑前，吉兴林生前部队向烈士敬献了花圈。灌云县代表、麻栗坡县代表、吉兴林烈士亲人代表分别向牺牲的英烈们敬上 3 杯“老山醇”白酒和 3 支“云烟”。

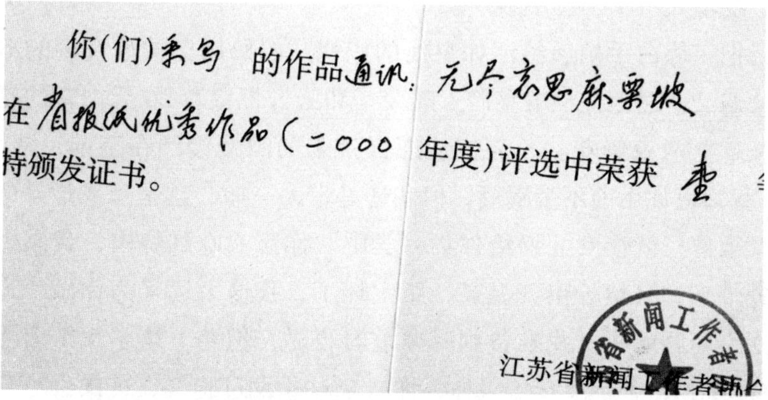
你(们)秉乌 的作品通讯：无尽哀思麻栗坡
在省报纸优秀作品（二000 年度)评选中荣获 壹
特颁发证书。
江苏省新闻工作者协会

在悲壮的乐曲声中，陆荣华和吉云云胸戴白花，在众人搀拥下，缓缓走下纪念碑通往烈士群墓的台阶。陆荣华怀中抱着她亲手做的挽联，云云手提一只花篮，花篮上缀着她在南京病房里亲手做的 16 朵白花，篮中放着两只鲜红的苹果、两只橘黄的芒果、4 只李子、4 只荔枝和 16 只桃子，其中那两只苹果是从家乡带来的，她们说代表她们母女的两颗心。

大家怀着崇敬的心情，默视着一排排墓碑。当有人在第 6 排 22 号找到吉兴林的墓碑时，云云和妈妈再也控制不住悲怆的感情，失声痛哭，一路小跑，扑向从未见过面的爸爸，扑向阔别 16 年的亲人。

“爸爸，我来看你了，我真想你……”

“兴林，这么多年你可好？你睁开眼，看看你的女儿吧，你从未见过她。那年你曾对我说要带好我们的孩子，今天我把她带来了。可她生病了，我对不起你……”

“爸爸，这么些年来妈妈的心一直伴着你，你睁眼看看她吧。她把对你的爱全部给了我。我生了重病，在千万个好心人帮助下，正在接受治疗。爸爸，帮帮我吧，我需要你的鼓励战胜病魔……”

“兴林，昨天晚上我一夜睡不着，想到今天要见到你，想到要同你说说 16

年积在心里的话，你不知道这些年我是怎么过来的。兴林，跟我们回家吧。一起把云云的病治好，我需要你，需要你的帮助，需要你的爱……”

陆荣华和云云长跪在亲人墓前，她们相偎在亲人身边，一字字抚摸亲人碑上的字迹，一次次把泪脸紧贴在亲人的墓碑上……

花圈陪伴着英雄的母女，挽联在微风中轻轻地呜咽。看着悲痛欲绝的英雄母女，在场人一个个泣不成声。

云云把一块白手帕递给泪如泉涌的妈妈。妈妈用已被母女俩的泪水浸透的手帕一遍又一遍地擦拭着墓碑。陆荣华和云云把缀着16朵白花的花篮摆在碑前，又献上两束鲜花。云云把从灌云带来的酒慢慢洒在墓前，陆荣华说：“兴林，我知道你生前不爱喝酒，但我还是带来一瓶，这是家乡最好的酒，女儿没能孝敬你，就让女儿斟给你尝一尝吧。你喜欢吃红烧肉，我原想在昆明部队做好带来，又怕云南气温高，路上坏了，我这么远来为你做一道菜，怎能让你吃不新鲜的呢？我准备到麻栗坡时再做，但路上堵了5个多小时，夜里11点多才到，来不及呀！兴林，你从未对我发过脾气，这次也不会怨我的吧？下次再来看你，我一定亲手做给你。你会抽烟，我就给你点烟吧。”说着，她点着了3支“一品梅”香烟，整齐地放在碑前，接着又摆上两包。香烟一缕，寄托无限哀思。

烈士家乡灌云县的代表也在墓前声泪俱下地致辞：“吉兴林烈士，我的老乡，我们看望你来了。16年的期盼，16年的艰难，都是为了今天；千万人的关注，千万人的情感，都是为了今天。16年来，家乡人民没有忘记你，你是灌云人民的好儿子；英雄的部队没有忘记你，你是25207部队的好战士；你的家人没有忘记你，时时刻刻都在为你祈祷。我们受家乡父老乡亲的嘱托，陪同你的家人来看你，一路的盛情，一路的尊敬，你都看见。亲爱的老乡，亲爱的战友，你应该感到欣慰了……”

陆荣华用手机拨通了灌云的电话。云云哽咽着对16年来一直和她们生活在一起的外公说：“我到爸爸墓前，见到爸爸了。我和妈妈把您的嘱咐和哀悼转告给他了。你们不要太伤心……”陆荣华在电话中对公公、婆婆说：“我们正在您儿子的身边。他让我祝你们健康长寿……”她又拨通了灌云妇幼保健所冯所长的电话说：“我和云云已向吉兴林转达了你和全单位职工的致意，还告诉他感谢你们平时对我工作的帮助，感谢家乡人民对我和云云的关怀……”

在众人的劝说下，陆荣华最后一次用手帕细细擦了一遍墓碑：“兴林，16年我无时无刻不在想着你，尤其是每年清明节、中秋节。我们要走了，可你怎么就不睁开眼睛看看我，是不是忘了我呀……我们要回家了，你放心，我一定要把云云的病治好，把她带好。”她把手帕递给云云后，转到碑后，在墓的水泥边上轻轻、轻轻地抚摸了一圈，又伏在碑上痛哭起来。云云接过妈妈递来的手帕，一边擦墓碑，一边一根一根拔着墓上的杂草，最后，抓了几把爸爸坟上的土，用手帕包了起来，抱在胸前又贴在脸上说：“爸爸，我要走了。爸爸，咱们带你一起回家……”母女俩又跪在碑前，磕了三个头，与亲人告别。

看着她们抱着泥土三步一回头的无尽留念、无尽哀思，泪水再一次从所有人的眼里夺眶而出。

在离开亲人墓碑后，陆荣华看到一位当年与吉兴林在同一连队战友的墓碑，深深鞠了三个躬；在麻栗坡烈士陵园的留言簿上，她写下了悼语：“烈士们，安息吧！”

无尽哀思麻栗坡

在众人搀扶下，缓缓走下纪念碑通往烈士……
阶，陆荣华怀中抱着她亲手做的挽联，云云手提一只
花篮，花篮上缀着她在南京病房里亲手做的16朵白
花，篮中放着两只鲜红的苹果、两只桔黄的芒果、4只
李子、4只荔枝和16只桃子，其中那两只苹果是从家
乡带来的，她们说代表她们母女的两颗心。

大家怀着崇敬的心情，默视着一排排墓碑。当
有人在第6排22号找到吉兴林的墓碑时，云云和妈
妈再也控制不住悲怆的感情，失声痛哭，一路小跑，
扑向从未见过面的爸爸，扑向阔别16年的亲人。

“爸爸，我来看你了，我真想你……”

“兴林，这么多年你可好？你睁开眼，看看你的
女儿吧，你从未见过她。那年你曾对我说要带好我
们的孩子，今天我把她带来了，可她生病了，我对
不起你……”

“爸爸，这么些年来妈妈的心一直伴着你，你睁
眼看看她吧，她把对你的爱全部给了我，我生了重

……泪俱下地致词：“吉兴林烈士，我
的老乡，我们看望你来了。16年的期
盼，16年的艰难，都是为了今天；千万
人的关助，千万人的情感，都是为了今
天。16年来，家乡人民没有忘记你，你
是灌云人民的好儿子；英雄的部队没
有忘记你，你是25207部队的好战士；
你的家人没有忘记你，时时刻刻都在
为你祈祷。我们受家乡父老乡亲的嘱
托，陪同你的家人来看你，一路的盛
情，一路的尊敬，你都看见了，亲爱的
老乡，亲爱的战友，你应该感到欣慰了
……”

陆荣华用手机拨通了灌云的电
话，云云哽咽着对16年来一直和她们

（2000年5月24日。江苏省报纸优秀作品一等奖）

鸡蛋，富含营养。富含营养的鸡蛋对于城里人，实在不算什么稀罕物。然而一篮不是鸡蛋的鸡蛋对于小靖乐和她的父母来说，却是那么弥足珍贵，那么刻骨铭心——

一篮吃不完的鸡蛋

(一)

上月底，记者在古城徐州采访，听到了一个平凡而又撼人心魄的故事……

2 月 10 日这一天，是徐州中山外国语学校开学的日子，可三（2）班的 52 名同学没有见到头戴小红帽、脸色煞白的靖乐同学的身影，走进教室的，是靖乐的爸爸妈妈。

邵帅为病中的小靖乐画的水彩画。

这时的小靖乐，已离开人间整整 8 天了！

在西阁街，左邻右舍谁不知道靖家有个白皙、美丽、活泼、聪明的好闺女；在学校，谁不知道一个团结友爱、诚实懂事、能歌善舞的小靖乐。然而，1996 年 7 月，当白血病死死缠住她的时候，她还只是个四岁半的孩子。定期的化疗，使她的头发全部掉光，一年四季戴着一顶桃红色小帽；五六十次的脊髓穿刺，使她的脊背布满了黑点，幼弱的身躯承受着极度的疼痛。于是，无论下课还是放学，全班同学都不挤不闹，让小靖乐第一个走出教室；于是，无论她上楼、下楼，还是在校园内走动，都会有一个、两个甚至更多的认识不认识的同学搀扶她。人们的关爱，支撑着她挺过了一年又一年。然而到了去年1月份，已经接受三年半化疗的她病情突然恶化，住进了徐州医学院附属医院。

（二）

小靖乐住院，同学们挂念她。去年“六一”节，在老师带领下，全班同学一个不落地来到靖乐病房。靖乐也日夜思念亲爱的老师、亲爱的小伙伴，老师的谆谆教诲，同学的欢声笑语，还有那清亮的钟声、琅琅的读书声，那天空的小鸟、洒满阳光的操场，多少次在她多梦的脑海里亲切回荡！她在病床上一一抚摸每一个同学的手，一一抚摸他们送来的鲜花、图书、折纸、绘画、水果和补品等。当她接过邵帅同学的一张水彩画时，看了许久许久，原来那张画用稚嫩的彩笔描绘了一片蓝天、一片阳光、一片草坪、一片树荫，树荫下放着一篮鸡蛋，鸡蛋旁有两行字——“靖乐：我知道你现在最需要营养，可我父母都下岗了……”

鸡蛋，对于小靖乐来说并不陌生，病中的小靖乐也并不缺少鸡蛋。然而不知怎的，邵帅的画让她幼小的心灵受到了强烈的撞击，使她爱不释手。多少次，她从睡梦中醒来，她从昏迷中醒来，她从治疗室穿刺检查、鞘内注射回来，都忍着痛苦用苍白的小手拿着那张水彩画端详，沉浸在那片蓝天、那片阳光、那片草坪、那片绿荫，还有那篮鸡蛋所带来的美好天地中。去年6月的一天，脑囊肿昏迷了一个星期的她醒来后，突然问妈妈：“妈，别人帮助靖乐，靖乐病好了，也帮他们，对不?”“对，好女儿!”妈妈泪如泉涌。

今年1月2日，小靖乐进入无菌室。1月12日，进行脊髓移植手术。不久，机体出现令人遗憾的排斥，多种并发症一起向一个极度虚弱的孩子袭来，水电解质平衡紊乱，发烧40多摄氏度，一天腹泻30多次，深度昏迷，呼吸衰竭……2月2日凌晨两点多钟，她忽然从昏迷中稍稍醒来，嘴里喃喃地说：“妈妈，我要看看那张画，我要吃生日蛋糕……”20分钟后，她又试着想坐起来：“妈妈……你说……要……帮别人……邵帅……家里……穷……”惊愕的妈妈一边点头，一边拿出还未来得及读给女儿听的《中国神话故事》，一口气读了 50 多页，看看女儿，女儿睡着了，永远睡着了，就跟往常的每一天一样，更加苍白、细弱的小手拿着那张画。妈妈擦擦眼泪，收起女儿手中的画，望着窗外。明天，2 月 3 日，当太阳再次从地平线上升起的时候，就该给女儿过生日了。9 周岁在当地可是“整生日”，很讲究的……

（三）

一颗流星划天而过，留下一串晶莹的轨迹晶莹的梦。女儿的小小心愿，成了爸爸妈妈最大的心愿。

2 月 10 日，该是女儿开学的时候了。上午 10 点多钟，靖乐的爸爸靖大斌、妈妈李敬华来到中山外国语学校，来到留着女儿位子的三（2）班。在这里，他们的女儿享受了多少欢乐多少爱，洒落了多少五彩的憧憬五彩的梦！他们含泪告诉老师，靖乐不能再来上学了；他们含泪告诉同学，靖乐在病中是怎样的想念小伙伴；他们含泪感谢全校师生对女儿的关心和支助；他们含泪希望同学们珍惜女儿朝思暮想而无法得到的学习机会。他们还含泪讲述了女儿临终前的小小心愿，并含泪用女儿治病剩下的钱，替家境贫困的邵帅同学交了 70 多元的学费。他们说，靖乐不在了，你们都是我的孩子。

他们来到女儿住过的病房，把治病剩下的 400 元钱，还有许多来不及用完的药品，交到徐州马厂湖的病友、7 岁的小陈郸手中。靖大斌夫妇为靖乐治病花了 30 多万元，拉下了近 10 万元的外债，陈郸的家长实在不忍心用他们的钱。靖大斌说：“孩子病时，大家帮过我们。现在孩子去世了，我们也该力尽所能帮助别人。”眼下小陈郸已经做完骨髓移植手术，正在治疗中。另外几个病人也得到了靖乐父母的帮助。

2 月 24 日，记者来到靖乐家，正逢邵帅母亲带着邵帅登门感谢他们。提到小靖乐，目睹邵帅的画，屋内几个人的眼泪没干过。靖大斌在市政公司上班，李敬华在一中校办工厂工作，单位效益都不太好。去年，小靖乐病情恶化的消息传到班级，班级向全校发出倡议，全校师生捐资 7000 多元；消息传到鼓楼区各个教育单位，全区师生捐资 2 万多元；消息传到市政公司，包括下岗职工在内的干部员工两次捐资 1 万多元；消息传到一中，职工和师生们捐资近 4 万元……靖乐父母从抽屉里拿出那张水彩画，还有一张密密麻麻的记账单，说：“靖乐治病欠下的钱债，咱两口这辈子能还清，还不清的是女儿的心愿，是大伙对咱的那份情意……”

小靖乐带着那篮子鸡蛋遗憾而又满足地走了，那张水彩画成了靖乐父母终身的情结、终身的珍藏。那一篮不是鸡蛋的鸡蛋，他们全家永远享用不完！

（2001 年 3 月 7 日。江苏省报纸优秀作品二等奖）

依依“扬子”情

6 年前，我调至城里工作，也就是从那时起，我结识了《扬子晚报》。从此，我生活中多了一位诤友，工作上多了一位良师，并且相伴至今，获益颇多。

曾记得，《扬子晚报》的一篇通讯报道《一篮吃不完的鸡蛋》，感动得我泪水涟涟。当我对着全班学生读完这篇文章后，全班同学都哭了。从此，这篮“鸡蛋”在我和我的学生心中扎下了根，那岂止是普通的鸡蛋，那是一颗纤尘不染的童心，那是一份至真至诚的关爱！我每次读这篇文章，教室里都异常安静，那一双双满含热泪的眼睛告诉我，我的学生读懂了这篇文章，人世间最美的乐章便是爱！而今，尽管这份剪报已微微泛黄，但那份沉甸甸的爱依旧感动着我一届又一届莘莘学子。在构建和谐社会的伟大征程中，这份人间真情必将薪火相传，永生不息！这就是“扬子”的魅力——倡导文明，传播真情。

无锡读者　孙建兴

（2007 年 2 月 26 日）

生活中，有人面对困难或挫折，常常轻率地舍弃生命；还有的人，为了个人的私欲，视别人的生命为草芥，结果也葬送了自己；也有的人，把生命当作赌注，将时光消磨在无为之中。记者近日采访了南京姑娘陈阳，她珍惜生命、热爱生活的执着，深深打动着我们这些健康人的心——

拥抱每一天的太阳

窄窄的巷子，低低的平房。这里是南京市江宁区东山镇小里村100号。

洁净的房间，年轻的姑娘，这就是20岁的陈阳和她充满生命的小屋。每天，当太阳从地平线上升起的时候，她便走出小屋，走出小巷，走向大街，走进一片无时无刻不在孕育生命和美好的金色阳光，任天光云影在额头徘徊、花香鸟语在身边徜徉。不，她不是在走，因为她不能够走动；她是在飞，是用她的心在飞。6年来，凶恶的骨癌细胞无时无刻不在吞噬着她年轻的生命，虽然她胸部以下已经瘫痪，整天只能呈“丁”字状趴在床上，但她在日记中写道：我叫“陈阳”，也许属于我的时间不多了，我要拥抱每一天的太阳、珍惜每一天的生命、过好每一天的生活！

我是一棵从不烦恼的小草

我是一棵小草。小草枯萎了，浇点水又能活过来，可我呢？我觉得自己是大海中的一叶扁舟，一个浪头接着一个浪头打来，随时都会覆没。但我能够面对现实。认“命”的人往往听其自然，而不甘被命运捉弄的人就会努力抗争，我盼望着奇迹能够出现。“从不寂寞，永不烦恼，我是一棵无人知道的小草……”——摘自陈阳日记从小学到中学，陈阳的各科成绩都很出色。她天生一副好嗓子，加上她阳光般活泼的性格，每天都有唱不完的歌。她走到哪儿就会把欢乐带到哪儿，同学们称她为“快乐的金嗓子”。在校担任班级的文娱委员期间，她多次在校内外的唱歌比赛中得奖。她的最大心愿就是将来当一名歌唱家，歌唱早晨，歌唱希望，歌唱生命，歌唱阳光，让歌声装点美好生活。

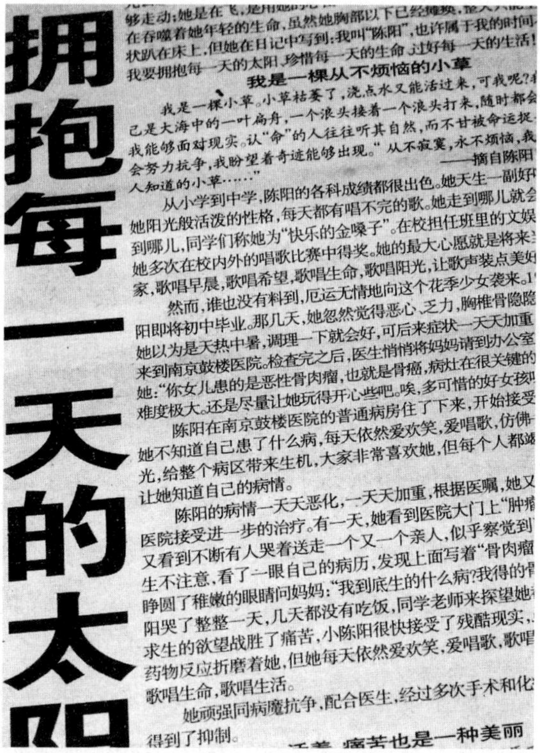
拥抱每一天的太阳

够走动；她是在飞，是用她的……虽然她胸部以下已经瘫痪……
在吞噬着她年轻的生命，虽然她胸部以下已经瘫痪，也许属于我的时间
状趴在床上，但她在日记中写到：我叫“陈阳”，也许属于我的时间……过好每一天的生活！
我要拥抱每一天的太阳，珍惜每一天的生命，过好每一天的生活！

我是一棵从不烦恼的小草

我是一棵小草。小草枯萎了，浇点水又能活过来，可我呢？
己是大海中的一叶扁舟，一个浪头接着一个浪头打来，随时都会
我能够面对现实。认“命”的人往往听其自然，而不甘被命运捉
会努力抗争，我盼望着奇迹能够出现。”从不寂寞，永不烦恼，我
人知道的小草……”

——摘自陈阳

从小学到中学，陈阳的各科成绩都很出色。她天生一副好
她阳光般活泼的性格，每天都有唱不完的歌。她走到哪儿就会
到哪儿，同学们称她为“快乐的金嗓子”。在校担任班里的文娱
她多次在校内外的唱歌比赛中得奖。她的最大心愿就是将来
家，歌唱早晨，歌唱希望，歌唱生命，歌唱阳光，让歌声装点美好
然而，谁也没有料到，厄运无情地向这个花季少女袭来。1
阳即将初中毕业。那几天，她忽然觉得恶心、乏力，胸椎骨隐隐
她以为是天热中暑，调理一下就会好，可后来症状一天天加重
来到南京鼓楼医院。检查完之后，医生悄悄将妈妈请到办公室
她：“你女儿患的是恶性骨肉瘤，也就是骨癌，病灶在很关键的
难度极大。还是尽量让她玩得开心些吧。唉，多可惜的好女孩
陈阳在南京鼓楼医院的普通病房住了下来，开始接受
她不知道自己患了什么病，每天依然爱欢笑，爱唱歌，仿佛
光，给整个病区带来生机，大家非常喜欢她，但每个人都竭
让她知道自己的病情。
陈阳的病情一天天恶化，一天天加重，根据医嘱，她又
医院接受进一步的治疗。有一天，她看到医院大门上“肿瘤
又看到不断有人哭着送走一个又一个亲人，似乎察觉到
生不注意，看了一眼自己的病历，发现上面写着“骨肉瘤
睁圆了稚嫩的眼睛问妈妈：“我到底生的什么病？我得的
阳哭了整整一天，几天都没有吃饭，同学老师来探望她
求生的欲望战胜了痛苦，小陈阳很快接受了残酷现实，
药物反应折磨着她，但她每天依然爱欢笑，爱唱歌，歌唱
歌唱生命，歌唱生活。
她顽强同病魔抗争，配合医生，经过多次手术和化
得到了抑制。

痛苦也是一种美丽

然而，谁也没有料到，厄运无情地向这个花季少女袭来。1995 年夏，陈阳即将初中毕业。那几天，她忽然觉得恶心、乏力，胸椎骨隐隐作痛，她以为是天热中暑，调理一下就会好，可后来症状一天天加重，妈妈带着她来到南京鼓楼医院。检查完之后，医生悄悄将妈妈请到办公室，郑重地告诉她：“你女儿患的是恶性骨肉瘤，也就是骨癌，病灶在很关健的胸椎上，治疗难度极大。还是尽量让她玩得开心吧。唉，多可惜的好女孩呀……”

陈阳在南京鼓楼医院的普通病房住了下来，开始接受初步的化疗。她不知道自己患了什么病，每天依然爱欢笑，爱唱歌，仿佛一缕灿烂的阳光，给整个病区带来生机，大家非常喜欢她，但每个人都竭力瞒着她，不让她知道自己的病情。

陈阳的病情一天天恶化，一天天加重，根据医嘱，她又转到金陵肿瘤医院接受进一步的治疗。有一天，她看到医院大门上“肿瘤医院”的牌子，又看到不断有人哭着送走一个又一个亲人，似乎察觉到了什么。她趁医生不注意，看了一眼自己的病历，发现上面写着“骨肉瘤”三个字……她睁圆了稚嫩的眼睛问妈妈：“我到底生的什么病？我得的骨癌，是骨癌！”陈阳哭了整

整一天，几天都没有吃饭，同学老师来探望她都不愿见。不久，求生的欲望战胜了痛苦，小陈阳很快接受了残酷现实，虽然每天严重的药物反应折磨着她，但她每天依然爱欢笑，爱唱歌，歌唱早晨，歌唱希望，歌唱生命，歌唱生活。

她顽强同病魔抗争，配合医生，经过多次手术和化疗，病情终于暂时得到了抑制。

活着，痛苦也是一种美丽

妈妈，我每天身体都很疼痛。我不怕死，但我不愿死，我还有那么多的生活没有经历过，我要活着看看世界，这个世界太美了！好喜欢一首歌《昔日重来》，倘若昔日真的能够重来，我一定好好珍惜生活，好好回报社会。现在我更体会到健康和生命是多么重要，我愿用我的一切去交换，只要让我活着！苍天哪，给我一次机会吧……——摘自陈阳日记

陈阳在学校读书期间，成绩总在班上名列前茅，家长老师对她充满了期望，她对自己的未来也充满了信心。她清楚地记得拿到中考准考证时的激动。然而中考那一天，全班同学陆续进考场，唯独不见陈阳的身影。这时的她，正躺在医院的病床上，这成了她终身的一大遗憾。

出院后，遵照医生的意思，为了让她玩得开心，全家人陪着她来到了大连，来到了唐山。在北戴河，拖着久病化疗后虚弱的身子，看着祖国的锦绣河山，感受着大自然“万类霜天竞自由”的氛围，她忽然觉得一个人来到这个世界上是个多么难得的机遇，一个人活在这样的世界上又是件多么美好的事情。那天，她的思绪就像眼前第一次看到的大海，波涛汹涌：我才 17 岁，正逢花季，难道就这么完了吗？不！她想起了散文家杨朔笔下锲而不舍的“雪浪花”，想起了保尔·柯察金驱除自杀念头的那段著名独白：“人最宝贵的是生命，生命对于人来说只有一次……”那天，她一个人想了好久好久。那天，她热泪盈眶，不是悲伤，而是一种振作后的激动。

从此，她自学，看报，听广播，做些力所能及的家务事，参加能够参加的公益活动，决心充实地过好自己的每一天。从此，她学着做生意，想自己挣钱治病、贴补家用。到了 1999 年底，她用挣到的钱在街面上租了一个门面

房，准备开店，等到房子装潢好了，货也进了，她却倒下了，这成了她的又一憾事。

那是1999年12月24日，圣诞节，在此之前一直欢蹦乱跳的她，突然腿脚发软，四肢乏力，浑身不适，南京军区总医院的诊断结果显示：骨癌已侵入她的脊椎，必须尽快进行进一步的治疗。但这一次，家里再也无力支付昂贵的医疗费。陈阳的父母早离异，母亲独自把她拉扯大，这几年母亲下岗在家，继父是普通司机，收入不多，还要供养老人。陈阳也知道，这些年为了治自己的病，欠下了许多的债务，她实在不忍心让继父与妈妈再受累，恳求带她回家。无奈，妈妈只得把她接回家静养。

从欢蹦乱跳一下子瘫痪不起，这一次对她的打击实在太大了，她一开始怎么也接受不了这个残酷的事实，她在床上乱翻乱滚，翻滚到地上就在地上到处爬，大年三十不能和家人一起吃年夜饭，急得她用东西狠砸自己的头。然而，时间不长她就平静下来，她想，不能走就不能走吧，反正我还活着，活着就有希望，就要奋斗，就没有过不去的坎！她牢记自己没能上高中和没能进一步创业的两大遗憾，她说要在病床上读完没能够读的课程，她说现在不学习将来病好了怎么找工作，又怎么报答关心我爱我的人呢？她说每天浑身都疼痛难忍，但只要让我活着、给我时间、让我拼搏，“痛苦也是一种美丽”。她在日记本的扉页上写下了这样一句话：“生命，是一个人最有价值的财富。珍惜生命！”

人生没有过不去的火焰山

人活着，有多么好啊！但活着又并不是处处顺心，不然怎么会有人自杀呢？不错，“不如意事常八九”，但“留得青山在，不怕没柴烧”，人生没有过不去的火焰山。除非你没有存在过，只要你存在过，就应该有意义地生活，你，才是自己的主人。我要为失去信心的朋友们献上一首老歌：“我们的生活充满阳光……”——摘自陈阳日记

今年2月，大年初五，陈阳的病情又一次恶化，浑身绞痛，一二十分钟就吐一次。万般痛苦把她渐渐带进了半昏迷状态。此后，她的生命就像秋千索，在生与死的晨昏线上游荡，她的意识也进入了半休眠，但有两个场景每

天都要在她波澜不惊的脑海里反复出现，一个是北戴河的美景，另一个就是她生命小屋里的那扇窗子。她不想待在黑暗中，每天清晨，当那扇窗子最先送来明亮的时候，她都在半昏半梦中强迫自己飞出窗子，飞出小巷，飞向大街，飞进一片无时无刻不在孕育生命和美好的金色阳光，任天光云影在额头徘徊、花香鸟语在身边徜徉……终于，在一个月后的一天清晨，她清醒地张开了美丽的眼睛，送给日夜陪伴的妈妈和日夜陪伴的窗子一个胜利的微笑。妈妈泪如雨下，窗外鸟儿在唱。

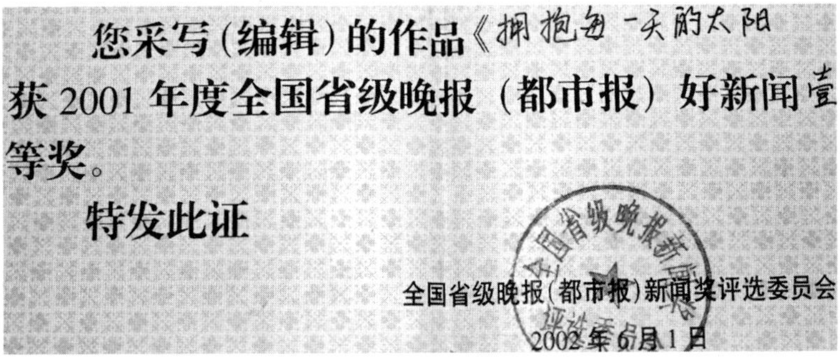
您采写(编辑)的作品《拥抱每一天的太阳

获 2001 年度全国省级晚报（都市报）好新闻壹等奖。

特发此证

全国省级晚报(都市报)新闻奖评选委员会

2002 年 6 月 1 日

昨天，记者沿着窄窄的小巷来到陈阳洁净的生命小屋，她正平静地趴在床上，脸朝向窗外那片明净的天空，目光如水。见我们来了，她的脸上荡漾起了笑容。她对什么都很好奇，言谈中充满对未来的美好憧憬，还不时爆出“咯咯咯”的笑声，没有一丝久病的影子。病榻前一大堆《扬子晚报》吸引了记者的目光。陈阳昂起头微笑着说：“看报纸是我每天生活的重要内容，许多人物通讯给了我战胜病魔的勇气，像吉云云、小靖乐、任国庆等报道，我读了一遍又一遍，每一遍都流泪。他们像我一样得了重病，但他们都能顽强地同病魔抗争，为社会奉献自己的一切，而我为什么不能呢！”她接着说：“现在有些人遇到一点挫折和痛苦就受不了，甚至自杀，还有的人对待工作和人生那么冷漠、淡漠，他们太不珍惜生命、珍惜生活了。像我这几年其实太累太累了，肉体和精神也很痛苦，但我坚持乐观，不让自己沉沦下去。活着多么好啊，生命多么好啊！我想站起来，我渴望活着，如果我有一天身体好了，我肯定会工作好每一天，生活好每一天，报答父母，报答社会！”说到这里，为了不让我们看到她眼中的泪水，她把脸转向窗外。

窗外，一片蓝天！

（2001 年 9 月 20 日。全国省级晚报都市报好新闻一等奖）

江南霜叶晚，红了要塞，靓了太湖。记者日前来到江阴，来到无锡，沉浸在一个霜叶般凄丽的故事之中……

感天动地一个吻

8月29日，江雨霏霏，无锡市第二人民医院护师樊兵抱着她刚满8个月的儿子，踏上航天部江阴测量基地远望四号船。江水拍打着船舷，发出“哗——哗——”的声响。止不住的泪水，伴她扑向丈夫王海鹏的骨灰盒……

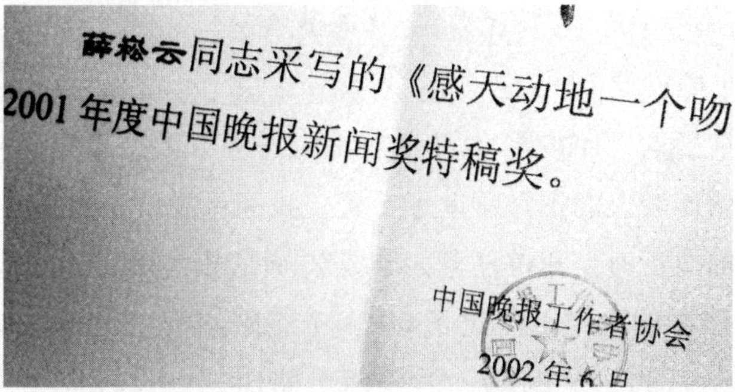

此时此刻，她已置身于瀚海蓝天间，看着她亲爱的海鹏带着万里海途的咸味向她奔来，就像以往的任何一次一样。她清楚，自从他大学毕业踏上远望号，就没闲过一天，即使生病住院，也在攻关他的电视标校等技术，撰写的10篇论文全都获奖，多次被评为优秀科技干部。她记得，海鹏每次归来，都滔滔不绝讲着船上的点点滴滴，其实他何须讲，哪一次出海，她的心不是伴着他一道远航，哪怕风急浪高，哪怕三年两载，哪怕十万八千里！一次，卫星刚跳上地平线，船上的遥测天线出现抱闸，没法转动，他运用娴熟的技术另辟蹊径，迅速操纵伺服驱动，及时将天线重新抬起，保证了海上试验任务的圆满完成。一次，茫茫洋面笼罩着白色浪花，狂涛像山峰一样一个接一个压过来，船上一台测控设备突然出现故障，他从船舱跑到甲板上，爬上左右摇晃的10多米高的天线，经过一天一夜的连续工作，终于排障，他脸色苍白，头晕脑涨，病倒在岗位上。这一次，基地追记他二等功，作出《开展向王海鹏同志学习的决定》，大家流着泪如数家珍，说他几年来每天总是早早来到机房，总是耐心指导新科技人员，总是加班加点，休息日谁一个电话打过去请他替个班，他总是一准赶到，遇有大风大浪他虽会晕船呕吐，有时连胆汁都吐出来，但总是坚守岗位……这些，她都知道，她为有这样爱岗敬业的好丈夫骄傲，她为儿子有这样默默奉献的好爸爸骄傲！

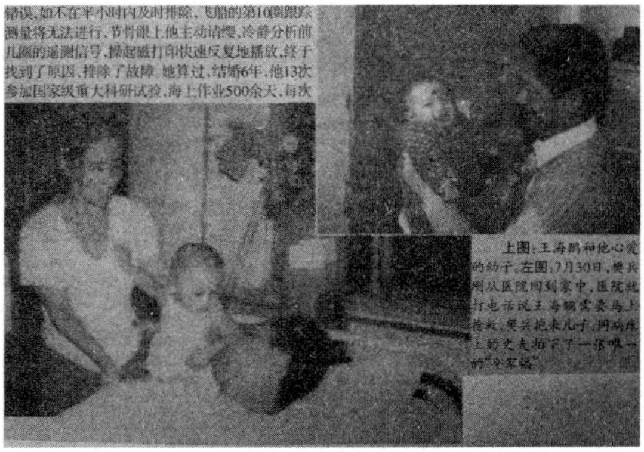

此时此刻，她想起了与海鹏短暂而又灿烂无比的如梦佳期。她的海鹏原在远望三号船负责电视标校系统，作为技术尖子，1998年调到新组建的远望四号，另外挑起磁打印记录和伺服驱动两个重担，一直忙于外出学习和安装调试的他，前后5次推迟了婚期。1999年1月没有出海任务，相恋多年的他俩终于办理了结婚手续。然而醉人的蜜月刚度了5天，我国首发“神舟一号”试验飞船，他主动要求参加执行海上测控任务，于是告别依依不舍的她，踏上远征印度洋的航程，在浩渺的大洋上度过了60多个难眠之夜。这一次测控，当“神舟一号”飞船运行到第9圈时，远望四号船监控台发现遥测解调信号帧同步码组出现错误，如不在半小时内及时排除，飞船的第10圈跟踪测量将无法进行，节骨眼上他主动请缨，冷静分析前几圈的遥测信号，操起磁打印快速反复地播放，终于找到了原因，排除了故障。她算过，结婚6年，他13次参加国家级重大科研试验，海上作业500余天，每次出海少则一个月，多则两三个月，天各一方的他俩把思念的日子越积越厚，他每天都在船上给妻子写信，虽然她不能收到，但一到家里他就把一封封带有咸味的信交给她。

此时此刻，她想起了他俩心爱的儿子。2000年4月，一个越洋电话飞上

ANGTSE EVENING POST 新华日报

国内统一刊号 CN32－0055 邮发代号 27

址:http://www.yangtse.com 第5815期 今日本报76版

有奖征集新闻线索 13505176110 4409110 128－新

●江泽民昨与巴基斯坦总统穆沙拉夫会谈 指出中国作为巴基斯坦的可靠朋友，将一如既往支持巴基斯坦保持稳定和发展，支持巴基斯坦为地区和平与繁荣所做的努力。

感天动地一个吻

来到无锡，沉浸在一个霜叶般凄丽的故事之中……

江南霜叶晚，红了要塞，靓了太湖。记者日前来到江阴，

了正在海上执行任务的远望四号：“海鹏，我怀孕了！”7月6日那天，他从海上归来，她从40多公里外的家里挺着个大肚子，提前两小时来到码头，随着一声长鸣的汽笛，测量船缓缓靠岸，他从人群中一眼就看到了大肚子的妻子。他站在甲板上使劲地挥手，下船后跑到她跟前，当众摸着和听着她的大肚子，手舞足蹈，大伙羡慕地看着他俩，她有些不好意思。11月27日，他在医院的产房里陪了她一个晚上，听到了儿子的第一声啼哭。看着可爱的儿子，他俩沉浸在无比的幸福中。就在儿子出生不到一个星期的时候，我国发射“神舟二号”飞船，他又主动提出执行测控任务，临走，他默默地在儿子额头吻了一下，踏上了远征印度洋航程。在这次海上跟踪中，他每天平均工作13小时，在伺服驱动和磁打印两个岗位上来回值班，实在太累了就斜躺在床上歇会儿，战友想替换他，他硬是实践着“只要还有一口气，就要在岗位上”的诺言。她的海鹏一直把爱子的照片带在身边远航！

此时此刻，她感到了一种无法排解的遗憾所带来的无法排解的苦痛！今年，远望四号进厂改造，7月，他从北京学习4个月归来，在家只待了一天就回到了船上，这时正值新设备装船，气温高，噪声大，工作重，他一下子病倒了。7月15日，他被迫住进医院，经查已是肾功能衰竭晚期，医院发了病危通知书。她求医生把自己的肾给他换上，但医生告诉她：太迟了，他的肺部已严重感染，尿素氮和肌酐指数超出正常人几十倍！这一晴天霹雳，震得她几乎晕倒！她的海鹏才28岁，他们还有好多好多美丽的梦没有开始，她怎么也不相信自己的耳朵、不相信自己的眼睛，不相信一米八几的他会就这么倒下……7月30日，她刚离开他的病床回到家中，医院就打来电话：需要马上抢救。她冲到医院，一手抱着儿子，一手抱着吸着氧气的他，照了全家唯一的一张合影。每次病危，他总在昏迷中呼喊着她和儿

子。每次醒来，他都对医生说：“快救救我，远洋测控需要我……”大伙每次前来看望他，他总是询问设备装船的情况，叫大家不要隔三岔五往医院跑，耽误安装调试。8 月 11 日中午，他忽然攥住她的手说：“让我吻一下吧！”这时她见病房有人，不好意思，就没有满足他的愿望，这，成了她的终身大憾！8 月 14 日凌晨，他断断续续地说：“遗憾，没能和战友们一道远航……”说完，心脏停止了跳动。这时，新装备的远望四号船正英姿焕发地试航在滔滔大洋上……

此时此刻，她伏在他的骨灰盒上号啕大哭：“海鹏，那天病房有人，求求你，别怪我……”许久，她抹了抹眼泪，抬眼环顾，这才看到远望四号全体船员早已在甲板上冒雨列队，向她致敬，泪水和着雨水从每个人的脸上淌下，“向王海鹏同志学习”“化悲痛为力量，把王海鹏未竟的航天远洋测控事业完成好”的横标，在茫茫江雨中肃立。这时，莽莽汽笛蘸着江风泪雨响起来了，足足一分钟！凝重的汽笛声划破长空，跨越大洋，令群山敬立，海涛呜咽。此时此刻，她又看见她亲爱的海鹏慢慢向她走来，对她诉说着往日的点点滴滴……

从此冬天不会冷

——王海鹏妻子感受浓浓人间真情

月过去，转眼春节到来，在这万家欢庆的日子里，一个扯不断的牵挂始终缠绕在扬子晚报人和广大读者的心头：樊兵，你好吗？

1月8日上午，记者带着扬子晚报职工新春的问候，再次来到无锡，来到太湖花园新村樊兵的家中。

樊兵的丈夫王海鹏常年奔波在大洋上，终因身体“透支”，年仅28岁就为祖国的载人航天事业献出了生

乇报道之后，不久前首都各大媒体又于王海鹏的报道，王海鹏所在的远望

忧解痛，共度寒冬。在江阴，澄江洁环书店的老板唐祥英一口气读完本报报道，禁不住流下泪水，她连夜捆好两包书，送给樊兵的儿子小丁丁，说要让他从小学习，不忘父志。

樊兵所在的无锡市第二人民医院领导经常到她家问寒问暖，当他们发现樊兵家的地板很破旧时，便立即召开党委会，决定为她家重新装潢，让痛失亲人的樊兵过一个愉快的春节，1月23日装潢完毕，看着锃亮的新地板，樊兵感动地说：“以后丁丁在家再也不会被绊倒了。”二院同时还开展了“伸出温暖的手，献出诚挚的爱”活动，800多名职工捐款2.2万多元，并规定以后樊兵家遇到什么

为让女儿

老家河南来到

助的1000元钱

亲在一旁擦起

被这份情所感

丁最先学会的

爸爸，但从他的

字。大年三十

看看王海鹏。

她说虽然失去

这个春节她感

她要带父母亲

（2001 年 12 月 21 日。中国晚报新闻奖特等奖）

海上出征历时87天的“远望”二号航天远洋测量船，今天上午抵达江阴港口。为圆满完成我国首次载人航天飞行的海上跟踪测控重任，4艘航天远洋测量船，留下了一串饱蘸海风、可歌可泣的故事……

六万海里牵“神五”

我国首次载人航天飞行圆满成功，杨利伟自天凯旋已近两个月。今天上午，随着一声汽笛长鸣，历时87天、航程近1.7万海里的“远望”二号航天远洋测量船抵达江阴港口。至此，我国4艘航天远洋测量船队在圆满完成“神舟”5号海上跟踪测控任务后全部凯旋。

追星赶箭布天网

从今年9月8日起，4艘“远望”号测量船相继出征，联袂执行“神舟”5号海上测控任务。它们分别通过台湾海峡、马六甲海峡和好望角等险要航区后，“远望”一号定位于日本海海域，“远望”二号来到南太平洋，“远望”三号奔赴南大西洋，“远望”四号驶向印度洋。

北京时间10月15日上午9：00，随着长二F运载火箭将“神舟”5号射入苍穹，三大洋上千名“远望”人迎来了最紧张也最激动人心的一刻。船箭分离9分钟后，“远望”一号及时捕获到飞船，及时发出“太阳帆板展开”指令，成功给飞船“注入”动力。9：30，“远望”二号捕获到飞船，并及时注入数据，使飞船成功进入椭圆形初轨。15：30，飞船环绕地球第七圈，当中国第一位航天员杨利伟向全人类展示中国国旗和联合国国旗，向全国各族人民、海内外同胞和世界人民问候，并与他的亲人通话时，“远望”四号不负众望，将这些精美的画面和声音传输到北京，传输到全世界。16日，5：34，

“远望”三号开始跟踪飞临南大西洋上空的“神舟”5号，并对飞船发出返回指令，返回舱旋即由运行轨道转入返回轨道……

这次远征，“远望”号测量船队航程6万多海里，完成了对“神舟”5号运行段、返回段和留轨段17个圈次共21个弧段的海上跟踪测轨、遥测、遥控、天地数据和图像传输及话音通信任务，向飞船正确发送遥控指令212条次，在飞船运行段获取有效测轨数据130余分钟，遥测实际总覆盖时间约152分钟，轨道覆盖率为12.4%。有关专家称，经过这次“神舟”5号的测控检验，证明我国航天远洋测量船的测控能力、测控精度、自动化程度和可靠性等整体技术，全部达到国际先进水平。

而在此之前，他们已43次远征大洋，50余次执行航天测控任务，成功率100%，累计航程100余万海里，相当于绕地球40多圈。

惊涛骇浪铸辉煌

地球转动，海水流动，船体晃动，目标移动，这些没有难倒“远望”人；航程远，任务重，时间长，时差大，这些没有难倒“远望”人；出海人员多，停靠外港多，关键项目多，涉外要求严，这些没有难倒“远望”人！

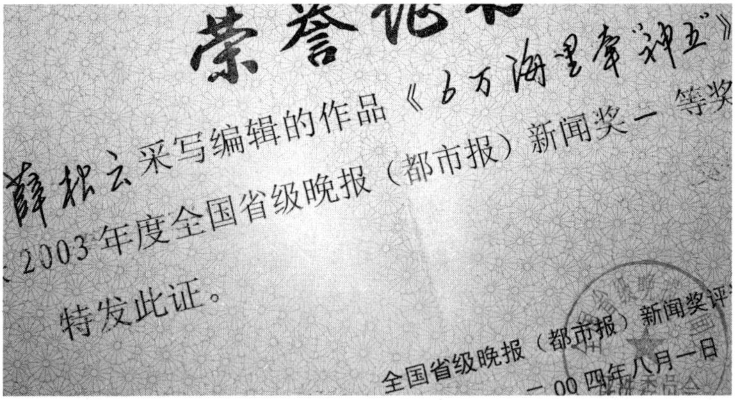

就在飞船发射的前一天，“远望”二号任务海域受强温带气旋影响，根据气象预报，发射日的风力将达10级，浪高5米以上。在这样的气象和海况条件下，根本无法按原方案执行任务，这将直接影响飞船按时发射。在万分紧急关头，他们根据温带气旋的走向和强度变化作出判断，紧急制定了新的测控方案，将船向东北航行136海里执行任务，最终既保证了飞船按时发射，又保证了船舶安全。而在完成任务的返航途中，“远望”二号又在赤道附近两次遇上移动缓慢的强热带风暴，他们在惊涛骇浪中成功地进行了规避。

在执行测控任务中，4 艘“远望”号均处于中高纬度海域，气象复杂，海况恶劣，往返要经过许多危险航区，4 船间的时差达 13 小时，基地指挥所要 24 小时不间断工作。测控飞船时，不同的圈次要根据测控设备跟踪的几何条件，不断调整船位和航向，以保证精确度。测量船分别停靠多个国家的多个港口，船舶安全、动植物卫生、防污染等检查很严，一些港口社会环境比较复杂，这些对靠港工作以及船舶、人员的管理和安全等，都是新的考验。

为确保万无一失，“远望”人早在出海前便厉兵秣马，共解决测控设备问题 270 个、船舶动力设备问题 995 个、各种指标测试 668 项，对软件进行了 4 次修改，组织锚训 2 次、船内联调 81 次，与北京中心单向联调 2 次，跟踪过境星 98 次，放球 12 次。即使出海后，防患未然的弦也一刻没松过，“远望”一号解决各类问题 200 多个；“远望”二号 USB 遥控出现慢秒，他们组织技术攻关，终于实现了故障复位、问题定位，排除了一个重大隐患；“远望”三号抵达任务海区后，出现信号干扰，他们反复试验，认真分析干扰源，制定了应急预案，确保了稳定跟踪；“远望”四号抵达预定海域后，了解到天气将逐渐恶化并形成危害性海况，基地接报后立即组织气象会商，果断调整任务海域，采用新的测量点……

“远望”号先后 4 次停靠了 3 个国家的 4 个港口。测控任务完成后，“远望”号每到一个港口，都受到当地华人华侨和留学生的热烈欢迎。他们有的驱车几百公里赶来，有的提前十几个小时在码头守候，看到“远望”号来了，许多人激动得热泪盈眶。靠港期间，“远望”号举办了 6 次招待会，接待我国使馆工作人员、港口所在国政府官员、华人华侨等 200 余人次上船参观联谊，展示了中国航天人的良好风范。“远望”三号返航途经印度洋时，一艘新加坡货轮用高频电话呼叫他们，说从当地媒体中了解到“远望”号船队的感人事迹，并鸣笛一分钟向“远望”三号全体人员致敬……此时此刻的“远望”人，与祖国人民一样，无比自豪！

成功瞬间凝赤诚

半年多的精心准备，数十天的艰苦鏖战，“远望”人终于迎来了“神舟”

5号海上测控任务的胜利。而在瞬间辉煌的背后，有多少可歌可泣的细节令人难以忘怀！

现任测量船基地总工程师的张忠华在“远望”号船上工作了11年，他一年有三分之二的时间在海上、机房里和出差中度过。这一次，他11岁的儿子在作文里写道：“我的爸爸什么都好，就是常常不在家，真没劲。”他很爱妻子和儿子，但在航天事业面前，他义无反顾。

马立国是“远望”三号船上有着12年船龄的普通操舵手，当他随船前往太平洋执行任务时，从东北老家传来噩耗，他的父亲在赶牛车时被雷电击倒，生命垂危。他在驾驶室里向着家乡的方向跪下来，泪流满面地向万里之外的父亲磕了3个头，然后抹干泪水回到岗位，继续执行任务。

9月24日，当“远望”四号拉响出航的最后一声长笛时，航海部门士官岑志刚的眼睛湿润了。一个多月前，他的妻子分娩时难产，在产房足足待了8小时，小孩还是迟迟生不下来，最后不得不借助手术钳，却造成了婴儿颅骨损伤，脑部溢血，小小生命初降人世便受到了死神的威胁。那段日子对于初为人父的小岑来说，简直如同噩梦一般。经过几天的抢救，儿子病情稳定了，但医生说孩子还小，会不会有后遗症很难判断。一边是需要父爱的孩子，一边是一天天迫近的任务，岑志刚一度徘徊过，但“远望”人那种非同一般的责任感和使命感，最终让他再次站到出征的队列中，默默地把人生不能承受之苦、不能承受之痛承受了下来。临别时，他抱着心爱的儿子，轻轻地说：“测控任务耽误不得，儿子，以后你懂事了就不会责怪爸爸了。”

李钦是“远望”四号负责遥测监控的工程师，在这次“神舟”5号测控中，他表现出色，圆满完成了任务，他是多么想和父亲一起分享成功后的喜悦啊，可身患食道癌的父亲没能见到儿子的身影，悄然离去了……

“神舟”5号海上测控期间，奋战在“远望”号甲板上的人们，有22人推迟了婚期，25人的妻子临产，15人的孩子出生，23人的亲人住院，7人的亲人去世……

15日，也就是明天，“远望”三号又将驶向大洋，接受祖国新的使命。

（2003年12月14日。全国省级晚报都市报新闻奖一等奖）

“不能顶天，我也要立地”

——大学老师薛元龙和农民的 18 年情缘

这是一张照片，这是一幅丰收的图景：稻田间，走来一位笑容可掬的男子汉，他不是庄稼人，但和庄稼人亲如一家；他不是哪级领导，却日夜为大伙操劳！这是一篇论文，这是一张获奖证书，在这个科技成果里，有他的汗水，有他的心血，有他对农民兄弟不尽的情缘！

“不能顶天，我也要立地”
——大学老师薛元龙和农民的 18 年情缘
“我心中最可爱的人”，不约而同一个人：薛元龙
5年，6年，7年，汗水铺路，心血谱歌

已经整整 18 个年头了！18 年，从扬子江头到灌河岸边，从黄海之滨到高邮湖畔，他把一个知识分子的黄金年华和满腔赤诚，全都交给了农民兄弟；18 年，6500 多个日日夜夜，他在江海大地的层层稻麦间，在父老乡亲的心坎里，洒下了多少汗水多少梦、多少深情多少爱！当他扶贫回校后，当地群众连夜赶往扬州，请他来年再回来；当他转战他乡时，当地村民端来自家最好的菜，成群结队排在门外，请他品尝，同他泪别……他，就是扬州大学老师薛元龙！

5 年，6 年，7 年，汗水铺路，心血谱歌

灌河不会忘记，1986 年 8 月，36 岁的薛元龙受江苏农学院（扬州大学农学院前身）委派，来到响水县大有镇康庄村蹲点，进行科技扶贫。这里濒临黄海，条件十分艰苦，没有自来水，没有公交车，没有电话，邮路也不畅，薛元龙点的是煤油灯，喝的是盐碱水，一封家信少说得走十天半个月，有时几个月才能回扬州一次，垫在他硬板床下的是两排陈旧的砖头……但薛元龙从未叫过一声苦，与“扶友”们一起，以火一样的激情，推广杂交水稻制种，传播农业技术，发展多种经营，一干就是 5 年，全村人均收入由 300 元上升到 1800 多元。

灌河不会忘记，1991 年，薛元龙来到响水县老舍乡改造万亩盐碱地。他大胆引进国外先进的暗道排渍降盐法，和当地农民一道培肥改土、引育良种、推广农技。每天清晨农民没出门，他已来到田间，每天工作都是十多个小时，单路程至少要走 20 多公里，渴了，捧起沟渠里的水就喝；饿了，坐到田埂上就啃自带的干粮。午夜暴风雨突然袭来，他能冲出门去赤脚跑上四五公里，挨家挨户喊人下田放水。为了解决争水矛盾，他亲自调度，在狭小闷热、蚊虫飞舞的抽水站里一住就是三天三夜。前往外地调种，为了赶时间，他 40 多个小时不下卡车，乡村干部硬是把他拖下车吃了两碗面条。一般人一双凉鞋能穿几个夏天，而他一个夏天过来，床下多了 4 双穿坏的塑料凉鞋。1994 年，海南一家公司用一辆轿车、一幢别墅和 5 万元年薪，慕名前来“挖”他，他说：“不行啊，这里的农民还没富……”终于，1.5 万亩荒无人烟的盐碱地第一次长出了金灿灿的稻谷，平均亩产 550 公斤，农民人均收入由 1100 元上升到 2900 元。而时间，又过去了整整 6 年！

高邮湖不会忘记，1997 年薛元龙挥别奋斗了 11 载的响水，终于回来了，但不是扬州大学的家，而是他的出生地高邮市司徒镇，承担国家农业综合开发高新科技示范项目。在这里，他调整种植结构，建起反季节蔬菜大棚，搞特种水产养殖，改良高邮麻鸭、苏泰猪；他走产业化之路，引进国外良种奶牛办起奶牛场，带领当地农民建立万亩稻麦良种繁育基地。7 年开发，家乡人均收入由 3500 元上升到 4500 元……

“我心中最可爱的人”，不约而同一个人：薛元龙

康庄的乡亲们记得，扶贫第一年，薛元龙挨家挨户动员，搞了 1000 亩杂交水稻制种。水稻生长的关键时刻，他每天清晨蹚过齐腰深的水渠，中午顶着毒辣辣的太阳，在几十块田头巡视，挨田挨户指导管理。没多久，全村 22 个组，哪一家门朝哪儿，家中有几口人，叫什么名字，有什么困难，他一清二楚；没多久，全村大人小孩没有哪个不认识薛老师的，他的宿舍成了农民的“庄稼医院”；有时夫妻吵架、小孩生病都来找他处理；就连他走夜路，村里的狗也不叫了。

康庄的乡亲们记得，1987 年，扶贫满一年的薛元龙该回校了。得知消息后的村民们你 2 元、他 3 元凑够了路费，选出 9 名代表，租了辆中巴车，连夜赶往数百里外的扬州，请薛老师回来。第二天，当 9 位熬红了眼睛的村民出现在他面前时，他几乎无法控制自己的感情。他找到学院领导表示：我是共产党员，群众需要我时，不能伤他们的感情。几天后，他重返康庄。这一留不是 1 年，而是 4 年，学校多次让他回来，他都一次次请求留下，因为他割舍不下需要他爱戴他的父老乡亲。13 组特困户于金发在他帮助下搞了 12 亩水稻制种，年收入 1 万多元，1989 年盖起 6 间瓦房，上梁那天，他贴了副对联：“翻身不忘共产党，致富多亏薛老师。”

康庄的乡亲们记得，1991 年年底，上级要调薛元龙到老舍乡扶贫。这一次是真的留不住薛老师了，他们打酒买肉要送行，可全村几百户人家，答应了这家那家不让，最后村干部把全村分为四个片，请他分别跟四个片的农民代表吃一顿饭。薛元龙每到一个片，左邻右舍都把自家最好的菜端过来，要薛老师尝一口，来的人多了，就排成队站在门外等。薛元龙来到每一位村民面前，吃一口他们端在手中的菜，再敬他们一杯酒，不禁泪如泉涌。他走后不久，康庄第四小学语文老师给六年级同学出了一道作文题目——《我心中最可爱的人》，全班 28 名学生有 26 人写了同一个人——薛元龙。

康庄、老舍、司徒镇的乡亲们深情地记得，记得薛老师走进千家万户、走在田间地头的亲切身影，记得薛老师推心置腹、循循善诱的音容笑貌，记得薛老师访贫问苦、排忧解难的桩桩件件，记得薛老师黑发染霜、人到中年的时时刻刻……

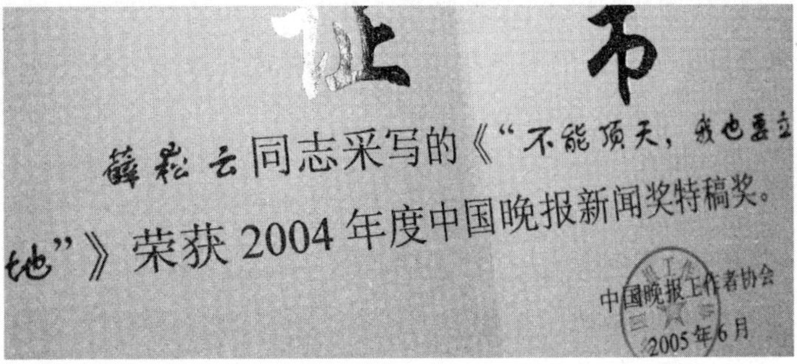

人生坐标不动摇，收获季节，他开始了新的播种

18年，6500多个日日夜夜，太阳晒，海风吹，薛元龙已从一个“白面书生”变成了“黑脸包公”。他经常关节炎、气管炎、高血压齐发，床头、口袋和提包里都放着药。他没有向农民索取过一斤粮食一滴油，却常用稿费、奖金和工资帮助农民修桥梁、建电站、购农药、买种子，累计不下两三万元。初到响水时，儿子14岁，女儿12岁，妻子体弱多病，都是农村户口。妻子在扬州做临时工，由于经济拮据，不得不在晚间又找了一份茶水工，一直持续七八年。两个孩子平时没人辅导，升学考试又没人指导填志愿，中考、高考都不理想。1993年，扬州某局招人，有人给高中刚毕业的女儿出主意：你爸在市里同学朋友多，他为扶贫能找这找那，自己的事请他们打个招呼不行吗？可是面对一把鼻涕一把泪的女儿，他劝导女儿自己的路要自己闯，不要给政府添麻烦。

18年，6500多个日日夜夜，从36岁到54岁，这正是一个知识分子最易出成果的宝贵年华。然而，由于没有时间应付外语，直到1994年，薛元龙才解决了“聘用制副教授”的名义职称，而这时，他的同事已是教授、“博导”了。在众人的议论声中，薛元龙有自己的人生坐标。他说，知识分子一般有两条路，一条是“顶天”，即跟踪尖端科技，搞发明创造；而更多的则是“立地”，即扎根实践，解决生产中的问题。如果不能“顶天”，那就让我“立地”，帮助农民脱贫致富吧。他常说，“我从小是个孤儿，是党和政府把我养育成人，这大恩大德我一辈子也报答不尽”；“我们是学农业的，如果地里长不出好庄稼、农民吃不饱肚皮、口袋里没有钱，那才是我们最大的耻辱”！

今年10月，他受扬州大学和省农业资源开发局委派，又赶往淮安楚州溪河镇开发农业科技项目。这一去，又得3年！

（2004年11月9日。中国晚报新闻奖特等奖、全国省级晚报都市报新闻奖一等奖、江苏省优秀教育新闻一等奖）

长荡湖畔英雄路

——殷雪梅烈士牺牲159天祭

今天是第21个教师节，距殷雪梅牺牲159天。在此前夕，记者再次来到金坛市殷雪梅小学，发现她所教的班级已由“二（1）班”改为“三（2）班”，已从一楼搬到二楼，但在教室后面的黑板上，“每逢佳节倍思亲”几个大字赫然在目，每个同学语文作业本的第一页，全都写下了两个同样的字——“思念”。

（一）

人们怎能忘记，长荡湖怎能忘记，忘记她张开双臂拓开生命通道的瞬间。这条通道虽然只有四五米宽，却保住了6个甚至更多稚嫩的生命。

那是3月31日午后，她和杨旧生老师带领两个班级的100多个孩子，步行去影剧院观看爱国影片，出了校门来到马路边，她左右观察，看路上空无一人，就站到斑马线中央，指挥孩子们一对对牵着手穿越马路。突然，一辆黑色桑塔纳轿车从三四百米外的东边像脱缰野马，扑向正走在斑马线上的学生队伍。尚未过马路的杨老师以最快速度将身后的孩子拉向路边，并大喊：“殷老师，车！”同时回头一瞥，只见她已张开双臂，飞快将孩子们推向路的另一边，拓开了一条五六米宽的生命通道。请通过吧，黑色桑塔纳的驾驶员！也许你放学的孩子正在学校门口焦急地等着你，也许你的家人已备好饭菜盼着你快点回家，也许你的单位有重要事情要你去急办，也许你的亲朋好友正等着你去欢聚一堂……而就在轿车通过的一刹那间，她来不及挪开一步，来不及回头看一眼轿车，甚至也来不及合拢推开6位孩子的双手，只听“砰”的一声撕心裂肺的闷响，她被撞飞到25米外坚硬的水泥路上，鲜血染红了路面。空中，那条她心爱的红纱巾飘着，飘着，轻轻落在她的身旁……

返回教室的孩子们想到躺在医院的殷老师，全都失声痛哭。忽然，有个孩子走到黑板前，用粉笔写了一个大大的“活”字，接着，孩子们一个一个走向黑板，不一会儿，黑板上写满了大大小小50多个“活”字。第二天早晨，学校近千名师生聚集操场举行升旗仪式。雄壮的国歌声过后，不同的嗓音唱出了同一首歌：“祝你平安，祝你平安……”

（二）

人们怎能忘记，长荡湖怎能忘记，忘记她躺在水晶棺内与父老乡亲们依依惜别的深情。这条由15万人排成的8公里长的情感之路，白花如雪，黑纱如烟，挽幛如云。

虽然人们折了数万只千纸鹤祝你平安，虽然北京、上海、广州、南京各地的专家聚首金坛，但在呼吸机一次次“嘀嘀”的警报声中，4月5日凌晨1时，她的心脏还是停止了跳动。这一天，是清明节。

清明时节泪纷纷。从救人到牺牲的短短5天，海内外40多家媒体的200多名记者云集金坛，采访她的英雄事迹，“为人师者，为人母也!”“瞬间壮举，托起人性的永恒丰碑。”“她不仅救了孩子，更让全社会体验到了感动和伟大……”一句句滚烫的网评像一股股热流，伴着泪涛在天地间流淌。在她昏迷期间，多少素不相识的人前来看望，一位家长带着孩子恳求医生：“孩子哭着要见殷妈妈。医生，你就让他看一眼吧，就一眼，行吗?”医生唏嘘地说：“重症监护室，孩子不能进，这是规定啊。”孩子的眼泪唰的流了出来。“小同学，你过来，摸摸墙，殷妈妈就在墙那边……”她牺牲的消息传开后，一天多时间，就有5万多群众自发前往灵堂悼念，除了常州本地，还有很多人从上海、苏州、无锡、镇江等地赶来。一位老奶奶在媳妇的搀扶下颤巍巍地走进灵堂，擦拭着灵柩，哽咽着说：“你是一个好女儿、好妈妈、好老师。”一位普通瓦工特地换下沾满泥水的工作服，来到她的遗像前，深深鞠了一躬，泪流满面……

4月7日这一天，从茅山东麓到长荡湖畔，960平方公里的金坛大地所有的鲜花都为她盛开，所有泪水都为她流淌，金坛这座只有 20 万人口的江南小城出现了有史以来最悲壮的场面：近 15 万群众从四面八方赶来，排在 8 公里长街两旁，为长荡湖的好女儿、金坛人民的好女儿送行。12 声礼炮冲天响起，她缓缓地从人群间走过，呜咽声一波接着一波，当车队走过城南小学时，被她救下的 6 个孩子双膝跪下，一声声呼唤“殷妈妈，你别走”……

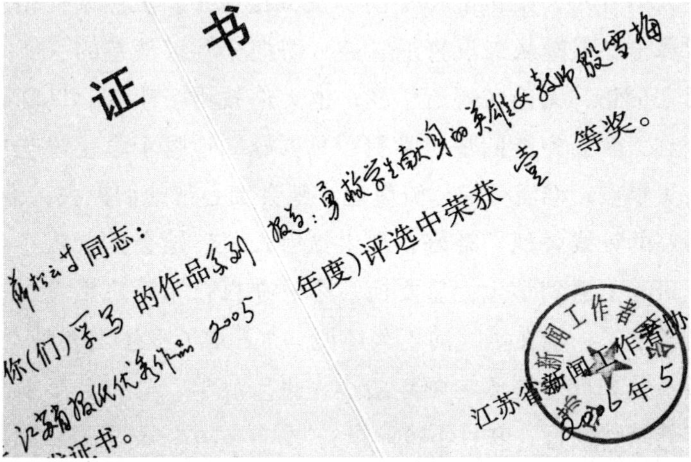

(三)

人们怎能忘记，长荡湖怎能忘记，忘记她 52 年的成长之路、育人之路。在这条平凡路上，她洒下了微笑，洒下了宽容，洒下了真善美，也洒下了一路母爱、一路歌声。

长荡湖孕育了金坛，金坛有个吉祥的名字，但在 20 世纪中叶却很贫穷。从她出生于湖畔一个农村家庭起，生活其实就给她起了个人生标题——“穷人的孩子早当家”，同时还有诸多关键词：勤俭、宽厚、诚信、善良、上进，等等。从 4 岁起她就承担起照看弟弟的责任，7 岁那年，父母亲外出，她成了 4 岁弟弟的“家长”，烧饭不敢划火柴就请邻居帮忙，人没有灶台高就站在小凳子上，揭不动锅盖就用两只手使劲拉，一拉就是一个倒栽葱，一月后母亲回来，看她又黑又瘦，额前的头发被灶火烧焦，把她搂在怀里直掉泪。从小学到高中，她一边学习，一边做家务、挣工分，成绩一直很好，也一直是班长，还能歌善舞。等到高中毕业回乡，她已是一个美丽的大姑娘，虽然因贫血几次昏倒田间，但像“三八营”营长、“妇女突击队”队长等非她莫属，她还作为全镇唯一的代表出席了县团代会。

1976 年 9 月 1 日，她光荣踏上教师岗位，最初几年在长荡湖边一所渔村小学代课，只有她一个教师，离家七八里泥路，每天清晨湖上的太阳还未露脸，她就踏上幽幽的乡村小道，傍晚田野已亮起农家的星星灯火，她才带着一身疲惫匆匆回家，有时她利用节假日登上渔船为渔家子弟补课，有时她利用课余烧一大锅开水，给班上每个同学洗头捉虱子。虽然条件相当艰苦，虽然她也哭过鼻子，但她从来没打退堂鼓，愣把全学区最差的一所小学教成了最好。之后几十年，无论在哪所学校，也无论教哪个年级，只要她知道哪个学生家境困难，就会为他们垫付学费；只要她知道哪个学生没吃早饭，就会为他们出去买早点；谁流鼻涕、流鼻血，她会细心帮他们擦去；谁衣服破了，她会拿出备好的针线替他们补好；学生指甲长了，她会排着队一个个帮他们修剪；上下班路上遇到学生，总要抱一个放在自行车后边带着走……她太爱事业、太爱学生了，她在牺牲前不久还说：“下辈子我还当教师。”其实她对同事又何尝不是如此。周涛老师年龄小，每天放学，马路上车来车往她不放心，总要与其结伴同行，并且不容商量：“你年纪小，靠里走，我年龄大，走外边保护你。”

难怪每当人们谈起她，总是用“总是”来形容：在生活面前她脸上总是充满微笑；同事遇到困难她总是说“别着急，有我呢”；遇到荣誉她总是说“还是让给年轻人吧”。难怪人们至今对她的牺牲还有太多的“假如”：假如学生晚 5 分钟出发，假如车子早 5 分钟过去，假如开车的不是那个人……但在所有人心中唯独没有作出过这样的“假如”：假如她自己往路边一闪……

人们太了解她了，敬爱的殷老师！

（2005 年 09 月 10 日。江苏省报纸优秀作品一等奖）

寻找通讯的几个“点”

——从《扬子晚报》几篇重点报道说起

通讯，是新闻宣传尤其是报刊宣传的重要体裁，定义也比较明确：运用叙述、描写、抒情、议论等多种手法，具体、生动、形象地反映人物、事件、工作、风貌等。但怎样通过“多种手法”实现“具体、生动、形象”？这是老生常谈、仁智各见的话题，说起来容易做起来难。本文拟以“体验式概括”方式，从《扬子晚报》几篇重点报道中，分析对通讯采写能够有所启发的那几“点”。

传媒观察 2016.12

新华报业传媒集团 主办

DIA OBSERVER

记者视点

寻找通讯的几个“点”

□ 薛松云

通讯，是新闻宣传尤其是报刊宣传的重要定义也比较明确：运用叙述、描写、抒情、种手法，具体、生动、形象地反映人物、风貌等。但怎样通过“多种手法”生动、形象”？这是老生常谈、仁说起来容易做起来难。本文拟式，从扬子晚报几篇重能够有所启发

潮来袭，道德文化、奉献精一时甚嚣尘上的“雷说明了什么？经时间素材是们的相

主题提炼寻找“交叉点”

主题即立意，是通讯的魂。主题是否正确、深刻，决定通讯的新闻价值和社会意义。有了好的主题，也就有了“主心骨”，材料、结构、语言、议论、表述等元素，也就有了各司其职的作用和各得其所的标志。没有好的主题，材料再翔实、语言再优美，也可能写成“备忘录”“记事本”甚至乌合

之“章”。

在连云港华联广场，矗立着一群“雷锋车”雕塑，它告诉人们：港城的新浦汽车总站有一辆“雷锋车”，从1963年到今天，50多年如一日，一代一代坚持学雷锋，免费运送老弱病残旅客近30万人次。率先报道这一典型的就是一篇通讯。

“雷锋车”通讯的写作经历了3个“轮回”。最初，掌握大量素材并深受感动的记者，彻夜未眠写了一篇1万多字的稿子，材料具体，情感充沛，取名《“雷锋车”的故事》，但没有成功，原因很简单：提炼不够，只是一篇还算感人的记叙文而已。第二回，经过认真分析，总结出了“雷锋车”的闪光点：“宁愿自己千般苦，不让旅客一时难”，并以此为主题写了5000多字，又没通过，原因更简单：好人好事，立意不到位。第三回，深入思考：积淀数十年的学雷锋故事，无疑有新闻价值，但其现实意义在哪里？随着市场经济大潮来袭，道德文化、奉献精神应该怎样去标识？一时甚嚣尘上的“雷锋过时论”“雷锋出国论”说明了什么？经过再三推敲，眼前一亮：如果说时间素材是纵坐标、现实空间是横坐标，那么它们的相交点，就应该是通讯的主题。这一想法反映在了标题上：《先民们说，太阳载在一驾车子上，由东到西，周而复始。今天，在欧亚大陆桥的东桥头堡，每天也往返着一辆英雄的三轮车，它让——阳光，洒满“窗口”》。通讯不仅记述了“雷锋车”的历史，更突出了它在新时期市场经济条件下的困惑和在困惑中义无反顾的坚守，受到中宣部表扬，并获省年度好新闻一等奖，“雷锋车”也成了全国重大典型。

这就导出了主题提炼的“三部曲”：深入挖掘，把握材料意义；反复思考，促进认识飞跃；放眼全局，揭示时代精神。只有对大量感性素材不断进行逻辑分析和理性升华，在“时”与“空”的坐标系中找到二者的“交叉点”，才能占领主题“制高点”，才能“一览众山小”。

结构布局寻找“支撑点”

结构即“骨架”，是围绕主题对素材的组织方式。如果说主题解决的是“写什么”问题，那么结构就是解决“怎么写”的问题，记者对通讯的“结构”就是对谋篇布局、选材组合的思维过程。通讯的结构主要有以时间为序的纵式结构、以空间为序的横式结构、以纵为主以横为辅的复式结构等，但不管是哪种结构模式，都要做好一道功课：找准“支撑点”。

金坛市小学教师殷雪梅，为了挽救6名学生的生命，遭遇车祸殉职，死后被授予全国“英雄教师”等称号。面对全国众多媒体几乎共同掌握的大量事迹材料，要想出奇制胜，“怎么写”就成了关键。经过深入采访，记者发现3个“关键”场景：一是她带着100多个孩子路过校门前公路时，一辆时速100多公里的黑色轿车脱缰而来，她张开双臂，迅速把6个孩子推向路的一边，拓开一条五六米宽的生命通道，自己却被撞飞25米；二是她躺在水晶棺里出殡时，只有20多万人口的城市，有10多万人从四面八方赶来，排在8里长街两侧，为英雄送行；三是从长荡湖边的一个农村家庭，她一步一步走向妇女突击队长，走向教师岗位，走向英雄，走了52年。“生命通道”“八里长街”“52年”，它们同时指向一个名词——“路”。于是，通讯以“路”作为支撑点谋篇布局，采用时空组合的复式结构，或者说以三角体、金字塔式的稳健结构，立体报道了她的事迹人生，并以《长荡湖畔英雄路》为主标题见报，在众多媒体报道中胜出，获得省年度好新闻一等奖。

什么叫“关键”？“关键”就是“支撑点”。找到“支撑点”，才能立起“顶梁柱”，搭成“蒙古包”，严谨、和谐、巧妙、跌宕地构成全篇而“不散架”，否则就可能东一榔头西一棒，甚至如土委地、一盘散沙。

情节安排寻找“链接点”

情节，是事情的变化和经过，也就是发生、发展、变化、高潮、结局的完整过程。通讯记述人和事，但又不同于一般的记叙文，非得从“发展”到“结局”五脏俱全，比如工作通讯；通讯要有故事性，但又不等于一般的新闻故事，非得有“发生”有“高潮”不可，比如风貌通讯。就是最常见的人物通讯和事件通讯，也不必完全按线性安排情节，而要拎出“看点”“亮点”，再“点点链接”，凹凸有致地串起全文，否则就可能写成平铺直叙的“流水账”。

获全国省级晚报好新闻一等奖的通讯《拥抱每一天的太阳》，报道的是20岁的南京姑娘陈阳患骨癌后，渴望生命、自强不息与命运抗争的事情。本来，对于这类题材不很新、故事不很多、典型意义不很大的人和事，如果按照一般的时间或空间顺序去安排情节，真的乏善可陈。不过，这篇通讯从她趴在病榻上写的日记中，选出了能够反映其心理历程的3篇日记，提炼出3个小标题：《我是一棵从不烦恼的小草》《活着，痛苦也是一种美丽》《人生没有过不去的火焰山》，并把日记内容分别引用到小标题下："我是一棵小草。小草枯萎了，浇点水又能活过来，可我呢……""妈妈，我每天身体都很疼痛。我不怕死，但我不愿死……我要活着看看世界，这个世界太美了！好喜欢一首歌《昔日重来》……""人活着，有多么好啊！……不如意事常八九，但留得青山在，不怕没柴烧"。3个小标题形成3个"亮点"，分别引领3个记叙片段：生病之初、病重之后、现在情况，从而"链接"成一个有变化、有高潮、有唏嘘、有泪水但并没有结局的感人情节。始料未及的是，通讯见报后引起共鸣，省内外读者纷纷来电来信，谈生命、说理想、励意志，引发了"我对生命怎么说"的讨论。

文如看山不喜平，通讯亦然。

语言表达寻找"燃情点"

与消息准确、简练、概括、朴实的语言要求不同，通讯的语言更应形象、鲜明、生动、具体。通讯的一切表现手法，都是通过跌宕起伏、详尽细腻的语言去实现，而抓住情节发展中的"燃情点"展开记叙、描写、议论、抒情，往往会达到事半功倍的效果。

通讯《穿越时空的眷恋》（获中国晚报新闻奖特等奖），报道的是援藏21年的优秀干部任国庆。"是谁日夜遥望着蓝天？那是妻子女儿对任国庆无边的牵挂；是谁留下千年的期盼？那是任国庆对未竟事业永恒的眷恋。"开篇首句就定下了情节基础和情感基调。

5年过去了，"一年又一年，春风一遍遍吹绿了女儿望中的锡惠山头；一天又一天，太湖一波波涌动着亲人心中的遥远呼唤……但在一声声的'对不起'中，爸爸还是没有回来。"

10多年过去了，一次任国庆出差路过家乡无锡，女儿陪他爬惠山，到了山顶女儿气喘吁吁，他不经意地说：在西藏工作时平时呼吸就是这样。女儿听后十分心疼，那天，她挽着爸爸的手没有放开过。在这里，记者如同"画外音"般直接介入："可亲可敬的爸爸，这么些年您在外受苦了！请接受女儿最圣洁的亲吻、最崇高的敬礼吧！您每次回家多逗留几天好吗？您赐予女儿熨平心中内疚和遗憾的机会好吗？让女儿细数您渐多的白发、带给您亲情的温馨好吗？可您哪一次回家不是来也匆匆去也匆匆，哪一次女儿不是与您挥泪而别！”

21 年过去了，任国庆终于回到无锡：“终于归来了，老任！21 年，7665 个日日夜夜……你每年加起来休（假）不到一个月，你承诺以后一并补偿，现在是时候了；你说欠妻子太多，要牵着妻子的手好好逛逛公园、走走家乡的大街小巷，现在是时候了！”“终于归来了，亲爱的爸爸！……你说没尽到一个做爸爸的责任，不，爸爸，这么些年你吃了那么多苦，女儿却不能照顾你，是女儿没尽到责任。女儿一定让你过一个幸福的晚年！”在这里，妻子、女儿、记者已浑然一体。

罹患癌症的他在最后时刻，还想着西藏广电“村村通”事业，问平措大爷的肺炎好了没有，引出通讯的结尾：“沙山梦重归，觉来双泪垂，这正是一个好父亲、好丈夫、好男儿，一个优秀共产党员永久的期盼、永恒的眷恋，高原作证！”

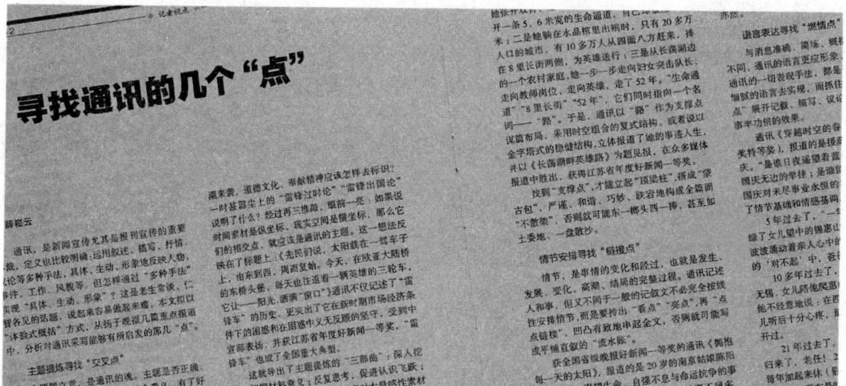

所谓“燃情点”，也就是情节发展的重要“节点”。在这个节点，通过充分、得体的语言拓展，就可以把被报道事物本身的意义、境界推向最大化。

细节处理寻找“嵌镶点”

细节是通讯的生命源，决定通讯的高度、深度和品位，如果说主题和结构是枝干，那么细节就是枝头盛开的鲜花。通讯的细节包括语言、动作、行为、感情、场景、特征习惯、情绪气氛等，处理得好就能“以一当十”。

扬州大学老师薛元龙，扎根农村扶贫 18 年，不仅帮助一个地方又一个地方的农村脱贫致富，更与农民结下了鱼水深情。在独家报道他的通讯里，就有许多细节描写。

比如写他辛苦劳作部分：“点的是煤油灯，喝的是盐碱水，垫在他硬板床下的是两排陈旧的砖头”，“一般人一双凉鞋能穿几个夏天，而他一个夏天过来，床下多了4双穿坏的塑料凉鞋”，这是场景细节；“每天清晨农民没出门，他已来到田间……渴了，捧起沟渠里的水就喝，饿了，坐在田埂上就啃自带的干粮”，这是动作细节；“太阳晒，海风吹，薛元龙已从一个‘白面书生’变成了‘黑脸包公’”，这是特征细节。

比如写他情系农民部分：“全村大人小孩没有哪个不认识薛老师的……就连他走夜路，村里的狗也不叫了”；（农民于金发）“盖起6间瓦房，上梁那天，他贴了一副对联：‘翻身不忘共产党，致富多亏薛老师’”；上级调他到另一地方扶贫，“左邻右舍都把自家最好的菜端过来，要薛老师尝一口，来的人多了，就排成队站在门外等。薛元龙来到每一位村民面前，吃一口他们端在手中的菜，再敬他们一杯酒，不禁泪如泉涌”。这些是情景细节。

比如写他精神境界部分：“我从小是个孤儿，是党和政府把我抚养成人，这大恩大德我一辈子也报答不尽”；“知识分子一般有两条路，一条是‘顶天’，即跟踪尖端科技，搞发明创造；而更多的则是‘立地’，即扎根实践，解决生产中的问题。如果不能‘顶天’，那就让我‘立地’，帮助农民脱贫致富吧。”这些语言细节，直接用到了通讯的标题上——《“不能顶天，我也要立地”》（获中国晚报新闻奖特等奖）。

“发现”细节需要精致采访，“选准”细节需要敏锐观察，而“用好”细节则需要灵感机智。恰到好处地把闪光的细节“嵌镶”到故事发展的“节骨眼”上，就能入木三分、画龙点睛地烘托主题、灵动情节、魅力语言，让事件更丰实、人物更丰满、情感更丰沛。

标题构思寻找“聚焦点”

如果说主题是通讯的“灵魂”，那么标题就是通讯的“眼睛”。在新媒、快阅与厚报叠加的时代，报纸通讯的标题能不能一下子把读者视线吸引过来，再停留几分钟、一口气读下去，是个艰难任务。

一般来说，消息是用简洁、概括、朴实的语言，把事实的主要部分“拎”

到标题上来，让读者看了标题就可大体了解新闻内容，这适合越来越快餐化、扁平化、碎片化的“闪视”和“浏览”时代。而通讯的标题则要求形象、生动、鲜活、灵巧、不拘一格，不仅可以是大实话（比如用人名作为标题），更可以带有情感、哲理、文采、意境，让人“凝视”，让人感动，让人明理，让人把通讯读下去。

我国首次载人航天成功，杨利伟事迹家喻户晓。而在成功的背后，江阴基地4艘远洋测量船远航太平洋、印度洋、大西洋87天，追星赶箭布天网，惊涛骇浪铸辉煌，圆满完成海上测控任务，也留下了不少可歌可泣的故事，通讯《六万海里牵“神五”》（获全国省级晚报一等奖）对此进行了报道。在这个通讯的标题中，一个“牵”字煞费苦心。在采访到的大量素材里，既有测量船通过电波对飞船跟踪、测轨、遥控、修正、指令等具体工作，也有“远望人”克服时差、惊涛、干扰、故障等重重困难，确保飞船按时发射、正常运行、安全着陆的神圣责任，更有海上的远望号科技人员和岸上的亲人们互相的牵挂。用哪一个字或词，把“六万海里”与“神五”联系起来最恰当？曾经想到“追”“壮”“赶”“保”等，经过反复斟酌，最后聚焦到“牵”字上。一个“牵”字，既形象而真实地描绘了远望号在不同的大洋，通过无形的电波，遥控飞船按轨道运行的情况，又表现了科技人员对“神五”飞船的责任牵系，也暗示了亲人间的时刻牵挂，一石三鸟。

通讯的题目也需要“概括”，但不同于消息只“拎”事实，而是对素材由远及近、由表及里地思考，就像剥洋葱一样，一圈一圈、一层一层地到达核心，找到聚焦点，形成有意蕴、有启发、有魅力甚至“境界全出”的标题。寻找“聚焦点”，是一个痛苦的过程，没有捷径可走，虽然有时也会“突发奇想”“眼睛一亮”甚至“信手拈来”，但那是在认真研读素材之后。事实上，寻找标题“聚焦点”，与结构布局、情节安排尤其是主题提炼互相交织、水乳交融，有人说起标题的过程就是整个通讯的构思过程，很有道理。

总之，寻找通讯写作的各个“点”，目的只有一个：让通讯更好地成为宣传重大典型、重点人物和重要事件这一其他新闻体裁难以承载的工具，传递正能量，提升精气神，弘扬真善美，真正成为吸引读者的“洪钟大吕”。

（《传媒观察》2016年12期）

峰回路转话“正高”

人是要有点追求的。打小受恩师孔丘老先生影响，总以为通过写文章便可实现治国平天下的伟大梦想，于是从中学到大学到机关到媒体，我是作文写不好写散文，散文写不好写杂文，杂文写不好写公文，公文写不好写新闻，一路胼手胝足、汗流浃背，了无成果不说，最终实在混不下去，跑到省城做了枚“秦淮老记”。

这还没完。到了省城我不忘初心、砥砺前行，消息写不好写通讯，通讯写不好写评论，评论写不好写论文，论文写不好编版子，实指望能建功立业、封妻荫子、光宗耀祖，哪晓得混得个江河日下、一天不如一天，28 年前的科级干部到写这篇补白时鄙人仍是：科级，几让我怀疑人生（笑）。好想问一声孔老师：“先生欺余哉?”

本拟混此残生，不料 3 年前在单位电梯里，《传媒观察》老总沈志强先生忽然问我：“你论文写得那么好，这些年怎么不写了？不想申报正高职称了吗?”我一愣，沉默了几秒说：“我想想，看看还有没有这个雄心壮志了。”经过几天辗转反侧，2016 年发表几篇论文，2017 年申报高级记者，几轮评审一路绿灯，一路全票，评委张晓东说：“你早该报正高了。”期间，扬子晚报总编王文坚、副总编刘大颖、编委顾燕，新华集团社长周跃敏、副总编屈志坚等给了我诸多鼓励。感谢沈总，感谢领导，感谢几乎一个也不认识的高评委，是他们给了我工作的尊严、人格的自信，让我重整旗鼓、再搏人生。妻子说：这些人才是真朋友。

（2018 年 3 月 4 日于南京）

02 时评言论篇

三五年，是短还是长

我的言论“不归路”

1996年，刚翻过春节，我背上极简行李，挤了五六小时长途汽车来到《扬子晚报》，实现了从机关崽到媒体人的“蜕变”。报到第一天，总编辑问我想做什么，不很年轻但仍气盛的我弱弱地问：《扬子晚报》最需要什么？他说：言论。从此，从未写过言论的我，走上了新闻言论的“不归路”，成了“言论狗”。

当时，《扬子晚报》只在门面版设有“扬子快语”言论栏目，3天打鱼10天晒网，上气不接下气，一月难见一篇。我来后，领导在9版江苏新闻版增设了“扬子絮谈”，主要针对杀人放火打砸抢、卖淫嫖娼黄赌毒、投河上吊抹脖子类的社会新闻“配发”评论。之后在2版开设“说说议议”栏目，对我不太懂的经济生活费点神、费点时、费点话。接下来又接手“市民茶座”群众言论栏目，即由我出一议题、让读者叽叽喳喳聒噪半月20天的那一种，居然被中宣部表扬了几次，还赚了个全省年度好栏目奖。以上就是我（也不只是我）的主要“狗窝”，雅一点叫“平台”。

说到言论的形式，我几欲以头抢地了——

阵痛——署名短评，主发“扬子快语”。《扬子晚报》向以贴近生活、信息量大著称，当时发行量已稳居全国晚报第一、日报第三（仅次于《人民日报》《参考消息》），版面金贵程度难以想象，尤其是门面版。言论字数一般控制在三五百字。“点睛”式的概括（如 $E = mc^2$）比“画龙”式的演绎（如韩剧）不知要痛苦多少倍！每天搜遍报纸、网络，寻找重点、热点形成评论点，然后把浩瀚的资料和不太浩瀚的思维，一圈圈浓缩形成观点（我谑称为“黑洞”），并把观点尽量精准地聚焦到极短的标题上，再把三五百字既要一步到位、又要留有余地（这可难煞人也）放到最后一个句号或省略号、感叹号前，那种提炼时抽筋剥皮的痛苦和表述时搜肠刮肚的艰难，简直就是“夺命刀”。

剧痛——配闻快评。本来，增设“扬子絮谈”等栏目扩大了“狗窝”，谁料想立即成了俺的噩梦。上述署名短评毕竟还有24小时回旋余地，而“配闻快评”是嘛概念？总编辑看大样时，发现哪篇新闻需要评论一下，立即打电话给我，我马上大踏步奔上楼又小碎步接过稿再大踏步奔下楼，气喘吁吁坐到电脑前死死盯住新闻稿的每一个字，希冀在最短时间内发现闪光点、想个好标题、表述得既一步到位又留有余地，然后大踏步奔上楼小碎步递稿子绅士步踱下楼，这个过程明确要求半小时甚至15分钟，最多1小时。有时我不在状态，在电脑前抓耳挠腮忽坐忽立坐立难安，眼睛死盯稿子脑子一片空白，满屋子转悠找灵感又找不到，一想到可能影响交版时间，立即心跳更快冷汗直冒脑子更加空白，呵呵。都说言论是报纸的“旗帜”，这明明是在做新闻的“配角”嘛；这哪是什么“配发”，明明就是“发配”嘛，呵呵。后来领导看小的可怜，不少需要配评的新闻，在时效允许情况下就迟发一天，好让我有充裕时间去“配”，这让我感觉“生活乐无边”（星爷台词）。啥叫“催命符”？此之谓也！

长痛——系列长评。话说有一天，写了篇超过千字的言论，居然见报了，还受到好评，于是我欣喜若狂地掉进另一帘噩梦。何谓“长评”？大抵针对某一重大主题或重要话题而发，但受三五百字限制意犹未尽，于是搞他三五篇，连日见报，形成“串烧”；另一类就是突破三五百字的独篇，有点像“本报评论员”文章，形成“单挑”，较少。如果说“阵痛”“剧痛”尚属“短痛”，那么这一类就是“长痛”。虽然时间上不一定那么急就，但对一个重大典型、重要主题，从内在蕴含的挖掘到衍生价值的缕析，从主题的提炼到不同侧面的构思，从一个个标题的推敲到一节节文字的之乎者也，没个十天半月断断拿不下来。这期间，从办公室到家，满脑子就是这档子事，饭不思茶不想睡不着起不来，半迷半醒半生半死，气如游丝命悬一线，七魂早去了三魄，在字里行间“荡悠悠”，整个人都快不行了。那家伙和服了“索命散”一样一样的。

阵痛+剧痛+长痛=头痛。我曾经年坚持每天写一篇稿子，而且只管耕耘不论收获。于是没晨没昏没日没夜没寒没暑的，最终落得个偏头痛。大体在2006年之前，平时上班像打了鸡血似的，但五一、国庆、春节等休息日一放松，卧床几天那是必须的，头痛不能翻身，服药也不管用，苦死宝宝了。之后，感谢领导安排我做其他工作，比如说“经营”啥的，多年来一次没头痛过，睡眠很好，吃嘛嘛香。

至于言论的内容，见报的近200篇言论，说到底都是些鸡毛蒜皮。不过“小报也有大方向”，看官读了便知：书中虽无颜如玉，但书中也有高大上，书中也有精气神，书中也有小确幸，书中还有刀笔利。由于所选言论多是“急就章”，现在看来文字难免粗糙，观点难免重复甚至“不合时宜”，但，主要看气质。

说是“不归路”，其实我还活着，也痛并快乐着。忽一日采写了一篇通讯，报道对象成了全国重大典型，领导“发现人才”似的，让我采编特稿，拿了数十个奖，正准备集结出书呢。此是后话，且听下回分解则个。

我同言论渐行渐远了。挺惦记的。

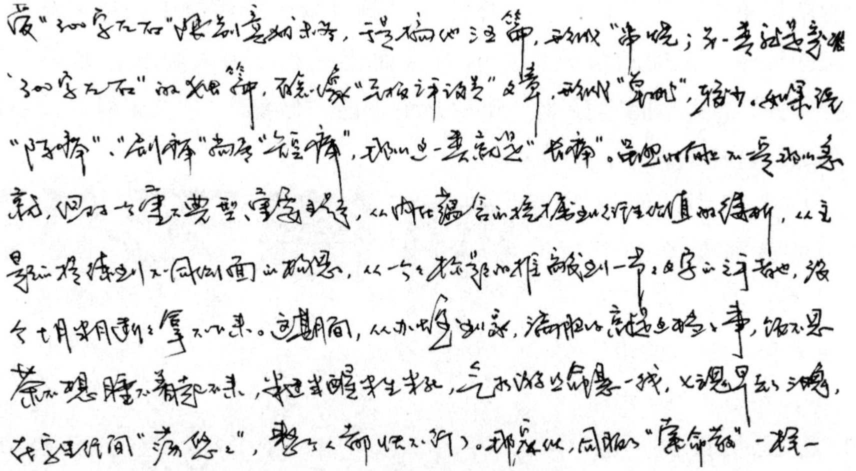

（初写于2016年1月21日，本拟作为言论集的序，言论集尚未出，就撂在这儿吧先）

师德无价

学高为师，德高为范，从古到今，教师之所以被冠以许多高尚的称号，不仅因为其岗位特殊、知识丰富，更因为他们有着一种无私的人格力量。无锡市百名教师联名抵制有偿家教的呼吁，同样让人感到圣洁、高尚。

师德无价。培养下一代是教师义不容辞的天职。既然是“义”，就该与“利”无涉。而对天真无邪的孩子因“财”施教，岂不是见利忘义？这不仅有损教师形象，还会助长社会不良风气，更对学生形成健康的道德品质、正常的求知程序、正确的价值取向有百害而无一利。为人师表，如果既不能“传道”于先，又不能“授业”于后，更不能“解惑”于“义利”关系的迷惘，那么，这样的教师，还算称职吗！

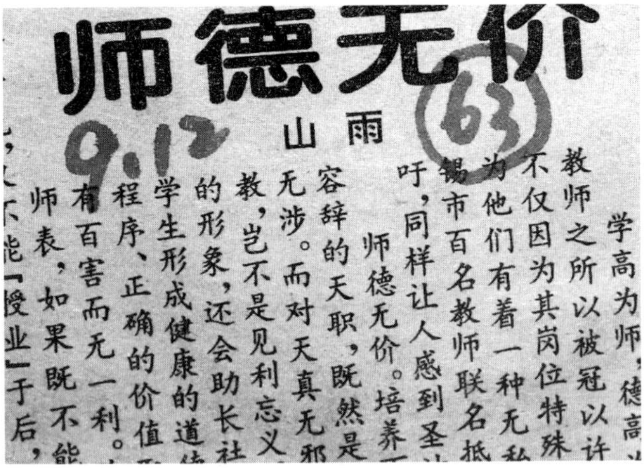
师德无价
9.12 山雨 63
学高为师，德高
教师之所以被冠以许
不仅因为其岗位特殊
为他们有着一种无私
锡市百名教师联名抵
吁，同样让人感到圣
师德无价。培养
容辞的天职，既然是
无涉。而对天真无邪
教，岂不是见利忘义
形象，还会助长社
学生形成健康的道
程序、正确的价值
有百害而无一利。
师表，如果既不能
能「授业」于后，

市场大潮中，传统的道德观念难免会受到一些冲击，但并不是什么都能拿来“随行就市”做交易，至少“师德”不可以，恐怕谁也不愿做这因小失大的“买卖”。现在，全社会越来越尊师重教，作为教师更应该自重自爱，恪尽职守，一尘不染。

（1996年9月12日）

校园圣洁 众望所归

本报关于教师抵制有偿家教的系列报道，引起较大反响。最近，无锡又有数万名教师纷纷签名，洪泽、扬州等地的教育管理部门和学校，也相继作出规定和承诺，坚决抵制营利性家教。这充分说明：还校园圣洁，众望所归！

家教，是学校教育的补充。教师对差生进行适当的家庭辅导，有利于教学质量的提高。但如果“教”而“有偿”，不仅有悖家教本义，更违反了起码的职业道德。一段时期以来，发生在校园内的一些“靠山吃山”的事实，不得不让人担忧，如择校费、“议价”费、补习费、转学费的收取，吃请、创收、体罚、“应试”等歪风的抬头，虽是少数行为，但与有偿家教一样，其背后都隐藏着一个不正当的“利”字，既损害了“为人师表”的形象，又造成了不良的社会影响，更易给教育事业带来隐患——首先干扰正确的教学目的，变育“才”为育“财”，变为国而教为为钱而教，变义务教育为有偿教育，变素质教育为应试教育，分快慢班级，排优劣名次，加重学生负担，违背了教育方针的全面性原则；其次干扰正常的教学秩序，轻“正取”而重“议价”，轻课内的“无偿”而重课外的“有偿”，轻“软件”的提高而重“硬件”的摄取，轻大面积丰收而重少数人达线，导致学生、学校的两极分化和招生、收费等方面的无序，违背了教育的全民性原则和有教无类的公平性原则；同时干扰正当的教学方式，以急功近利的浮躁代替锲而不舍的恒心，以简单粗暴的填鸭式代替循循善诱的启发式，因此对学生捆绑手脚、胶布粘嘴、打骂罚跪甚至让其吞纸张、喝小便等咄咄怪事时而见诸报端，也就不足为怪了。这些由“钱”一手导演的、于己于人于国家都不利的因“财”施教甚至唯利是“教”的做法，不仅教育法规不容许、人民群众不接受，广大从未忘记自己身份与职责的教师也绝不答应。

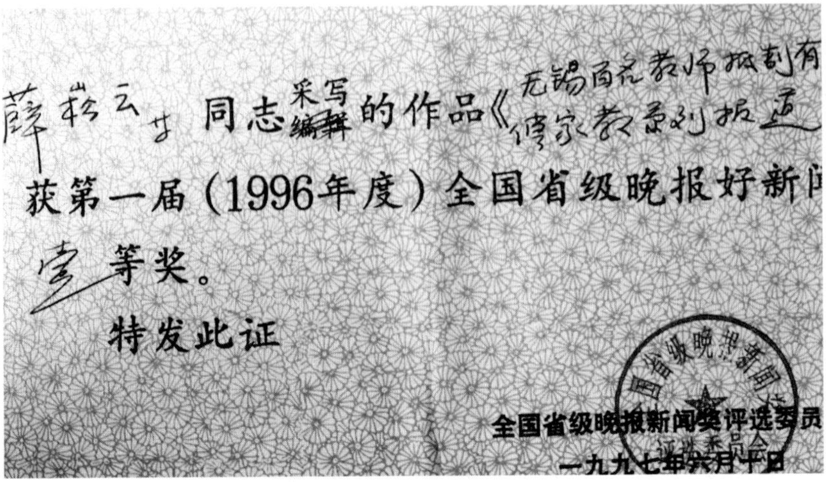
同志采写的作品《
获第一届（1996年度）全国省级晚报好新闻
等奖。
特发此证
全国省级晚报新闻奖评选委员会
一九九七年六月十日

义利之辩，已延续了数千年，但辩来辩去，有一条基准始终没有变，就是不能见利忘义。教师自古尚高洁，是知识的象征、道德的化身。教师岗位的特殊性和重要性要求无论在什么情况下都要做一个高尚的使者，以奉献而不是索取去拥有人生、赢得尊重；人们评价一个教师也绝不是看其贫富程度或者敛财手法，而是看其通过身教和言教，为文化和文明的延续，为经济建设的发展，培育了多少人才，作出了多大贡献，这也就是教师最大的“义”。如果舍弃这个人文大义而去捞取蝇头小利，以“声”作则，行与言违，那么不仅是对高尚人格的异化、对传统美德的背叛，更是对神圣教育事业的亵渎，因为百年大计，一着不慎，将遗患无穷。

“国之将兴，必贵师而重傅。”党和人民一直把教育作为经济发展、民族振兴的千秋大事来抓，社会各界也应着眼长远，将尊师重教落实到具体工作中，为广大教师排忧解难，不断提高其政治地位和经济待遇。而作为教师，当自身价值越来越受到人们重视的时候，更应该洁身自好，自尊自重，恪尽职守，永远保持知识殿堂的圣洁！

（1996 年 10 月 12 日。“抵制有偿家教”系列报道获全国省级晚报好新闻一等奖）

张宗友，“希望工程”的骄傲

人生，是一个严肃的课题。如何面对人生，如何书写人生，是每个人始终面临的考验。张宗友，用自己的方式，向关心他的父老乡亲，向“希望工程”和热心于“希望工程”的人们，交上了一份优秀的答卷。

本来，在他如饥似渴的求知道路上，潜伏着一次次中途辍学的危险，但在“希望工程”破例的资助下，他不仅读完了高中，还成了“希望工程”的第一个大学生。他深知，如何书写自己，对他来说有着特殊的含义。因此，我们在他的人生答卷上，看到了为省下10元钱路费，每学期只回家一趟的节俭；看到了一份5角钱的菜匀两顿吃，先吃汤后吃菜的艰苦；看到了3年长高一个头却未增一斤体重，“为伊消得人憔悴”的勤奋；看到了大学4年综合测评成绩没下过前两名，3次被评为“三好生”，1次被评为品学兼优的“双优生”的成果；更看到了一个走出大山的大山的儿子，成为一名光荣的中国共产党党员的执着追求。如果说这份答卷是辉煌而沉甸甸的，那么是因为溶进了无数知难而进、奋力攀登的汗水，溶进了一棵小草对春天、对阳光、对皇天后土最厚实的回报！

张宗友，你没有辜负党和人民的厚爱与期望，你是“希望工程”的骄傲！

（1996年9月11日）

张宗友，老区人民的好后生

这是一片热土。从这里，走出过十万鄂豫皖红军主力，走出过五十九位共和国将军，也走来了老区人民的好后生——张宗友。

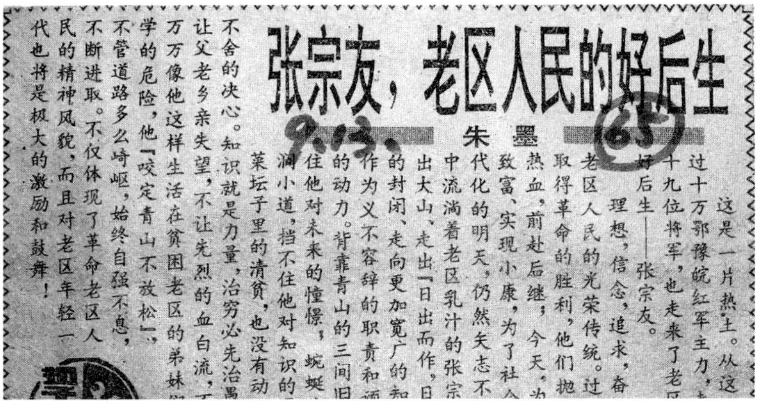

张宗友，老区人民的好后生

朱墨

这是一片热土。从这
过十万鄂豫皖红军主力，走
十九位将军，也走来了老区
好后生——张宗友。
理想，信念，追求，奋
老区人民的光荣传统。过
取得革命的胜利，他们抛
热血，前赴后继；今天，为
致富、实现小康，为了社会
代化的明天，仍然矢志不
中流淌着老区乳汁的张宗
出大山，走出「日出而作，日
的封闭，走向更加宽广的知
作为义不容辞的职责和顽
的动力。背靠青山的三间旧
住他对未来的憧憬；蜿蜒
涧小道，挡不住他对知识的
菜坛子里的清贫，也没有动
不舍的决心。知识就是力量，治穷必先治愚
让父老乡亲失望，不让先烈的血白流，不
万万像他这样生活在贫困老区的弟妹们
学的危险，他「咬定青山不放松」，
不管道路多么崎岖，始终自强不息，
不断进取。不仅体现了革命老区人
民的精神风貌，而且对老区年轻一
代也将是极大的激励和鼓舞！

理想，信念，追求，奋斗，这是老区人民的光荣传统。过去，为了取得革命的胜利，他们抛头颅，洒热血，前赴后继；今天，为了脱贫致富、实现小康，为了社会主义现代化的明天，仍然矢志不渝。血脉中流淌着老区乳汁的张宗友，把走出大山、走出“日出而作，日落而息”的封闭、走向更加宽广的知识世界，作为义不容辞的职责和顽强拼搏的动力。背靠青山的三间旧屋，困不住他对未来的憧憬；蜿蜒曲折的山涧小道，挡不住他对知识的渴望；泡菜坛子里的清贫，也没有动摇他锲而不舍的决心。知识就是力量，治穷必先治愚。为了不让父老乡亲失望，不让先烈的血白流，不让千千万万像他这样生活在贫困老区的弟妹们再有失学的危险，他“咬定青山不放松”，不管道路多么崎岖，始终自强不息，不断进取，不仅体现了革命老区人民的精神风貌，而且对老区年轻一代也将是极大的激励和鼓舞！

（1996 年 9 月 13 日）

张宗友，贫困生的榜样

弯弯的山道上，走来了“希望工程”的第一个研究生。他那强烈的求知欲望、崎岖的求知道路和惊人的求知毅力，连同他的贫困和平凡一起，让我们不得不发出由衷的赞叹：张宗友，你是贫困生的榜样！

穷人的孩子早当家，是因为有着自强自立、百折不挠的原动力。祖母年迈，母亲体弱，妹妹读书，家境贫寒，他面临着一次次失学的危机，但他一次次勇敢地挑起了肩头的担子：一头是腌制的咸菜，一头是厚厚的书本；一头是生活的重负、命运的挑战，一头是知识的海洋、人生的希望。他光着脚板，蹚过小河，翻过大山，来到了神圣的知识殿堂，接受命运的裁判，并且一次次夺得丰硕的成果，展示了农家孩子的执着和山娃子的倔强。正是这坚韧不拔、顽强拼搏的精神和勇气，使他完成了由封闭到开放、由混沌到感悟的嬗变，走向光明的彼岸。而人类的文明进程，又何尝不是如此。

人民日报

希望工程育出研究生
金陵市民关注张宗友

舆情综述

而张宗友的“特殊”，还在于他是全国依靠“希望工程”资助起来的第一位研究生。一位直面贫困、在逆境中成才的青年；一位以自己的方式回报“希望工程”、回报热心于“希望工程”人们的典范；一位让人们对“希望工程”更充满希望与信心的学子——《扬子晚报》连续刊登4篇署名言论，称赞张宗友是“贫困生的榜样”、“希望工程的骄傲”。并指出，“张宗友现象”，正是人穷志高、逆境中进取的精神体现，是社会关注贫困生的力量体现。

来到报社，急切地表示“张宗友是自己的榜样”。张宗友刚放下行囊，南大领导已来看望，表示保证其顺利读完3年研究生，而且“只要读得好，还欢迎他进一步读博士、博士后”；南大团委准备发动全校团员学生及社会各界，为“爱心基金”捐款，确保张宗友及像张宗友这样的贫困学生完成学业。而对社会各界的帮助，张宗友感激之余也借《扬子晚报》表示：读书期间要凭自己的能力勤工助学……

人穷，志不能短；治穷，必先治愚。意志和知识的贫困有时比经济的贫穷更可怕，从这个意义上讲，张宗友，不只给贫困生树立了榜样，也给贫困地区的人们带来了启发，给“希望工程”带来了希望。

（1996 年 9 月 10 日）

张宗友，时代的幸运儿

金寨有个吉祥的名字，却常受贫穷的困扰；金寨的孩子有片红色的母土，却面临失学的危险。也许，张宗友会同许多山区贫困的孩子一样，一辈子也走不出大山的困囿，甚至走不出生活重负与知识贫乏所带来的“语未出而嗫嚅，足未行而踟蹰”般的木讷。但是，当他家里负债累累、生活难以为继的时候，当他含着泪水打点行装准备辍学回家的时候，党和人民的“希望工程”来到了金寨，来到了他的身边，破例资助他读完高中，又破例帮助他上了大学，使他那弯弯曲曲的求学之路始终没有中断。或许在有些人看来，资助的这点资金微不足道，但对他来说却是雪中送炭，不仅提供了机会，更提供了动力，通过拼搏奋斗，终于考上了研究生，成了“希望”之子，成了时代的幸运儿。

再穷不能穷教育，再苦不能苦孩子。扶知、扶志是扶贫的根本，发展教育是百年大计。我们痛心地看到，全国尚有7000多万贫困人口，尚有许多少年儿童无力就学；但我们更欣喜地看到，从第一所“希望小学”在金寨落成始，如今在全国已发展到2074所，它们必将而且已经用知识，为“老少边穷”地区的脱贫致富、经济腾飞，为千千万万个像张宗友一样的时代幸运儿，插上“希望”的翅膀！

（1996年9月16日。“希望工程第一个大学生”系列报道获江苏省报纸优秀作品一等奖）

孩子，你为什么这样做

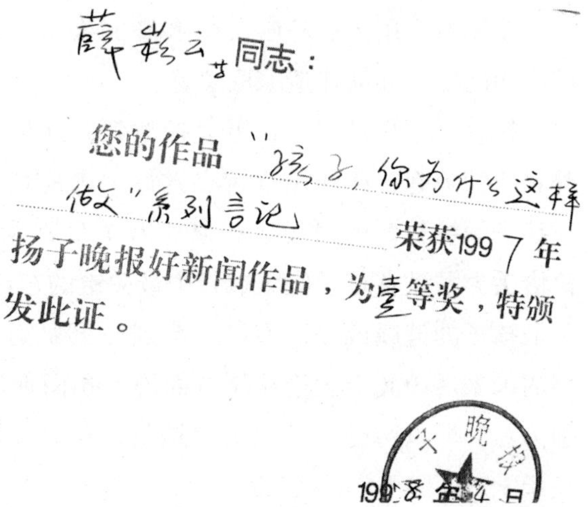
薛彩云同志：

您的作品"孩子，你为什么这样做"系列言论荣获1997年扬子晚报好新闻作品，为壹等奖，特颁发此证。

看了《一少年恸然留下绝笔》的报道，令人心碎。

孩子，你为什么这样做？你那么热爱家庭生活，热爱爸爸妈妈，热爱自己的学校和老师，你用纯洁的心灵向人们展示对美好生活的向往和对丑恶的憎恨，但你实在不应该采取如此的举动。

孩子，你为什么这样做？这更是普天下的为人父母者必须认真反思的问题。家庭暴力和家庭解体对一个无助的孩子来说，会给他们稚嫩的心灵带来无法弥合的创伤，甚至会酿成千古遗恨。每一个家庭，都是社会的一个细胞，直接维系着社会的文明安定，更维系着"百年树人"的千秋大业。人们常说，父母是孩子的第一任教师，家庭教育在人的一生中占有很大比例，家庭和睦又是家庭教育必不可少的营养剂。

这位少年的绝笔还警示人们，父母在教育孩子的同时，必须加强自身的道德修养，时刻注意反省自身的所作所为，警惕社会不良影响对家庭的侵蚀，要考虑：自己正在给家庭带来什么，正在给孩子带来什么！

（1997 年 1 月 7 日）

生命，呼唤家庭美德

读完尹辉用生命呼唤父母和睦的报道，痛惜之余，人们思考着一个更深层次的问题：如何建造家庭美德。

抚育，不只是抚养，更包括教育，这是人类进化的辉煌。事实说明，温馨和睦的家庭，往往蕴育善良友好、谦逊宽容和自强不息的人格。家长在关注孩子学校教育的时候，如果忽略了日常生活中自己言传身授的施教方式，恰恰丢弃了教育孩子健康成长中最关键的东西。

孩子的健康成长，不仅关系到一个家庭的幸福美满，而且直接关系到社会的未来。因此，无论从哪方面说，我们都应该时刻牢记“责任”二字，加强修养，严以律己，遵守道德规范，树立文明形象，为孩子们的成长提供家庭沃土。

以生命作呼唤，代价惨重，教训也是深刻的：只有做好人，才能做好孩子父母，最终做好“人”之父母。

（1997 年 1 月 9 日）

生命，呼唤社会净土

生命，呼唤社会净土

1.10. 松云 102

扬子快语

如果说，父亲嫖娼是引起小尹辉家庭不和的导火索，那么，社会丑恶就是小尹辉恸然绝命的远背景。这点从孩子早发的遗书中感受得到，从其父亲迟到忏悔中感受得到，而从其母亲控诉的泪水中又何尝感受不到！

家庭的文明构筑文明的社会，社会的文明影响家庭的文明。而当嫖娼、卖淫、吸毒、赌博、迷信等丑恶现象，尚待道德与法律将其从人类社会冲刷干净的时候，它们还会像瘟疫一样，从一些意志薄弱、素质低下的人那儿打开缺口，从而侵蚀家庭、戕害孩子。尹辉的悲剧，就是典型的例证。从这个意义上讲，不断强化精神文明建设和当前开展“三禁一打”活动，何其必要，又何其及时！

不过，外因通过内因而起作用，防止社会丑恶现象的腐蚀，关键要靠人人强化法制观念，增强意识修养，提高道德水准，不断增强自身的“免疫力”，做到警钟长鸣。让我们共同努力，打一场清除社会垃圾、净化人生环境的歼灭战，还家庭一份美好，还孩子一方净土！

如果说，父亲嫖娼是引起小尹辉家庭不和的导火索，那么，社会丑恶就是小尹辉恸然绝命的远背景。这点从孩子早发的遗书中感受得到，从其父亲迟到的忏悔中感受得到，而从其母亲控诉的泪水中又何尝感受不到！

家庭的文明构筑文明的社会，社会的文明影响家庭的文明。而当嫖娼、卖淫、吸毒、赌博、迷信等丑恶现象，尚待道德与法律将其从人类社会冲刷干净的时候，它们还会像瘟疫一样，从一些意志薄弱、素质低下的人那儿打开缺口，从而侵蚀家庭、戕害孩子。尹辉的悲剧，就是典型的例证。从这个意义上讲，不断强化精神文明建设和当前开展“三禁一打”活动，何其必要，又何其及时！

不过，外因通过内因而起作用，防止社会丑恶现象的腐蚀，关键要靠人人强化法制观念，增强意识修养，提高道德水准，不断增强自身的“免疫力”，做到警钟长鸣。让我们共同努力，打一场清除社会垃圾、净化人生环境的歼灭战，还家庭一份美好，还孩子一方净土！

（1997 年 1 月 10 日）

教育，是综合工程

当我们回过头来再痛读一遍少年尹辉的绝笔时，就会在其稚嫩的心灵上，发现缕缕伤痕，从而越发感到我们肩头教育责任的重大。

学校是培养“四有”新人的地方，孩子们从中得到的，是德智体全面发展的熏陶和理想化的高尚追求。而当这种高尚追求遇到社会上黄、赌、毒等丑恶侵蚀的时候，或者遇到家庭中“冷战”、暴力、离异等阴影伤害的时候，就会给孩子纯洁的心灵留下无所适从的迷惘和痛苦。要消除这种迷惘和痛苦，单纯的“应试”教育是无能为力的。因此，尽管有人对“挫折”教育持不同观点，但训导孩子健康的心理素质、顽强的适应能力和正确的驱恶方式，是必不可少的。

更为重要的是，如果本该是“三位一体”的学校、家庭与社会教育，一旦脱节甚至形成反差，即使是个别现象，也足以警示人们：孩子教育，不仅需要好老师，而且需要好家长、好公民。否则，尹辉的悲剧就很难杜绝。

（1997 年 1 月 12 日。“孩子，你为什么这样做”系列言论，获《扬子晚报》好新闻一等奖，相当于江苏省报纸优秀作品二等奖）

为劝说多次嫖娼父亲改邪归正

一少年惘然留下绝笔

本报讯 1996 年 12 月 28 日凌晨，金坛市城东乡发生了一起令人心碎的悲剧，就读于城东中学初二（1）班的学生尹某，因其父多次嫖娼导致家庭破裂，在精神上难以承受这沉重的打击，含悲服毒身亡。

小尹的父亲原是村里的一名电工，曾因嫖娼两次被公安机关处罚。去年 4 月，其父被市公安局处以劳动教养一年。一月后被保释，仍在外租房胡混，不愿回家与妻子和好。小尹生前备尝家庭破碎所酿的苦果，他在遗书中写道——

亲爱的爸爸妈妈：

你们好！当你们看到这封遗书时，我已不在人间了。不是我不热爱现在的生活，而是迫于你们的关系。我在人间已经 15 年，我很想以我的生命去换取家庭的和睦相处……

在我的尸体上放了三本本子，请把上面两本作业本送到班上去。要快，因为同学如果不交作业本，老师会查的。查出后，给我代交作业的这两位同学的面子不好看。第三本本子是我的日记本，请爸爸妈妈尊重我个人的想法，不要看里面的内容，切记！还有一支钢笔夹在日记本上，那是我最心爱的，你们把它连同日记本一起烧给我。学校要收的 200 元钱，我希望爸爸把这些钱送给班主任陈老师。请爸爸妈妈替我完成，就算我做儿子的最后的要求吧……

爸爸妈妈，你们和好吧……祝爸爸妈妈白头偕老！绝笔！

儿　子

1996 年 12 月 27 日

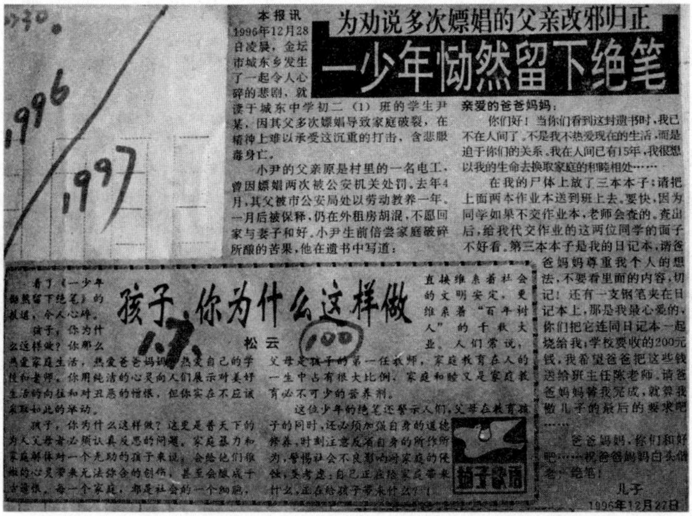

为劝说多次嫖娼的父亲改邪归正

一少年恸然留下绝笔

本报讯　1996年12月28日凌晨，金坛市城东乡发生了一起令人心碎的悲剧，就读于城东中学初二（1）班的学生尹某，因其父多次嫖娼导致家庭破裂，在精神上难以承受这沉重的打击，含悲服毒身亡。

小尹的父亲原是村里的一名电工，曾因嫖娼两次被公安机关处罚。去年4月，其父被市公安局处以劳动教养一年，一月后被保释，仍在外租房胡混，不愿回家与妻子和好。小尹生前倍尝家庭破碎所酿的苦果，他在遗书中写道：

亲爱的爸爸妈妈：

你们好！当你们看到这封遗书时，我已不在人间了。不是我不热爱现在的生活，而是迫于你们的关系。我在人间已有15年，我很想以我的生命去换取家庭的和睦相处……

在我的尸体上放了三本本子：请把上面两本作业本送到班上去。要快，因为同学如果不交作业本，老师会查的。查出后，给我代交作业的这两位同学的面子不好看。第三本本子是我的日记本，请爸爸妈妈尊重我个人的想法，不要看里面的内容，切记！还有一支钢笔夹在日记本上，那是我最心爱的，你们把它连同日记本一起烧给我；学校要收的200元钱，我希望爸爸把这些钱送给班主任陈老师。请爸爸妈妈替我完成，就算我做儿子的最后的要求吧……

爸爸妈妈，你们和好吧……祝爸爸妈妈白头偕老。绝笔！

儿子

1996年12月27日

孩子，你为什么这样做

松云

看了《一少年恸然留下绝笔》的报道，令人心碎。

孩子，你为什么这样做？你那么热爱家庭生活，热爱爸爸妈妈，热爱自己的学校和老师，你用纯洁的心灵向人们展示对美好生活的向往和对丑恶的憎恨，但你实在不应该采取如此的举动。

孩子，你为什么这样做？这更是普天下的为人父母者必须认真反思的问题。家庭暴力和家庭解体对一个无助的孩子来说，会给他们稚嫩的心灵带来无法弥合的创伤，甚至会酿成千古遗恨。每一个家庭，都是社会的一个细胞，直接维系着社会的文明安定，更维系着“百年树人”的千秋大业。人们常说，父母是孩子的第一任教师，家庭教育在人的一生中占有很大比例，家庭和睦又是家庭教育必不可少的营养剂。

这位少年的绝笔还警示人们，父母在教育孩子的同时，还必须加强自身的道德修养，时刻注意反省自身的所作所为，警惕社会不良影响对家庭的侵蚀，多考虑：自己正在给家庭带来什么，正在给孩子带来什么？！

（1997 年 1 月 7 日）

为"校园大讨论"叫好

一封学生来信，在南京师范大学引起了一场关于理想和人生的讨论。虽然引发的话题是学校生活的"空虚"和"无聊"，却表现出当今大学生们不甘平淡、不甘庸碌的跃跃欲试。此事同时也说明，我们的大学校园生机盎然，我们的莘莘学子充满希望！

大学生涯，令人神往，那种"金榜题名"后的喜悦，那种"天之骄子"般的自豪，那种起步人生的蹒跚，那种遨游学海的充实，连同那种青春萌发的惊悸和毕业择业的骚动，编织了一片烂漫的辉煌。然而，如果在市场经济和教育改革的新潮面前，这种烂漫和辉煌被寂寞甚至无聊悄悄冲淡，那么，这不仅是一种遗憾和浪费，更是一个牵动人心的社会课题。它涉及人生的调试、理想的定位、事业的拼搏，涉及教育体制、办学方向、管理方式的接轨与转轨，涉及家庭、学校、社会"三位一体"育人模式的排列组合，涉及学习目的、学习态度、学习方法的明确、端正和优化，等等。因此，开展这样的讨论，大有裨益。

一石激起千层浪。愿这场讨论走出南师大，引来更多高校学子的参与，也愿这场讨论能够引起学校、家庭和社会各方的重视，为人才的培养创造更加有利的环境和条件。

（1997 年 4 月 20 日）

拨旺理想的篝火

“校园大讨论”，把我们带入了一个重新审视人生的思维圈。一些大学生经过中学阶段起早贪黑的紧张拼搏，跨入天高海阔的大学校园后，反而产生了一种失落感，甚至觉得空虚无聊，“闲”得很累。这固然有多方面的原因，但关键恐怕还是要自我调整，再次鼓起理想的风帆。

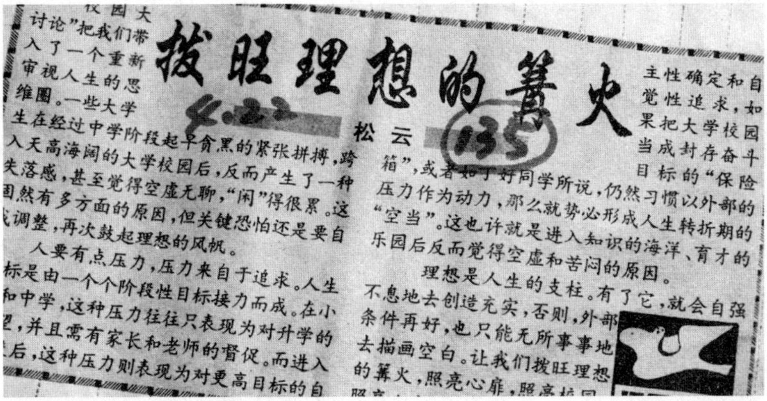

拨旺理想的篝火

松云

“校园大讨论”把我们带入了一个重新审视人生的思维圈。一些大学生在经过中学阶段起早贪黑的紧张拼搏，跨入天高海阔的大学校园后，反而产生了一种失落感，甚至觉得空虚无聊，“闲”得很累。这固然有多方面的原因，但关键恐怕还是要自我调整，再次鼓起理想的风帆。

人要有点压力，压力来自于追求。人生目标是由一个个阶段性目标接力而成。在小学和中学，这种压力往往只表现为对升学的渴望，并且需有家长和老师的督促。而进入高校后，这种压力则表现为对更高目标的自主性确定和自觉性追求，如果把大学校园当成封存奋斗目标的“保险箱”，或者如丁好同学所说，仍然习惯以外部的压力作为动力，那么就势必形成人生转折期的“空当”。这也许就是进入知识的海洋、育才的乐园后反而觉得空虚和苦闷的原因。

理想是人生的支柱。有了它，就会自强不息地去创造充实，否则，外部条件再好，也只能无所事事地去描画空白。让我们拨旺理想的篝火，照亮心扉，照亮校园

人要有点压力，压力来自追求。人生目标是由一个个阶段性目标接力而成。在小学和中学，这种压力往往只表现为对升学的渴望，并且需有家长和老师的督促。而进入高校后，这种压力则表现为对更高目标的自主性确定和自觉性追求，如果把大学校园当成封存奋斗目标的“保险箱”，或者如丁好同学所说，仍然习惯以外部的压力作为动力，那么就势必形成人生转折期的“空当”。这也许就是进入知识的海洋、育才的乐园后反而觉得空虚和苦闷的原因。

理想是人生的支柱。有了它，就会自强不息地去创造充实，否则，外部条件再好，也只能无所事事地去描画空白。让我们拨旺理想的篝火，照亮心扉，照亮校园，照亮人生的航程。

（1997 年 4 月 22 日）

为了母亲的希望

来自大学校园的这场讨论，让我想起了高中的一个同学，他学习刻苦，成绩优秀，而供他上学的，竟是在校园周围讨饭的母亲！这虽然是个特例，但可以肯定，从幼儿班到中学，每个人都曾享受过母亲无私的抚育。

从中学进入大学，凝伴着母亲们殷切的希望。当然，大学时代不可能把学习目的只停留在个人的感情回报上，因为一个更加神圣而伟大的字眼高照着，这就是“祖国”。为祖国“四化”建设而学，为成为“四有”新人而学，成了无数学子奋斗的目标。有了这个目标，在攀登学业的路上就能百折不挠、奋发向上，即使偶遇干扰和挫折，也会及时、准确地调整自我、把握自我，找到内心的充实和人生的价值。这一点，许多发奋苦读的在校大学生和已经走出校门的事业有成者，包括我的那位早已大学毕业参加工作的同学在内，就是例证。

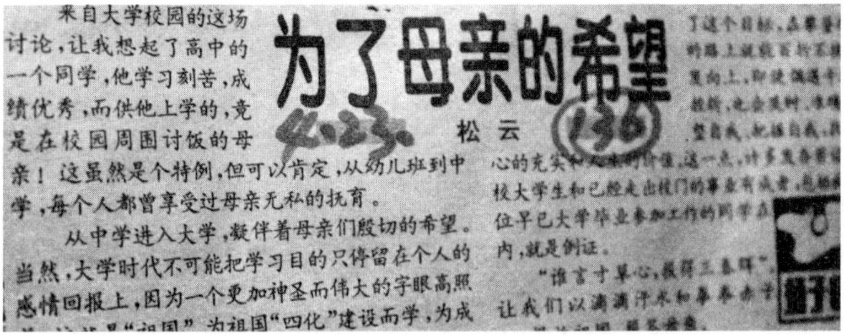
为了母亲的希望
松 云
来自大学校园的这场讨论，让我想起了高中的一个同学，他学习刻苦，成绩优秀，而供他上学的，竟是在校园周围讨饭的母亲！这虽然是个特例，但可以肯定，从幼儿班到中学，每个人都曾享受过母亲无私的抚育。
从中学进入大学，凝伴着母亲们殷切的希望。当然，大学时代不可能把学习目的只停留在个人的感情回报上，因为一个更加神圣而伟大的字眼高照
校大学生和已经走出校门的事业有成者，
位早已大学毕业参加工作的同学
内，就是例证。

“谁言寸草心，报得三春晖。”让我们以滴滴汗水和拳拳赤子心，报效祖国，报答母亲。

（1997 年 4 月 23 日）

展示青春的风采

省教委日前在南师大召开座谈会，决定结合“风采工程”，将“校园大讨论”推向全省。这对大学生准确把握人生，以崭新的形象迎接 21 世纪，有着重要意义。

“外塑形象”，必先“内强素质”。大学生是一个朝气蓬勃的群体，大学生活是人生重要的转折期，如何珍惜并充分利用这段黄金时间，通过对知识和文明的追求，让青春焕发出更加迷人的风采，这是摆在每一个同学面前的课题。无数事实说明，美好的青春往往同“为伊消得人憔悴”的执着相伴，同“三更灯火五更鸡”的辛勤相伴，同传统的美德、丰富的学识、顽强的意志、奉献的精神相伴，而与牌桌、舞场、酒杯等是“两股道上跑的车”。眼下，有些学生感到“闲适”，未必不是一种不甘停滞的自我剖析和自我完善。相反，怕就怕沉湎于“闲适”而不能自拔，更怕身处“闲适”而不知道“闲适”。

“恰同学少年，风华正茂。”望莘莘学子用自己的行动证明：无愧于灿烂的青春，无愧于希望的一代！

（1997 年 4 月 25 日）

校正人生的轨迹

“校园大讨论”，让人反思“转轨”与“接轨”的问题。

现实生活中，不同程度的“应试教育”，几乎使每个大学生都拥有一个繁重的昨天。在苦读“十年寒窗”、一朝“金榜题名”后，过去那恩师的“灌输”、家长的督促，连同近在咫尺的升学目标和负担沉重的中学生活一起，渐渐远离了身边。这时，本该及时“转轨”，以自觉的学习、自理的生活、自主的意识、自强的信念来主宰自己的大学生们，如果哪一个人虽蹚过了昨天的小河，而依赖的心态却仍停留在彼岸，那就难免出现这样那样的问题。

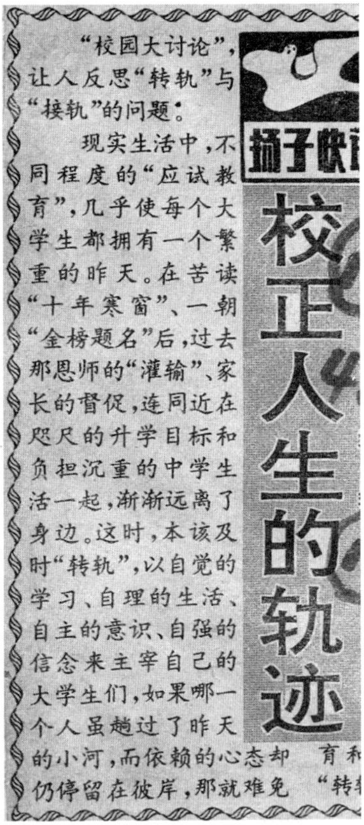

校正人生的轨迹

“校园大讨论”，让人反思“转轨”与“接轨”的问题。

现实生活中，不同程度的“应试教育”，几乎使每个大学生都拥有一个繁重的昨天。在苦读“十年寒窗”、一朝“金榜题名”后，过去那恩师的“灌输”、家长的督促，连同近在咫尺的升学目标和负担沉重的中学生活一起，渐渐远离了身边。这时，本该及时“转轨”，以自觉的学习、自理的生活、自主的意识、自强的信念来主宰自己的大学生们，如果哪一个人虽越过了昨天的小河，而依赖的心态却仍停留在彼岸，那就难免

但是，走出昨天的依赖，不是不要“昨天”，在摒弃昨天应试教育弊端的同时，还是要与那种紧张的繁忙、刻苦的拼搏、充实的生活“接轨”；更要瞄准“明天”，调整人生的轨迹，以适应祖国建设的需要和人才竞争的形势。这一个问题，同样摆在每一位家长和每一位教育工作者面前：为了大学生们的健康成长，我们的家庭教育、中小学教育和大学教育，该如何“转轨”和“接轨”呢？

（1997 年 4 月 29 日）

摘取明天的辉煌

正在深入开展的“校园大讨论”，不只在大学校园激起强烈反响，也引来社会各界的关注和参与。它把人们带进了一个更高、更新、更美的境界，不仅让人明白许多道理，也让人发现一些问题，更让人看到明媚的希望，其意义已远远超出了讨论本身。

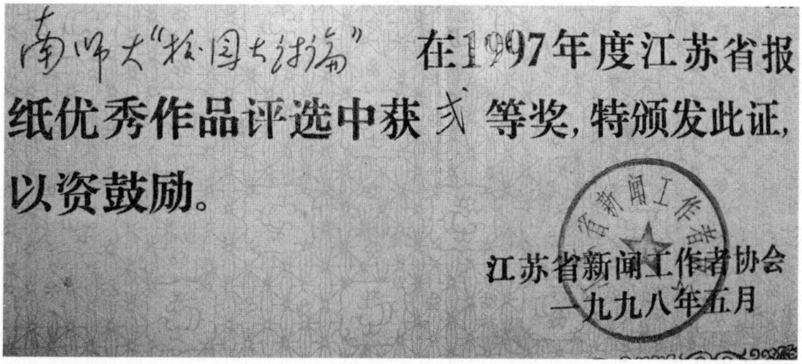
南师大“校园大讨论” 在1997年度江苏省报纸优秀作品评选中获 贰 等奖，特颁发此证，以资鼓励。

江苏省新闻工作者协会
一九九八年五月

祖国的“九五”计划和2010年远景规划，为每一个人都描绘了一片辉煌的明天。也许，作为知识和文明象征的大学生们，距这份辉煌最近。然而，伴随辉煌的是越来越激烈的物竞天择、优胜劣汰，看谁摘取明天的辉煌，关键是看谁能抓牢今天的机遇。大学生活是人生的黄金阶段，它是那么短暂，但只要艰苦拼搏、锲而不舍，就会使有限的时空无限延展。相反，如果胸无大志，或者偶遇阻力就自暴自弃，那么，稍纵即逝的机遇和弥足珍贵的生命就会从身边白白溜掉，那么，拥有的或许也不是明天，而是终身遗憾。

莫让年华付水流，需要记取这个道理的恐怕不仅是大学生，更是每一个青年。让我们以“五四”青年节获得表彰的杰出青年们为榜样，荡起进取的双桨，扬起希望的风帆，用浸透汗水的意志，去摘取明天的辉煌！

（1997年5月4日。“南师大校园大讨论”系列言论，获江苏省报纸优秀作品二等奖）

感谢老教授的警世良言

2 日，本报刊登了程千帆老教授的一封信，信中就大学生用奖学金请客的现象发表了看法。信虽短，但却意味深长，令人深思。

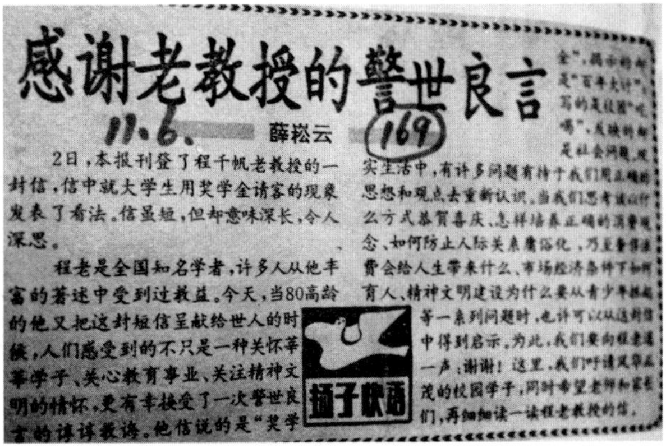

感谢老教授的警世良言

11.6. 薛崧云 169

2日，本报刊登了程千帆老教授的一封信，信中就大学生用奖学金请客的现象发表了看法。信虽短，但却意味深长，令人深思。

程老是全国知名学者，许多人从他丰富的著述中受到过教益。今天，当80高龄的他又把这封短信呈献给世人的时候，人们感受到的不只是一种关怀莘莘学子、关心教育事业、关注精神文明的情怀，更有幸接受了一次警世良言的谆谆教诲。他信说的是“奖学金”，揭示的却是“百年大计”，写的是校园“吃喝”，反映的却是社会问题。现实生活中，有许多问题有待于我们用正确的思想和观点去重新认识。当我们思考该以什么方式恭贺喜庆、怎样培养正确的消费观念、如何防止人际关系庸俗化，乃至奢侈浪费会给人生带来什么、市场经济条件下如何育人、精神文明建设为什么要从青少年抓起等一系列问题时，也许可以从这封信中得到启示。为此，我们要向程老道一声：谢谢！这里，我们吁请风华正茂的校园学子，同时希望老师和家长们，再细细读一读程老教授的信。

扬子快语

程老是全国知名学者，许多人从他丰富的著述中受到过教益。今天，当 80 高龄的他又把这封短信呈献给世人的时候，人们感受到的不只是一种关怀莘莘学子、关心教育事业、关注精神文明的情怀，更有幸接受了一次警世良言的谆谆教诲。他信说的是“奖学金”，揭示的却是“百年大计”；写的是校园“吃喝”，反映的却是社会问题。现实生活中，有许多问题有待于我们用正确的思想和观点去重新认识。当我们思考该以什么方式恭贺喜庆、怎样培养正确的消费观念、如何防止人际关系庸俗化，乃至奢侈浪费会给人生带来什么、市场经济条件下如何育人、精神文明建设为什么要从青少年抓起等一系列问题时，也许可以从这封信中得到启示。为此，我们要向程老道一声：谢谢！这里，我们吁请风华正茂的校园学子，同时希望老师和家长们，再细细读一读程老教授的信。

（1997 年 11 月 6 日）

校园不是平静的港湾

——奖学金请客说明了什么（一）

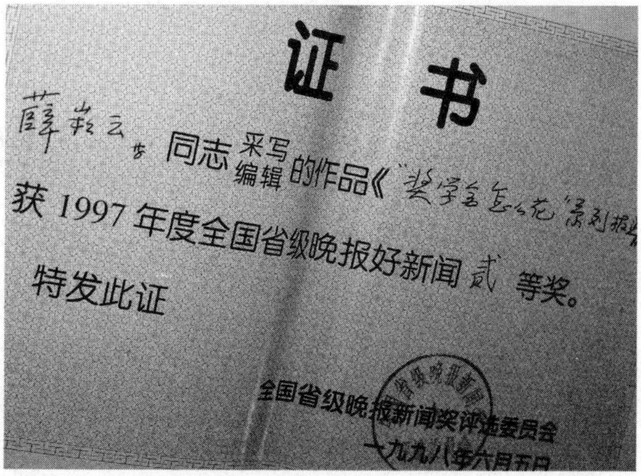

近几天，一些在宁高校师生对用奖学金请客问题展开了讨论，这促使我们反复思考着一个问题：奖学金请客究竟说明了什么？

奖学金，是用来激励勤奋上进的，它凝聚着党的关怀、祖国的期待和人民的辛劳，如果把它“潇洒”在宴席上，那就太不应该了。也许有人会说，奖学金是靠个人努力换来的，怎样支配，属个人自由。这话不能说没有一定道理，但也不无偏颇之处：为什么有人用它来资助贫困生，有人用它来孝敬父母，有人用它来购买学习用品，而有的人却偏偏选择了吃喝？应该说，这是社会上吃喝风在校园的一种反映。

校园吃喝，不只始于现在，也不只限于奖学金，更不只是高校的“专利”，因为校园不是世外桃源，更不是平静的港湾，社会上的一些不良现象总是要通过各种渠道对其加以影响。今天，当全社会反对吃喝浪费的时候，愿大学生们从善如流，疾恶如仇，自觉抵制不良风气的侵袭，努力创建社会主义的精神文明。

（1997 年 11 月 10 日）

花掉的不只是金钱

——奖学金请客说明了什么（二）

奖学金请客者，不知思考过奖学金的价值没有?!

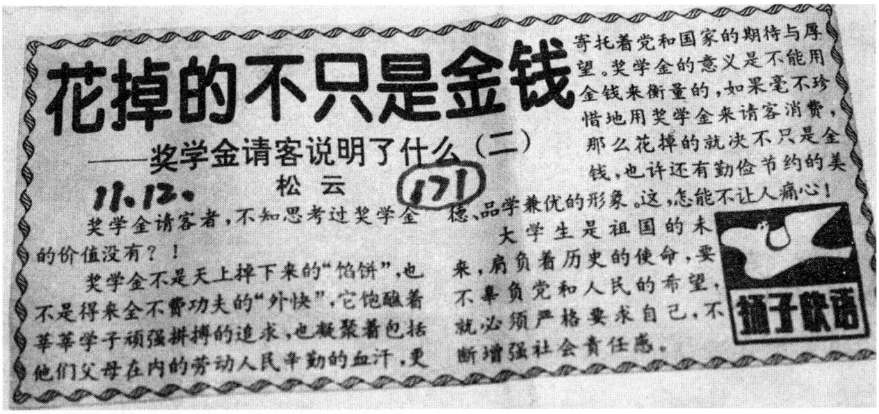
花掉的不只是金钱
——奖学金请客说明了什么（二）
松云
11.12. 171

奖学金请客者，不知思考过奖学金的价值没有？！

奖学金不是天上掉下来的“馅饼”，也不是得来全不费功夫的“外快”，它饱蘸着莘莘学子顽强拼搏的追求，也凝聚着包括他们父母在内的劳动人民辛勤的血汗，更寄托着党和国家的期待与厚望。奖学金的意义是不能用金钱来衡量的，如果毫不珍惜地用奖学金来请客消费，那么花掉的就决不只是金钱，也许还有勤俭节约的美德、品学兼优的形象。这，怎能不让人痛心！

大学生是祖国的未来，肩负着历史的使命，要不辜负党和人民的希望，就必须严格要求自己，不断增强社会责任感。

扬子快语

奖学金不是天上掉下来的“馅饼”，也不是得来全不费功夫的“外快”，它饱蘸着莘莘学子顽强拼搏的追求，也凝聚着包括他们父母在内的劳动人民辛勤的血汗，更寄托着党和国家的期待与厚望。奖学金的意义是不能用金钱来衡量的，如果毫不珍惜地用奖学金来请客消费，那么花掉的就绝不只是金钱，也许还有勤俭节约的美德、品学兼优的形象。这，怎能不让人痛心！大学生是祖国的未来，肩负着历史的使命，要不辜负党和人民的希望，就必须严格要求自己，不断增强社会责任感。

（1997 年 11 月 12 日）

交往，无需“媚俗”

——奖学金请客说明了什么（三）

有的大学生拿到奖学金后请客，是因为受了同学的“包围”，确切地说，是受了“人情”的包围，受了一种世俗人际关系的包围。

平心而论，人之于世，总要与同学、师长、亲朋间结下些情缘，也少不了要话新叙旧甚至礼尚往来，大学生也不例外。但是，如果认为非酒宴不足以叙友情，那么也就曲解了“友情”的含义，甚至玷污了这个圣洁的字眼，试想，当友情发展到非得用杯箸作为纽带的时候，友情还剩下多少分量?!

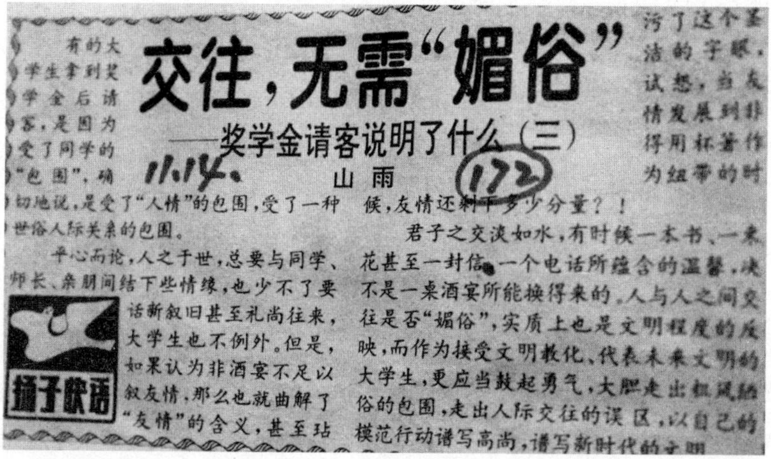

交往，无需“媚俗”

——奖学金请客说明了什么（三）

山雨

扬子快语

有的大学生拿到奖学金后请客，是因为受了同学的“包围”，确切地说，是受了“人情”的包围，受了一种世俗人际关系的包围。

平心而论，人之于世，总要与同学、师长、亲朋间结下些情缘，也少不了要话新叙旧甚至礼尚往来，大学生也不例外。但是，如果认为非酒宴不足以叙友情，那么也就曲解了“友情”的含义，甚至玷污了这个圣洁的字眼，试想，当友情发展到非得用杯箸作为纽带的时候，友情还剩下多少分量？！

君子之交淡如水，有时候一本书、一束花甚至一封信、一个电话所蕴含的温馨，决不是一桌酒宴所能换得来的。人与人之间交往是否“媚俗”，实质上也是文明程度的反映，而作为接受文明教化、代表未来文明的大学生，更应当鼓起勇气，大胆走出粗风陋俗的包围，走出人际交往的误区，以自己的模范行动谱写高尚，谱写新时代的文明

君子之交淡如水，有时候一本书、一束花甚至一封信、一个电话所蕴含的温馨，绝不是一桌酒宴所能换得来的。人与人之间交往是否“媚俗”，实质上也是文明程度的反映，而作为接受文明教化、代表未来文明的大学生，更应当鼓起勇气，大胆走出粗风陋俗的包围，走出人际交往的误区，以自己的模范行动谱写高尚，谱写新时代的文明。

（1997 年 11 月 14 日。“奖学金怎么花”系列报道，获全国省级晚报好新闻二等奖）

急火烙不出好烧饼

——小恽钢跳楼引发的思考（一）

小恽钢从三楼猝然跳下，深深地撞痛了我们的心！如果说这一不该发生的悲剧是个别和偶然的话，那么，联系到近来在学生教育上屡屡出现的捆绑手脚、胶布粘嘴、打骂罚跪等种种针对学生的“邪招”，就会发现个别中的普遍和偶然中的必然。人们不禁要问：执教何以如此偏激？

扬子快语

海华寻呼杯有奖征文

123

急火烙不出好烧饼

——小恽钢跳楼引发的思考（一）

雪 晨

小恽钢从三楼猝然跳下，深深地撞痛了我们的心！如果说这一不该发生的悲剧是个别和偶然的话，那么，联系到近来在学生教育上屡屡出现的捆绑手脚、胶布粘嘴、打骂罚跪等种种针对学生的“邪招”，就会发现个别中的普遍和偶然中的必然。人们不禁要问：执教何以如此偏激？

诚然，这种偏激行为可能源于“恨铁不成钢”的急躁情绪，但殊不知教书育人是严谨严肃的科学，是循序渐进的过程，是滴水穿石的“软功”，浮躁不得，“跨越”不得。即使是好心，也是好心办坏事。因为以揠苗助长代替锲而不舍，以咄咄逼人的训导代替循循善诱的引导，以疾风骤雨的灌输代替润物无声的启发，其结果只会在学生稚嫩的心灵上划出“硬伤”，“一不小心”就可能酿成惨剧。

急火烙不出好烧饼，教育亦然。

(18)

诚然，这种偏激行为可能源于“恨铁不成钢”的急躁情绪，但殊不知教书育人是严谨严肃的科学，是循序渐进的过程，是滴水穿石的“软功”，浮躁不得，“跨越”不得。而“偏激式教育”即使是好心，也是好心办坏事，因为以揠苗助长代替锲而不舍，以咄咄逼人的训导代替循循善诱的引导，以疾风骤雨的灌输代替润物无声的启发，其结果只会在学生稚嫩的心灵上划出“硬伤”，“一不小心”就可能酿成惨剧。

急火烙不出好烧饼，教育亦然。

（1999 年 1 月 23 日）

“完美”情结几时解

——小恽钢跳楼引发的思考（二）

人无“完人”，这话许多人都会说。然而，在对待孩子问题上，许多人却又用“完人”的标准，苛刻地要求他们，有的甚至连自己都做不到的事，却非要孩子做到，以致在孩子教育中出现了这样的情景：作业稍有马虎即遭辱骂，考试几分之差便有拳脚相加，做事偶出差错动辄禁食幽闭。

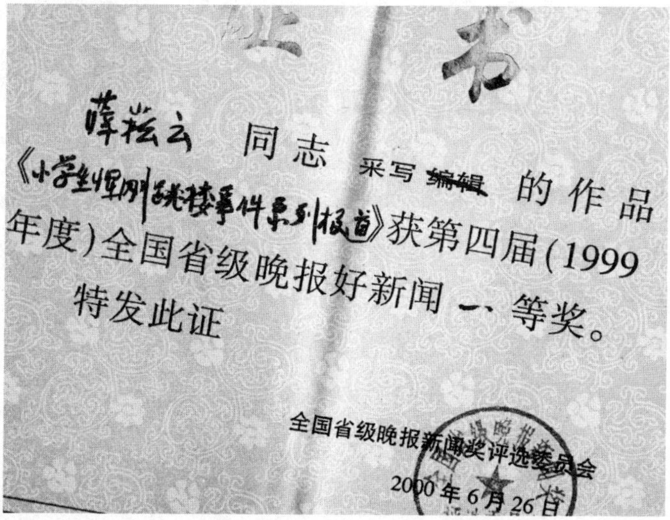

一项研究认为，一个人是否成功，80% 取决于情商，20% 取决于智商。“多梦时节”的孩子正处于心理断乳期和人格形成期，而“紧箍咒”常念、“狼牙棒”常舞，这与其说是“爱”还不如说是“害”，与其说是“催熟”还不如说是“摧残”。

严有格，爱有度，教有方，期望有分寸。希望老师、家长在孩子的教育问题上还得多学点辩证法。

（1999 年 1 月 24 日）

少年之过谁之责

——小恽钢跳楼引发的思考（三）

这几天，恽刚事件激起强烈反响，其中不乏这样的议论：小小少年，老师批评几句，怎么说跳楼就跳楼了呢？太“犟”了。议论中不少人认为，现在孩子太脆弱、太乖僻，经不得荣辱苦乐、得失成败，“一不小心”就会走向极端……此话反映了一定的现实，乍听也似有道理，可稍加推敲顿觉大谬。不错，有的孩子偏执，易冲动，甚至教育几句就出走、少考几分就自戕，这当然也属过错。但过错对于尚未具备完全行为能力的孩子来说，就像学走路少不了跌跤、学游泳少不了呛水一样，是其成长的必然。问题的关键在于：当他们“跌跤”“呛水”时，或者在此之前，“大人们”的责任哪里去了呢？退一步讲，就算这些孩子存在人格“缺陷”，那又是谁造成的？“缺陷”一旦显露，家长、老师们究竟有没有因材施教、因势利导，尽到“园丁”的神圣职责？

花好要靠育花人。如果家庭“冷热不均”的训导一日不变，学校“软硬失调”的教育一日不改，那么小恽钢的悲剧则一日不绝；如果不能有效制止此类悲剧的发生，那么就是我们教育的悲剧！

（1999 年 1 月 27 日）

勿让应试魔棒逞凶

——小恽钢跳楼引发的思考（四）

近年来，“素质教育”的呼声越来越高，可学生的负担却又越来越重，这“两股道上跑的车”说明：应试的“指挥棒”魔力正旺！君不见“小升初”的孩子被赶上“独木桥”，书市上炒得最火的是总也出不完的复习资料，重分轻能、重智轻德愈演愈烈，慈爱父母也被“魔棒”点化成“恶煞”，动辄施以棍棒教育……

不堪忍受老师批评

一小学生跳楼摔成重伤

我们并不否认，考试是选拔人才的一条途径，但如果“悠悠万事，唯此唯大”，那就有悖教育宗旨，也与人才规律背道而驰，因为工业化的“锻压”只能是千篇一律、千人一面，农业化的“培养”才有可能带来万紫千红、万木争荣，而“高压”下的小小生命之树怎能健康成长，即便“挤”进高学位，又怎能不蜷曲于高分低能的窠臼？有朝一日，在教育改革的步履声中，如果能使下一代“不用扬鞭自奋蹄”，那就不只是孩子之幸、老师之幸、家长之幸，更是我们民族之幸！

（1999 年 1 月 29 日。“小学生恽刚跳楼”系列报道，获中国新闻奖二等奖、江苏新闻奖、江苏省报纸优秀作品一等奖、全国省级晚报好新闻一等奖）

踏平坎坷成大道

——与侯晶晶同行

坐着轮椅，侯晶晶向我们走来。轮椅上，分明是一位强健的姑娘，一位用信念和意志撑起的顽强人生！

人生，是一个多么美好的字眼，但人生从来就不是一帆风顺，尤其对于残疾者来说。当侯晶晶的双腿一夜之间知觉全无，她遇到了也许是世界上最大的不幸。她一次次忍受着巨大的身心苦痛，一次次在生与死的晨昏线上徘徊，但她丝毫没有屈服于严酷的命运挑战，坎坷不能改其行，疾苦不能损其勇，挫折不能夺其志，终于以常人难以想象的毅力和百倍千倍的艰辛，用生命的极限和铿锵的步履，踏出了一条人生坦途。

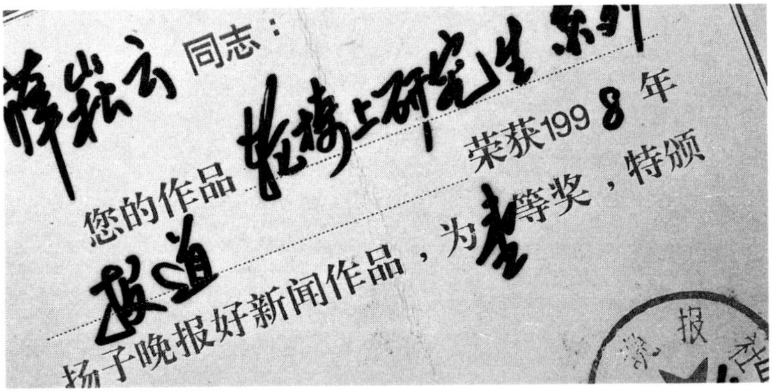

培根有句名言：“奇迹，常常在厄运中出现。”但厄运的“艰难困苦”并非时时处处都能够“玉汝于成”，关键看能否以百折不挠的追求去坚韧不拔地拼搏，这正是侯晶晶生命旋律的感人悟人激励人之处。今天，当我们面对落榜、面对下岗，当我们面对贫穷、面对困难，当我们面对生活坎坷或事业挫折时，只要有了侯晶晶的这种精神，就没有过不去的火焰山。

（1998 年 9 月 25 日。“轮椅上的研究生”系列报道，获《扬子晚报》好新闻一等奖）

理想，在平凡中闪光

——论蔡艳红张同双的精神世界

理想，是人生的支柱。张同双、蔡艳红，这对情系祖国航天事业的好夫妻，他们的理想究竟是什么？也许，他们太平凡了，平凡得没什么豪言壮语，也没有什么惊天动地的业绩，但谁能说他们没有自己执着的追求！

作者（右）采访中与张同双留影。

对于张同双来说，他的理想就是踏踏实实干好工作，把事业牢牢锁定在自己的人生坐标上。对于蔡艳红来说，她的理想，就是全身心支持丈夫干好工作，哪怕自己付出再多再多。如此质朴的信念，使他们形成了一种生命的默契。蔡艳红念念不忘丈夫执行的“国家级大任务”，这简简单单半句话，涵盖那么广，寓意那么深，即便她没有想得那么细、那么多，但其中既有对丈夫的自豪，又有对丈夫事业的理解和关心，更有国家利益高于一切并愿随时随地为之作出最大牺牲的崇高境界。于是，生女难产，她叮嘱：“别告诉同双！”病重卧床，她叮嘱：“别告诉同双！”死神缠上身来了，她还是叮嘱：“别告诉同双！”

有人说，“小我”和“大我”在理想上应该相辅相成，但在实际时态中又常常惊人的不协调。每当此时，蔡艳红、张同双总是义无反顾地舍“小家”为“大家”。在他们的心中，国家的位置至高无上，完成“国家级任务”是义不容辞的责任。蔡艳红一次又一次遇到命运的残酷打击，她完全可以告诉丈夫，但她总把苦痛深埋心底，再化为一封封平安家书。上次张同双出海，蔡艳红说：“去吧！我没事。”这次张同双归来，刚脱离死神的蔡艳红说：“我挺好的。”这让人流泪的“谎言”，深深激励着张同双。于是，“国家级大任务”成了这对年轻夫妇的精神默契；于是，张同双面对冷寂的大海忘我地工作；于是，面对着很快将再次来临的“国家级大任务”，张同双说“我还会去的”，此时，他完全可以提出少出一次海，完全可以提出留下照顾妻子……然而，这些在别人看来合情合理甚至天经地义的“完全可以”，都被他们轻松平淡地放弃了，甚至从来就没有想过。这种一尘不染的“大家”情结，使他们由平凡走向伟大，使他们的故事撼人心魄、催人奋进，也使“国家兴亡，匹夫有责”的古训再次得到了力证。

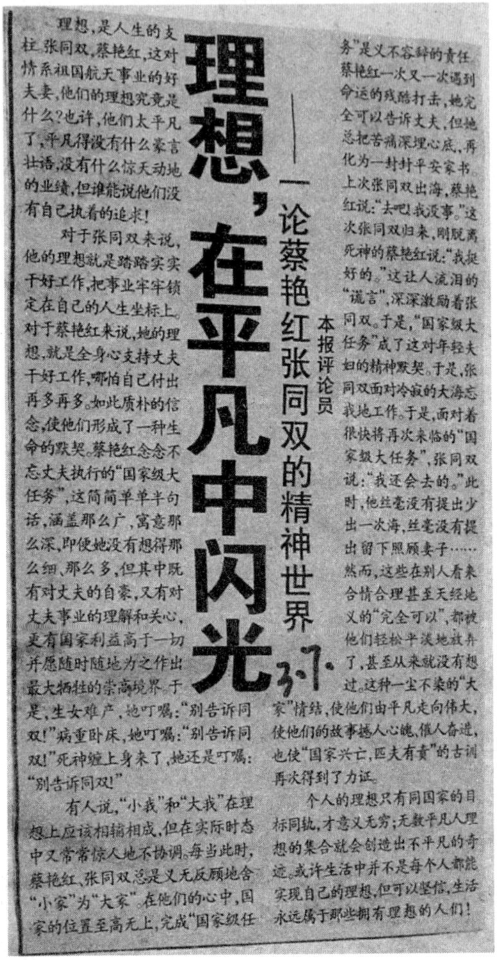

理想，在平凡中闪光

——论蔡艳红张同双的精神世界

本报评论员

理想，是人生的支柱。张同双、蔡艳红，这对情系祖国航天事业的好夫妻，他们的理想究竟是什么？也许，他们太平凡了，平凡得没有什么豪言壮语，没有什么惊天动地的业绩，但谁能说他们没有自己执着的追求！

对于张同双来说，他的理想就是踏踏实实干好工作，把事业牢牢锁定在自己的人生坐标上。对于蔡艳红来说，她的理想，就是全身心支持丈夫干好工作，哪怕自己付出再多再多。如此质朴的信念，使他们形成了一种生命的默契。蔡艳红念念不忘丈夫执行的“国家级大任务”，这简简单单半句话，涵盖那么广，寓意那么深，即使她没有想得那么细、那么多，但其中既有对丈夫的自豪，又有对丈夫事业的理解和关心，更有国家利益高于一切并愿随时随地为之作出最大牺牲的崇高境界。于是，生女难产，她叮嘱：“别告诉同双！”病重卧床，她叮嘱：“别告诉同双！”死神缠上身来了，她还是叮嘱：“别告诉同双！”

有人说，“小我”和“大我”在理想上应该相辅相成，但在实际时态中又常常惊人地不协调。每当此时，蔡艳红、张同双总是义无反顾地舍“小家”为“大家”。在他们的心中，国家的位置至高无上，完成“国家级任务”是义不容辞的责任。蔡艳红一次又一次遇到命运的残酷打击，她完全可以告诉丈夫，但她总把苦痛深埋心底，再化为一封封平安家书。上次张同双出海，蔡艳红说：“去吧！我没事。”这次张同双归来，刚脱离死神的蔡艳红说：“我挺好的。”这让人流泪的“谎言”，深深激励着张同双。于是，“国家级大任务”成了这对年轻夫妇的精神默契。于是，张同双面对冷寂的大海忘我地工作。于是，面对着很快将再次来临的“国家级大任务”，张同双说：“我还会去的。”此时，他丝毫没有提出少出一次海，丝毫没有提出留下照顾妻子……然而，这些在别人看来合情合理甚至天经地义的“完全可以”，都被他们轻松平淡地放弃了，甚至从来就没有想过。这种一尘不染的“大家”情结，使他们由平凡走向伟大，使他们的故事撼人心魄、催人奋进，也使“国家兴亡，匹夫有责”的古训再次得到了力证。

个人的理想只有同国家的目标同轨，才意义无穷；无数平凡人理想的集合就会创造出不平凡的奇迹。或许生活中并不是每个人都能实现自己的理想，但可以坚信，生活永远属于那些拥有理想的人们！

个人的理想只有同国家的目标同轨，才意义无穷；无数平凡人理想的集合就会创造出不平凡的奇迹。或许生活中并不是每个人都能实现自己的理想，但可以坚信，生活永远属于那些拥有理想的人们！

（2000 年 3 月 7 日）

情操，在理解中升华

——二论蔡艳红张同双的精神世界

“我一定要活着等他回来”，这是蔡艳红昏迷三天后发出的生命呼唤，更是她对丈夫的似海深情。凡是读此报道的人，无不为之动容。

蔡艳红、张同双这对年轻夫妻的恩爱之情，看似简单，波澜不惊，除了浓浓的“军人情结”和美丽憧憬外，没有花前月下，少有耳鬓厮磨，但有的却是面对困难的勇于担当和彼此默默无语的理解。

人是有感情和思想的，而感情和思想综合形成的心理状态，便体现出人的情操。蔡艳红和张同双虽是一对普通夫妻，但他们之间表现出的情操却是高尚的，非同寻常的。蔡艳红没有高深的知识和骄人的业绩，却以其对丈夫事业的异常忠诚，为我们每一对夫妇、每一个家庭树立了榜样。她和其他女性一样，必食人间烟火，亦有七情六欲，但情到至处是责任。虽然她实际上并没有得到一般人妻所应该享

情操，在理解中升华

——二论蔡艳红张同双的精神世界

本报评论员

“我一定要活着等他回来”，这是蔡
昏迷三天后发出的生命呼唤，更是她对
的似海深情。凡是读此报道的人，无不
动容。

蔡艳红、张同双这对年轻夫妻的
之情，看似简单，波澜不惊，除了浓浓的“
情结”和美丽憧憬外，没有花前月下，少
鬓厮磨，但有的却是面对困难的勇于担
彼此默默无语的理解。

人是有感情和思想的，而感情和思
综合形成的心理状态，便体现出人的情
蔡艳红和张同双虽是一对普通夫妻，但他
之间表现出的情操却是高尚的，非同寻
的。蔡艳红没有高深的知识和骄人的业
却以其对丈夫事业的异常忠诚，为我们每
对夫妇、每一个家庭树立了榜样。她和其
女性一样，必食人间烟火，亦有七情六欲，
情到至处是责任。虽然她实际上并没有得
一般人妻所应该享有的一切，但她深深理
丈夫工作的重要性和特殊性，天塌下来自
儿顶着，绝不影响丈夫的工作。于是，女儿
将出生，丈夫奉命出海，她没责备；自己病
加重住院，丈夫又因工作需要离开，她无半
点怨言；即便她生命垂危时，仍坚持不把病
情告诉丈夫，一定要活着等他回来。其实，她
不是没有期盼，不是没有焦急，但是她把这
些复杂的情感深深地埋在了理解和责任的
心田。正如她念叨的那样：“要是他在该有多
好啊。”但她更明白：“他要是知道了（病情），
还不急死啊！”这是夫妻之情，这更是一种深
深的理解和默默的奉献。

同样，张同双虽然长年在海上作业，不能成为顾家的男人，但他
无时无刻不在惦念着妻子，惦念妻子的病，那本几乎被翻烂的治疗肾
病的书可以作证。回航上岸时，平时一分钱掰两半花的他，买了张最快
最贵的车票赶到无锡，一见面就重复着：“我回来就好了！我回来就好
了！”这话里，既有他因工作而尽丈夫责任太少的自责，又有他要给妻
子以全力补偿的心愿。正如他说的那样：“我会尽我所能为她看病，我
一定会的。我离不开她，女儿离不开她。”然而，了解张同双的人都知
[illegible]

有的一切，但她深深理解丈夫工作的重要性和特殊性，天塌下来自个儿顶着，绝不影响丈夫的工作。于是，女儿即将出生，丈夫奉命出海，她没责备；自己病情加重住院，丈夫又因工作需要离开，她无半点怨言；即使她生命垂危时，仍坚持不把病情告诉丈夫，一定要活着等他回来。其实，她不是没有期盼，不是没有焦急，但是她把这些复杂的情感深深地埋在了理解和责任的心田。正如她念叨的那样："要是他在该有多好啊。"但她更明白："他要是知道了（病情），还不急死啊！"这是夫妻之情，这更是一种深深的理解和默默的奉献。

同样，张同双虽然长年在海上作业，不能成为顾家的男人，但他无时无刻不在惦念着妻子，惦念妻子的病，那本几乎被翻烂的治疗肾病的书可以做证。回航上岸时，平时一分钱掰两半花的他，买了张最快最贵的车票赶到无锡，一见面就重复着："我回来就好了！我回来就好了！"这话里，既有他因工作而尽丈夫责任太少的自责，又有他要给妻子以全力补偿的心愿，正如他说的那样："我会尽我所能为她看病，我一定会的。我离不开她，女儿离不开她。"然而，了解张同双的人都知道，他心里不仅装着"小家"，更装着"大家"，他的情感世界要远比两个人、三口人之间的那种境界阔大得多，因为，大洋深处紧紧系着他一颗赤诚的心。事实也正是如此，当他在冷寂的海上追星赶箭时，当他放弃上岸工作的机会时，当他举债买回电脑带到船上使用时，当他攻克研究项目、荣立军功时，不正显示了他对夫妻之爱、父女之爱的不同理解，从而熔铸出一种对事业、人生的博大之爱吗！

理解，使蔡艳红、张同双的夫妻情，超出了一般男欢女爱的层面。除了不能朝夕相伴，他们拥有了天下夫妻所该拥有的一切，但又远远不止这一切，因为还有爱国之情、生命之情，都显得那么丰厚，那么宽广，那么壮美，那么如诗如画。

（2000 年 3 月 9 日）

价值观，在贫病中凸现

——三论蔡艳红张同双的精神世界

“贫贱不能移，富贵不能淫”是古人的一种表述。今天，占有财富的多和少，生活境遇的安逸和困苦，依然在考验每个人处事的价值观。张同双和蔡艳红这对平常夫妻，因病，因贫，已是陷入生活的困境，差一点，还要作一次生离死别。可在这持续多年的困境中，张同双奉献航天之志从未改变，而蔡艳红支持丈夫奉献航天之志也从未改变。他们在贫病中显示出的价值观，亮化了他们珍贵的人生。

价值观，在贫病中凸现

——三论蔡艳红张同双的精神世界

本报评论员

3.11.

“贫贱不能移，富贵不能淫”是古人的一种表述了，可今天，占有财富的多和少，生活境遇的安逸和困苦，却依然在考验每个人处事的价值观。张同双和蔡艳红这对平常夫妻，因病，因贫，已是陷入生活的困境，差一点，还要作一次生离死别。可在这持续多年的困境中，张同双奉献航天之志从未改变，而蔡艳红支持丈夫奉献航天之志也从未改变。他们在贫病中显示出的价值观，亮化了他们珍贵的人生。

几乎从出生的那天起，贫困就像恶梦一样死死缠绕着张同双，但人穷志不穷，他先后以优异成绩考上了县中，考上了大学，并光荣踏上“远望”号甲板。而就在他欠着读大学的贷款未还，母亲去世又拉下了累累新债时，蔡艳红，这位普通女性，勇敢地走进了他的生活。她不是不知道他家远近闻名的穷，她是在别人的嘲笑声中坐上了接亲的“双排座”。贫穷不仅没有成为他们结合的障碍，反而成了他们爱情的粘合剂，蔡艳红说得好：“他从小吃了那么多苦，现在工作又那么忙，我比他小，将来要好好待他，让他得到补偿。”于是，她无论遇到什么痛苦和不幸，对丈夫只有理解，没有责备，只有付出，没有索取。

张同双穷而不夺志的奋斗，蔡艳红贫贱不能移的情爱，在祖国和事业这个大坐标系中，闪现得更加光彩夺目。蔡艳红病了，3年花去治疗费近10万元，家中一贫如洗。本来，蔡艳红在贫病之中即使向丈夫提出这样那样的要求也天经地义，张同双在极度困难中即使向组织伸伸手也情有可原，但为了不影响丈夫的工作，为了不给组织上增添麻烦，他们一次也没有要求过。张同双拼命工作，把挣来的钱几乎全部用于妻子的治疗，但他并不只是为了挣钱而拼命工作，还有更高层次的追求，那就是完成海上任务。他常说，“船上离不开我，我也离不开船”，“家里有困难也不能影响工作。”字字句句，分明对比出他心目中国家利益和个人利益的孰大孰小，孰重孰轻。而蔡艳红心里也一样明白：她的价值就在于她对这个家庭的无声奉献，对丈夫奉献的坚定支持。在金钱和品格、索取和奉献、家事和国事上，他们都不约而同地选择了后者。

义利之辩，在我国已延续了数千年，但辩来辩去，有一条基本标准始终没有变，那就是当“义”和“利”产生“不协调”时，不能见利忘义，也不能无利而不义，持这样的价值观，人活得才有价值。经济的贫困不排斥精神的富有，生理的疾病不影响灵魂的健康。“贫”和“病”给蔡艳红、张同双带来残酷的打击，但也使他们走向了崇高，因为在祖国事业这个大“义”中，他们双双凸现了自己的人生价值！

几乎从出生的那天起，贫困就像噩梦一样死死缠绕着张同双，但人穷志不穷，他先后以优异成绩考上了县中，考上了大学，并光荣踏上“远望”号甲板。而就在他欠着读大学的贷款未还、母亲去世又拉下了累累新债时，蔡艳红，这位普通女性，勇敢地走进了他的生活。她不是不知道他家远近闻名的穷，她是在别人的嘲笑声中坐上了接亲的“双排座”。贫穷不仅没有成为他们结合的障碍，反而成了他们爱情的黏合剂，蔡艳红说得好："他从小吃了那么多苦，现在工作又那么忙，我比他小，将来要好好待他，让他得到补偿。"于是，她无论遇到什么痛苦和不幸，对丈夫只有理解，没有责备，只有付出，没有索取。

张同双穷而不夺志的奋斗，蔡艳红贫贱不能移的情爱，在祖国和事业这个大坐标系中，闪现得更加光彩夺目。蔡艳红病了，3 年花去治疗费近 10 万元，家中一贫如洗。本来，蔡艳红在贫病之中即使向丈夫提出这样那样的要求也天经地义，张同双在极度困难中即使向组织伸伸手也情有可原，但为了不影响丈夫的工作，为了不给组织上增添麻烦，他们一次也没有要求过。张同双拼命工作，把挣来的钱几乎全部用于妻子的治疗，但他并不只是为了挣钱而拼命工作，还有更高层次的追求，那就是完成海上任务。他常说，"船上离不开我，我也离不开船"，"家里有困难也不能影响工作"。字字句句，分明对比出他心目中国家利益和个人利益的孰大孰小、孰重孰轻。而蔡艳红心里也一样明白：她的价值就在于她对这个家庭的无声奉献，对丈夫奉献的坚定支持。在金钱和品格、索取和奉献、家事和国事上，他们都不约而同地选择了后者。

义利之辩，在我国已延续了数千年，但辩来辩去，有一条基本标准始终没有变，那就是当"义"和"利"产生"不协调"时，不能见利忘义，也不能无利而不义，持这样的价值观，人活得才有价值。经济的贫困不排斥精神的富有，生理的疾病不影响灵魂的健康。"贫"和"病"给蔡艳红、张同双带来残酷的打击，但也使他们走向了崇高，因为在祖国事业这个大"义"中，他们双双凸现了自己的人生价值！

（2000 年 3 月 11 日。"好军嫂蔡艳红"系列报道，获江苏省报纸优秀作品一等奖）

三五年，究竟有多长

——剖析任国庆的情感世界（1）

7.29 扬子快语

三五年，究竟有多长

——剖析任国庆的情感世界①

山雨

时间的长短是可以衡量的。三五年有多长，也是个不难回答的问题。然而，对于援藏干部任国庆来说，对于爱他敬他支持他牵挂他的妻子女儿来说，却是个怎么也计算不清的未知数。按照国家援藏干部政策，他3年可以回来，5年可以回来，甚至1年多便可以回来；为了安慰挥泪作别的亲人，他在即将踏上西行之路前也一个个分别对女儿们说："爸爸一年半就回来。"但一年半过去了，3年过去了，5年过去了，女儿梦中的爸爸不仅没有回来，而且连每年的法定假也难得休足，就是每次回来也都是那么匆忙。三五年过去了，面对亲人无边的期盼，他只能一次次"允诺"：再等一年吧。而这一等，就是21年！

在任国庆的时间表上，为什么"三五年"竟成了21年，竟成了7665个日日夜夜？因为他太爱他的山南、太爱他的西藏、太爱他的事业了，因为他已把沙山当惠山、高原当水乡、藏胞当亲人，已与皑皑雪域融成了一体。他不是不知道西藏这一去山高路远、风雪迷漫、条件艰苦、困难重重，但为了那一声远古的呼唤和那一片渴望的梦幻，他毅然离开相对舒适的工作岗位和如诗如画的故乡江南，主动报名要求援藏；他不是不知道家中缺少了"顶梁柱"该是什么情形，也不是不知道远离家乡和亲人是什么样难熬的滋味，但他更清楚祖国的需要和西藏人民的期待。他对事业的执著追求，不是用"时间"而是用"成功"去度量，他的生命，不是用"时间"而是用"价值"去标志的。

因此，1981年有人劝他提前返乡，作为当年无锡籍援藏干部中年龄最大、家庭确有困难的他，完全可以顺水推舟、一走了之，但这时山南的电视转播站刚建一半，他怎能忍心丢下不管？他请妻子女儿再给他5年时间，把山南的广播电视网建成。5年后，为全自治区广播电视"村村通"再作奉献，他又从山南走向了拉萨。1994年他退休返乡，完全可以从此安度晚年、享受久违的天伦之乐，但当西藏人民再次需要他的时候，他又挺身而出，走向成都……正是在这一次次的"完全可以"而又一次次义无反顾的生命抉择中，任国庆实现了他人格的完善和境界的升华，也正因为有了这种崇高的境界和伟大的人格，身患绝症、长卧病榻的他回顾自己生命之旅中的神圣抉择时，他还是无怨无悔！

珠穆朗玛峰再高也有顶，雅鲁藏布江再长也有源，一个共产党员对人民群众的情爱和责任比山高、比水长。

第六届中国艺术节倒计时61天

时间的长短是可以衡量的。三五年有多长，也是个不难回答的问题。然而，对于援藏干部任国庆来说，对于爱他敬他支持他牵挂他的妻子女儿来说，却是个怎么也计算不清的未知数。按照国家援藏干部政策，他3年可以回来，5年可以回来，甚至1年多便可以回来；为了安慰挥泪作别的亲人，他在即将踏上西行之路前也一个个分别对女儿们说："爸爸一年半就回来。"但一年半过去了，3年过去了，5年过去了，女儿梦中的爸爸不仅没有回来，而且连每年的法定假也难休足，就是每次回来也都是那么匆忙。三五年过去了，面对亲人无边的期盼，他只能一次次"允诺"：再等一年吧。而这一等，就是21年！

在任国庆的时间表上，为什么"三五年"竟成了21年，竟成了7665个日日夜夜？因为他太爱他的山南、太爱他的西藏、太爱他的事业了，因为他已把沙山当惠山、高原当水乡、藏胞当亲人，已与皑皑雪域融成了一体。他不是不知道西藏这一去山高路远、风雪迷漫、条件艰苦、困难重重，但为了那一声远古的呼唤和那一片渴望的梦幻，他毅然离开相对舒适的工作岗位和如诗如画的故乡江南，主动报名要求援藏；他不是不知道家中缺少了"顶梁柱"是什么情形，也不是不知道远离家乡和亲人是什么样难熬的滋味，但他更清楚祖国的需要和西藏人民的期待。他对事业的执着追求，不是用"时间"而是用"成功"去度量，他的生命，也不是用"时间"而是用"价值"

去标志的。

因此，1981 年有人劝他提前返乡，作为当年无锡籍援藏干部中年龄最大、家庭确有困难的他，完全可以顺水推舟、一走了之，但这时山南的电视转播站刚建一半，他怎能忍心丢下不管？他请妻子女儿再给他 5 年时间，把山南的广播电视网建成。5 年后，为了全自治区广播电视“村村通”，他又从山南走向了拉萨，再作奉献。1994 年他退休返乡，完全可以从此安度晚年、享受久违的天伦之乐，但当西藏人民再次需要他的时候，他又挺身而出，走向成都……正是在这一次次的“完全可以”而又一次次义无反顾的生命抉择中，任国庆实现了他人格的完善和境界的升华，也正因为有了这种崇高的境界和伟大的人格，身患绝症、长卧病榻的他回顾自己生命之旅中的神圣抉择时，还是无怨无悔！

珠穆朗玛峰再高也有顶，雅鲁藏布江再长也有源，一个共产党员对人民群众的责任和情爱，比山高，比水长。

（2000 年 7 月 29 日）

命题作文“三五年”

特稿《穿越时空的眷恋》引起反响，也打动了总编，他用铅笔写了 3 个题目：《三五年，究竟有多长》《三五年，是短还是长》《三五年，不短也不长》，让我写评论。我惊叹于他出题的高屋建瓴、严缜思辨，更感激他对特稿良苦构思、情感流程的精准拿捏。

这 3 个题目一咏三叹、一气呵成，但读起来通透写起来难，尤其是最后一个题目很不容易“自圆其说”。我又反复阅读材料、筛选细节、孕育情感，再次被任国庆的父女深情、雪域深情所打动。短短千字文，一篇就是一个通宵，唏嘘不已，涕泗涟涟，已实在不能用典型的评论语言和逻辑推理来表达我思我感我泪，最后见报的 3 篇几乎都成了“四不像”。此情此景被同事刘丽明无意看到，第二天她说：“你写稿太投入了……”

打小就是做命题作文的命，做到后来成了精，中考作文考区第一，高考语文百分卷（含作文）拿了 96 分。要是皇上在，好歹也能考取个功名，说不准还被写进《西厢记》什么的。一笑。

（2017 年 7 月 16 日于北京）

三五年，是短还是长

——剖析任国庆的情感世界（2）

三五年，是短还是长？对于魂系高原的任国庆来说，实在太短太短。在他的风雪之旅、生命之旅中，是挥之不去的责任感和时不我待的紧迫感，是永远干不完的事情：沙山上的电视转播台建好了，又在山南 12 县相继建成了电视转播台；西藏第一个地区级广播电台、电视台、卫星地面接收站建好了，他又走向拉萨，走向全自治区广播电视“村村通”的目标。每次亲人问他啥时能回，他都说那边的工作离不开他，其实，是他离不开那边的工作，离不开那边的人民，割不下同那方热土朝夕相伴、风雨同舟、生死与共的情结。因此，他一次次放弃返乡的机会，一年年逗留雪域高原，即便是回来探亲，停留一两个星期就再也坐不住，深感事业紧迫、时间紧迫。因此，对他来说，3 年太短，5 年太短，21 年太短！

三五年，是短还是长？对于朝思暮想远方亲人的妻子女儿来说，实在太长太长。1979 年援藏时，他三个女儿尚未成家，需要父爱，妻子体弱多病，需要

三五年，是短还是长
——剖析任国庆的情感世界②
山雨
扬子快语

三五年，是短还是长？对于魂系高原的任国庆来说，实在太短太短。在他的风雪之旅、生命之旅中，是挥之不去的责任感和时不我待的紧迫感，是永远干不完的事情：沙山上的电视转播台建好了，又在山南12县相继建成了电视转播台；西藏第一个地区级广播电台、电视台、卫星地面接收站建好了，他又走向拉萨，走向全自治区广播电视“村村通”的目标。每次亲人问他啥时能回，他都说那边的工作离不开他，其实，是他离不开那边的工作，离不开那边的人民，割不下同那方热土朝夕相伴、风雨同舟、生死与共的情结。因此，他一次次放弃返乡的机会，一年年逗留雪域高原，即使是回来探亲，停留一两个星期就再也坐不住，深感事业紧迫、时间紧迫。因此，对他来说，3年太短，5年太短，21年太短！

三五年，是短还是长？对于朝思暮想远方亲人的妻子女儿来说，实在太长太长。1979年援藏时，他三个女儿尚未成家，需要父爱，妻子体弱多病，需要照顾。他本来说好援藏三五年就回来，3年过去了，5年过去了，可在陆续返乡的援藏人员中，就是没见他的影子。虽然她们在一天天的期盼和等待中一次次支持他逗留西藏完成未竟事业，但不消说亲人间刻骨铭心的分离之苦、思念之苦、牵挂之苦，就是遇上身子病了、房子漏了、电灯坏了、窨井漫了这些大大小小的难事，谁家又能少得了“顶梁”的男子汉！岁月长长路长长，思念长长情长长。她们早盼晚盼盼了21年、7665个日日夜夜，对于她们来说，21年太长，5年太长，3年太长！

三五年，是短还是长，任国庆心里还有一本账：干事业嫌短，想家人嫌长。面对女儿在书信中的一声声呼唤，面对妻子在电话中的一次次叮咛，哪一次他不柔肠寸断、潸然泪下！当惠山的期盼和沙山的期盼一次次在他心中交织，当他一次次面临去与留的人生考验时，虽然他都选择了后者，但哪一次他不是经受了浓烈的感情炙烤！“若为化得身千亿，散上峰头望故乡。”泽当镇周围的山头留遍他远眺万里家乡的身影，一封封平安家书记下了他对家人无尽的挂念和抱歉。21年，他伴随着亲人的牵挂和对亲人的思念，把心血、才智和最宝贵的年华无私地留在了风雪高原。

无情未必真豪杰。任国庆对西藏人民一往深情，而对家人又何尝不是一往情深！正是在这种强烈的感情碰撞中，实现了他完美的人生。

照顾。他本来说好援藏三五年就回来，3 年过去了，5 年过去了，可在陆续返乡的援藏人员中，就是没见他的影子。虽然她们在一天天的期盼和等待中一次次支持他逗留西藏完成未竟事业，但不消说亲人间刻骨铭心的分离之苦、思念之苦、牵挂之苦，就是遇上身子病了、房子漏了、电灯坏了、窨井漫了这些大大小小的难事，谁家又能少得了“顶梁”的男子汉！岁月长长路长长，思念长长情长长。她们早盼晚盼盼了 21 年、7665 个日日夜夜，对于她们来说，21 年太长，5 年太长，3 年太长！

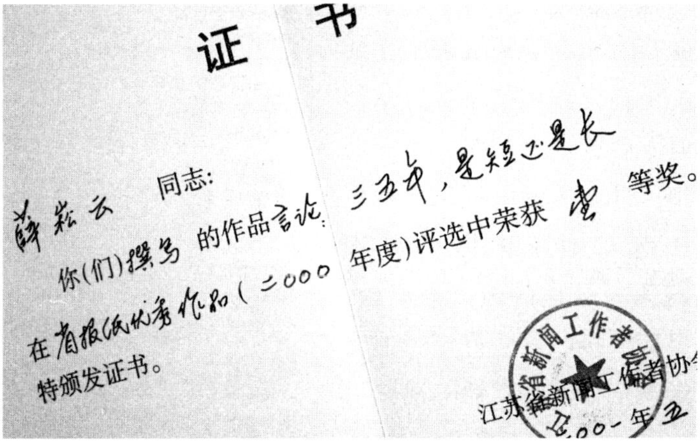
证书

薛崧云 同志:

你(们)撰写的作品言论：三五年，是短还是长 在省报纸优秀作品（二000 年度）评选中荣获 壹 等奖。

特颁发证书。

江苏省新闻工作者协会

三五年，是短还是长，任国庆心里还有一本账：干事业嫌短，想家人嫌长。面对女儿在书信中的一声声呼唤，面对妻子在电话中的一次次叮咛，哪一次他不柔肠寸断、潸然泪下！当惠山的期盼和沙山的期盼一次次在他心中交织，当他一次次面临去与留的人生考验时，虽然他都选择了后者，但哪一次他不是经受了浓烈的感情炙烤！“若为化得身千亿，散上峰头望故乡。”泽当镇周围的山头留遍他远眺万里家乡的身影，一封封平安家书记下了他对家人无尽的挂念和抱歉。21 年，伴随着亲人的牵挂和他对亲人的思念，他把心血、才智和最宝贵的年华无私地留在了风雪高原。

无情未必真豪杰。任国庆对西藏人民一往情深，而对家人又何尝不是一往情深！正是在这种强烈的感情碰撞中，实现了他人生的完美。

（2000 年 7 月 31 日。江苏省报纸优秀作品一等奖）

三五年，不短也不长

——剖析任国庆的情感世界（3）

三五年，究竟有多长？三五年，是短还是长？三五年，不短也不长！任国庆在西藏奉献了 21 年，21 年，对于其人生来说，不可谓不长，但就其对事业执着的追求来说，又不可谓不短。奉献西藏，对于他来说，已不是什么三五年的事情，也不是 21 年的事情，而是终身的事情；三五年对于他来说，已无所谓短和长；三五年只是他对一方热土和一方生民无限钟情、无限投入的一个标记。

“我们对着大地说，贫穷总会改变；我们对着太阳说，追求永不改变。”正如这句歌词说的那样，西藏人民的事业成了任国庆永恒的追求。他对挽留他的西藏同志说：“如果西藏需要，我愿与雪山共百年。”他对劝他回乡享受天伦之乐的无锡同事说：“我已与西藏分不开了。”即使明知自己已经踏上了生命的最后旅程，他还是无怨无悔地说：“如果让我选择一百次，我还是选择西藏！”泽当镇历史上第一批开办的 10 多个企业作证，山南藏胞历史上第一次种植成功的10多种蔬菜作证，自治区村落架设起来的700座小型铁塔作证，沙山顶穿越时空的永不消逝的电波作证：任国庆已把他的碧血丹心深深印刻在冰清玉洁的雪峰大坂，接受着亲人神圣的检阅和历史永恒的褒扬！

永恒的事业带来永恒的追求，永恒的追求带来永恒的眷念。当任国庆支撑着病躯回成都移交工作时，对同事们说："等我把病治好了，再回来同你们一起干。"就是在病榻上，他最感到遗憾的不是自己的病，而正如他不止一次念叨的那样："我再也不能为西藏作贡献了！"他太爱他的事业、太想他的西藏了，毕竟，他与高原生死与共了21年，在他脑海中挥抹不去的仍然是那雄伟的大山、洁白的雪莲、开着小花伸向天边的牧场，仍然是那一双双渴望的眼睛、一声声深情的呼唤、一个个熟悉的身影。沙山顶上发射塔的信号正不正常？平措大爷的肺炎好了没有？那些他捐款近万元资助的特困户的孩子学习怎么样？全自治区"村村通"建设进展到哪一步了？所有这些，成了他无法割舍的牵挂。

是的，一个共产党员对理想的追求、对事业的奉献，不是3年、5年，也不是21年，而是用生命的全部过程去努力实现的；一个辉煌的生命也不是用3年、5年或者21年去衡量、测评，而是用一种永恒的精神去贯穿、去增色添彩的。不管是八百年还是一万年，这种精神永不褪色、永不衰竭，就像蓝天白云，就像喜马拉雅，就像青藏高原！

（2000年8月2日）

任国庆事迹报道赢赞誉

中宣部及省委宣传部予以肯定并热情推介

本报6、7、8三个月关于援藏干部任国庆的系列报道（包括言论），在读者中激起了热烈的反响，同时也引起了有关部门及领导的关注。中宣部新闻阅评小组及省委宣传部有关领导给予了充分肯定。

中宣部《新闻阅评》第413期以《〈扬子晚报〉着力宣传援藏干部任国庆》为题作了500余字篇幅的专门评价。阅评文章认为，任国庆是孔繁森式的先进人物。在许多媒体已经报道了他的事迹之后，《扬子晚报》继续宣传报道他的先进事迹，并独辟蹊径，以新的形式进行热情宣传。《扬子晚报》对先进典型宣传报道的态度和做法，应予肯定。

8 月 21 日，在省委宣传部举办的首期高级新闻人才培训班上，省委宣传部原常务副部长刘向东同志在总结任国庆这一重大典型的宣传报道时指出，这次宣传报道，规模大，策划好，时间长，后续报道高潮迭起，强劲有力，产生了一批精品力作，如《新华日报》的一篇言论和《扬子晚报》的 3 篇快语等。

扬子晚报

编辑部吹风

2000 年 8 月 29 日　第七十四期

总编办公室主办　内部保存　不得外传

任国庆事迹报道赢赞誉

中宣部及省委宣传部予以肯定并热情推介

本报6、7、8三个月关于援藏干部任国庆的系列报道(包括言论)，在读者中激起了热烈的反响，同时也引起了有关部门及领导的关注。中宣部新闻阅评小组及省委宣传部有关领导给予了充分肯定。

中宣部《新闻阅评》第413期以《扬子晚报着力宣传援藏干部任国庆》为题作了500余字篇幅的专门评价。阅评文章认为，任国庆是孔繁森式的先进人物。在许多媒体已经报道了他的事迹之后，扬子晚报继续宣传报道他的先进事迹，并独辟蹊径，以新的形式进行热情宣传。扬子晚报对先进典型宣传报道的态度和做法，应予肯定。

8月21日，在省委宣传部举办的首期高级新闻人才培训班上，省委宣传部原常务副部长刘向东同志在总结任国庆这一重大典型的宣传报道时指出，这次宣传报道，规模大，策划好，时间长，后续报道高潮迭起，强劲有力，产生了一批精品力作，如新华日报的一篇言论和扬子晚报的3篇快语等。

刘向东同志对本报系列报道的具体评价是：

《活着的孔繁森》是省级媒体第一家，先声夺人，也有一些好的细节，但材料较零碎，只写了两个侧面，未能集中力量，击中靶心，标题也一般。第一炮没打响，成了夹生饭。

《穿越时空的眷恋》角度选的较好，写出了一些感人的细节，但主题思想的凝聚、升华不够。

我从不剪报，但扬子晚报这3篇言论我剪下来了。这三篇(7月29日《三五年，究竟有多长》、7月31日《三五年，是短还是长》、8月2日《三五年，不短也不长》)，一篇比一篇味道浓，一篇比一篇好。应该说，我的眼界还不算太低，办报这么多年来，这样的言论确实难得一见，它深深地打动了我。尤其是这3篇的题目，先是觉得疑惑，继之惊奇，最后一篇出来，简直令人拍案叫绝。我可

刘向东同志对本报系列报道的具体评价是：

《活着的孔繁森》是省级媒体第一家，先声夺人，也有一些好的细节，但材料较零碎，只写了两个侧面，未能集中力量，击中靶心，标题也一般。第一炮没打响，成了夹生饭。

《超越时空的眷恋》角度选得较好，写出了一些感人的细节，但主题思想的凝聚、升华不够。

我从不剪报，但《扬子晚报》这 3 篇言论我剪下来了。这三篇（7 月 29 日《三五年，究竟有多长》、7 月 31 日《三五年，是短还是长》、8 月 2 日《三五年，不短也不长》），一篇比一篇味道浓，一篇比一篇好。应该说，我的眼界还不算太低，办报这么多年来，这样的言论确实难得一见，它深深地打动了我。尤其是这 3 篇的题目，先是觉得疑惑，继之惊奇，最后一篇出来，简直令人拍案叫绝。我可以说，仅凭这 3 篇的题目，它就能拿特等奖。

这三篇快语的成功之处就在于：（1）它采用了散文、杂文、评论三结合的写法，带有浓厚的感情色彩；（2）寓理于情，娓娓道来，尽显春风化雨之功；（3）思想深刻、犀利，有很强的针对性，令人回味无穷。它的题目展示的就是一个共产党员情感世界的辩证法——任国庆把献身作为自己的行为尺度、事业高度和终身目标。三五年，无所谓短，也无所谓长。

（《扬子晚报》编辑部吹风，2000 年 8 月 29 日）

向您致敬，崇高的父母！

于璐，一个25岁的蓬勃生命，惨死在无情的车轮下，这个偶然的不幸，让多少人为之扼腕，为之痛惜。然而，当得知她的父母主动将女儿所有有用的器官全都捐献出来，而且其女儿的眼角膜已使两位眼疾病人重见光明、肝脏正在他人身上初步移植成功的时候，我们的双眼模糊了，一种浩瀚的情爱强烈撞击着我们的心灵。我们和所有读者一起，向做出感天动地义举的于璐父母，表示崇高的敬意！

失去亲人是不幸的，尤其是失去正在感受五彩人生的女儿。然而对女儿刻骨铭心的爱，并没有模糊他们的视线，更没有湮没他们博大的胸怀。当爱女走完生命旅程的时候，在大悲大痛中，他们想到了生活在这个世界上的同他们的女儿一样渴求美好生命的人们。于是，一种人伦亲情由此升华为一种人间大爱，那么温馨，那么豪壮！而对于他们来说，一个个不是亲人的亲人，通过他们女儿器官的移植恢复了生命、美化了人生，这也是对他们失去女儿后的一种抚慰！这正如他们所说的那样："让女儿的生命得以延续，是对女儿最好的悼念和告慰。"是的，这种无私的情感如涌动的春潮将深深地感染着人们，激励着人们。做移植手术的医生流泪了，相信千千万万的读者也会热泪盈眶，浮想联翩……

向您致敬，崇高的父母！

（2001年2月25日。全国省级晚报都市报好新闻一等奖）

生命，私欲膨胀成恶魔

——读陈阳日记感悟之二

读了南京姑娘陈阳的日记，思绪万千，钦佩赞叹之余，不禁让人对自暴自弃自戕自杀者备感痛惜，对虚度年华闲抛光阴者备感痛心，更对那些视他人生命如草芥、同时又葬送自己一生甚至生命的杀人者备感痛恨！

正如陈阳所说的那样，人活在这个世上是件多么美好的事情啊！也正因为如此，人的生命从来神圣而不可侵犯。然而，任何社会任何国家，又总有极少数人，无视法律的尊严，无视他人活着的神圣与美好，怀着种种见不得人的私人目的，采取种种卑鄙残忍的手段，制造出一幕幕剥夺他人珍贵生命的罪恶镜头，造成极其恶劣的后果和影响。虽然他们犯罪的原因千差万别，但归根到底无非两个字在作怪——私欲。

生命，私欲膨胀成恶魔

——读陈阳日记感悟之二

松 云

读了南京姑娘陈阳的日记，思绪万千，钦佩赞叹之余，不禁让人对自暴自弃自戕自杀者备感痛惜，对虚度年华闲抛光阴者备感痛心，更对那些视他人生命如草芥、同时又葬送自己一生甚至生命的杀人者备感痛恨！

正如陈阳所说的那样，人活在这个世上是件多么美好的事情啊！也正因为如此，人的生命从来神圣而不可侵犯。然而，任何社会任何国家，又总有极少数人，无视法律的尊严，无视他人活着的神圣与美好，怀着种种见不得人的私人目的，采取种种卑鄙残忍的手段，制造出一幕幕剥夺他人珍贵生命的罪恶镜头，造成极其恶劣的后果和影响。虽然他们犯罪的原因千差万别，但归根到底无非两个字在作怪——私欲。

本来，每个人都有也该有自己生活、生存的需求，这就是"欲"。从孔夫子到毛泽东，从古希腊哲学家到马克思主义者，从来就没有否认过这种正常、正当的个人欲望，也从来都反对过分、过度甚至不择手段去攫取的私欲。因为，如果一个人的这种私欲一旦"膨胀"到"贪婪"的程度，那就必然会想尽一切办法去夺取，那就必然陷入罪恶的深渊而不能自拔，直至作恶杀人、彻底毁灭。特别是在当今的社会转型期，这种现象更需要特别警惕。计划经济曾使人们习惯于平静、平均、平稳等心理状态，而当市场大潮带着丰富的物质和诱人的物欲滚滚而来时，社会的、心理的"不平衡"就遽然形成，一部分人的私欲和不满因此渐渐地膨胀起来。他们有的为"情"所困铤而走险，有的心理阴暗仇视社会，有的妒火中烧制造血案，有的杀人越货谋财害命，有的报复异己走向极端，等等。

玩火者必自焚。借债还钱，杀人偿命，自古如此。那些拿他人生命当儿戏的人，包括那些虽未直接持刀杀人，却给他人生命财产带来严重威胁和伤害的腐败分子、制假贩毒者等，最终没有一个有好下场。这些，我们从各类媒体中，从"打黑除恶"的捷报中，可以找到许多例证。因此，从这个意义上讲，正是膨胀贪婪的私欲，成了一个个吞噬生命的恶魔。

私欲，是生命之害，也是人生之害。为防止私欲膨胀而危害社会、葬送人生，我们每一个人都要在心理上筑起三道防线。一是对各种诱惑保持平常心态，做到"不以物喜，不以己悲"，任物欲横流，"我独取一瓢饮"；二是提高道德素养，懂得尊重他人就是尊重自己，在当今的竞争社会里，不断摒弃狭隘、嫉妒、仇恨等不健康心理，通过正当途径实现自我、满足自我；三是学会沟通，学会化解矛盾，学会用法律手段处理各类利益纠纷，不要一不如意就"一条道走到黑"，非得用极端行为拼个你错我对、你负我胜、你死我活不可。如果人人都能驱除灵魂中的自私贪欲，那么，社会安定、生命安全就能得到根本的保证，文明进步就会不断迈向新的更高层次。

本来，每个人都有也该有自己生活、生存的需求，这就是"欲"。从孔夫子到毛泽东，从古希腊哲学家到马克思主义者，从来就没有否认过这种正常、正当的个人欲望，也从来都反对过分、过度甚至不择手段去攫取的私欲。因为，如果一个人的这种私欲一旦"膨胀"到"贪婪"的程度，那就必然会想尽一切办法去夺取，那就必然陷入罪恶的深渊而不能自拔，直至作恶杀人、彻底毁灭。特别是在当今的社会转型期，这种现象更需要特别警惕。计划经济曾使人们习惯于平静、平均、平稳等心理状态，而当市场大潮带着丰富的物质和诱人的物欲滚滚而来时，社会的、心理的“不平衡”就遽然形成，一部分人的私欲和不满因此渐渐地膨胀起来。他们有的为“情”所困铤而走险，有的心理阴暗仇视社会，有的妒火中烧制造血案，有的杀人越货谋财害命，有的报复异己走向极端，等等。

玩火者必自焚。借债还钱，杀人偿命，自古如此。那些拿他人生命当儿戏的人，包括那些虽未直接持刀杀人，却给他人生命财产带来严重威胁和伤害的腐败分子、制假贩毒者等，最终没有一个有好下场。这些，我们从各类媒体中，从“打黑除恶”的捷报中，可以找到许多例证。因此，从这个意义上讲，正是膨胀贪婪的私欲，成了一个个吞噬生命的恶魔。

私欲，是生命之害，也是人生之害。为防止私欲膨胀而危害社会、葬送人生，我们每一个人都要在心理上筑起三道防线。一是对各种诱惑保持平常心态，做到“不以物喜，不以己悲”，任物欲横流，“我独取一瓢饮”；二是提高道德素养，懂得尊重他人就是尊重自己，在当今的竞争社会里，不断摒弃狭隘、嫉妒、仇恨等不健康心理，通过正当途径实现自我、满足自我；三是学会沟通，学会化解矛盾，学会用法律手段处理各类利益纠纷，不要一不如意就“一条道走到黑”，非得用极端行为拼个你错我对、你负我胜、你死我活不可。如果人人都能驱除灵魂中的自私贪欲，那么，社会安定、生命安全就能得到根本的保证，文明、进步就会不断迈向新的更高层次。

（2001 年 10 月 3 日）

生命，燃烧不已腾烈焰
——读陈阳日记感悟之三

“好喜欢一首歌《昔日重来》。倘若昔日真的能够重来，我一定好好珍惜生活，好好回报社会。我愿用我的一切去交换，只要让我活着。”含泪再读南京姑娘陈阳的这段日记，再次感受到了一种震撼人心的力量。这与其说是一位饱受病魔摧残的花季女孩对健康的渴望、对生活的渴望，还不如说是一簇燃烧不已的生命之火腾起的一片熊熊烈焰！

生命，不是茶余饭后的空谈、花前月下的遐想，不是写在纸上贴在墙上或者放于案头上台板下的至理名言，它是贝多芬手下的琴键、奥斯特洛夫斯基颤抖的笔、阿基米德可以用来撬动地球的“支点”。生命是和理想紧密联系在一起的。一个人有了理想就有了人生坐标，就有了精神，也就有了人格的力量和人生的美丽。只有孜孜不倦追求理想的人，才会激发潜能，燃旺生命之火。然而，不同的人对生命、对理想又有着不同的诠释。对于碌碌无为者来说，生命、理想也许就像杯中之水，洒了甚至从来就没有，也不足惜；而对于生活的强者而言，却是力量的源泉、精神的脊梁乃至人生的全部。现实生活中，对于理想的追求，有的人缺乏意志，一遇挫折就一蹶不振，甚至走向沉沦；有的人缺乏恒心，不是功亏一篑，就是满足于“半瓶子醋”；而有的人却斗志昂扬，为

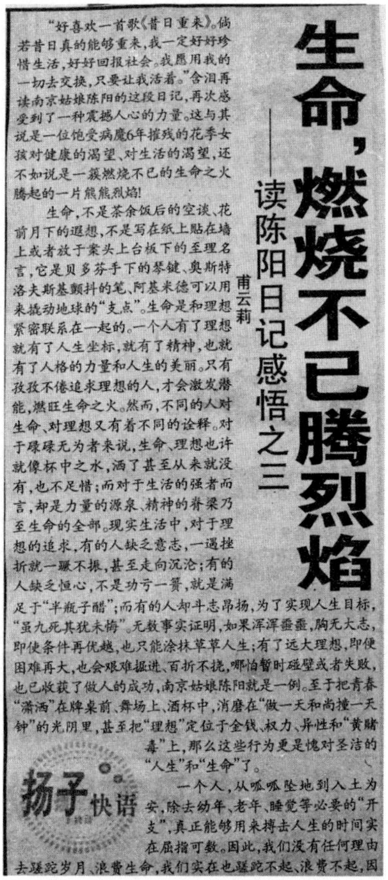
生命，燃烧不已腾烈焰
——读陈阳日记感悟之三
甫云莉

“好喜欢一首歌《昔日重来》。倘若昔日真的能够重来，我一定好好珍惜生活，好好回报社会。我愿用我的一切去交换，只要让我活着。”含泪再读南京姑娘陈阳的这段日记，再次感受到了一种震撼人心的力量。这与其说是一位饱受病魔6年摧残的花季女孩对健康的渴望、对生活的渴望，还不如说是一簇燃烧不已的生命之火腾起的一片熊熊烈焰！

生命，不是茶余饭后的空谈、花前月下的遐想，不是写在纸上贴在墙上或者放于案头上台板下的至理名言，它是贝多芬手下的琴键、奥斯特洛夫斯基颤抖的笔、阿基米德可以用来撬动地球的“支点”。生命是和理想紧密联系在一起的。一个人有了理想就有了人生坐标，就有了精神，也就有了人格的力量和人生的美丽。只有孜孜不倦追求理想的人，才会激发潜能，燃旺生命之火。然而，不同的人对生命、对理想又有着不同的诠释。对于碌碌无为者来说，生命、理想也许就像杯中之水，洒了甚至从来就没有，也不足惜；而对于生活的强者而言，却是力量的源泉、精神的脊梁乃至生命的全部。现实生活中，对于理想的追求，有的人缺乏意志，一遇挫折就一蹶不振，甚至走向沉沦；有的人缺乏恒心，不是功亏一篑，就是满足于“半瓶子醋”；而有的人却斗志昂扬，为了实现人生目标，“虽九死其犹未悔”。无数事实证明，如果浑浑噩噩，胸无大志，即使条件再优越，也只能涂抹草草人生；有了远大理想，即使困难再大，也会艰难掘进、百折不挠，哪怕暂时碰壁或者失败，也已收获了做人的成功，南京姑娘陈阳就是一例。至于把青春“潇洒”在牌桌前、舞场上、酒杯中，消磨在“做一天和尚撞一天钟”的光阴里，甚至把“理想”定位于金钱、权力、异性和“黄赌毒”上，那么这些行为更是愧对圣洁的“人生”和“生命”了。

扬子快语

一个人，从呱呱坠地到入土为安，除去幼年、老年、睡觉等必要的“开支”，真正能够用来搏击人生的时间实在屈指可数。因此，我们没有任何理由去蹉跎岁月、浪费生命，我们实在也蹉跎不起、浪费不起，因

了实现人生目标，“虽九死其犹未悔”。无数事实证明，如果浑浑噩噩，胸无大志，即使条件再优越，也只能涂抹草草人生；有了远大理想，即便困难再大，也会艰难掘进、百折不挠，哪怕暂时碰壁或者失败，也已收获了做人的成功，南京姑娘陈阳就是一例。至于把青春“潇洒”在牌桌前、舞场上、酒杯中，消磨在“做一天和尚撞一天钟”的光阴里，甚至把“理想”定位于金钱、权力、异性和“黄赌毒”上，那么这些行为更是愧对圣洁的“人生”和“生命”了。

一个人，从呱呱坠地到入土为安，除去幼年、老年、睡觉等必要的“开支”，真正能够用来搏击人生的时间实在屈指可数，因此，我们没有任何理由去蹉跎岁月、浪费生命，我们实在也蹉跎不起、浪费不起，因为“昔日”是决不会“重来”的。我们所能够选择的只有胸怀大志增加生活的“厚度”、节约时间增加生命的“长度”、奋斗不止增加生命的“宽度”，别无其他任何捷径可走，而古今中外凡成大事者无一不是珍惜时间、珍惜生活的，因为生命属于人们的，仅仅只有一次！

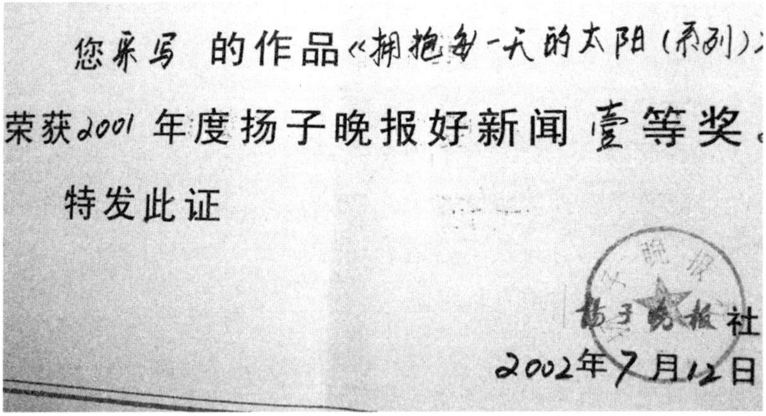

亲爱的朋友，为了燃起璀璨夺目的生命烈焰，让我们拨旺理想的篝火，校正人生的轨迹，描绘青春的风采，去摘取明天的辉煌。如果你在搏击人生的旅途中遇到困难挫折或者累了倦了，那么就请再读一遍陈阳的这段日记吧！

（2001 年 10 月 7 日。陈阳系列报道获《扬子晚报》好新闻一等奖）

中国结，挂起来！

——与时俱进说春节

再过两天，就是春节了。传统春节年年过，今年又有新气象，大街小巷、村村寨寨的人们，除了添新衣、购春联爆竹外，还把红红的中国结请回家，挂在客厅里，挂在灶头间，挂在脖颈前，于是，一道崭新的风景染亮了锦绣河山，染亮了万户千家，染亮了一个个黄肤黑发的欢笑脸庞。

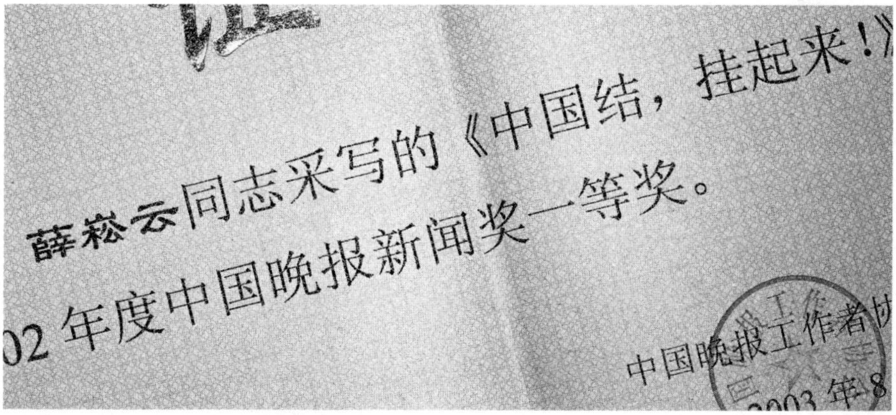

中国结，挂起来，挂起一份祝愿，挂起一片风帆，也挂起一派美好的憧憬。在茹毛饮血、刀耕火种的时代，勤劳善良的先民们辛苦了一年后，会设坛祭祀感谢天地的恩赐，会燃起篝火驱除妖魔鬼怪，会围着熊熊篝火跳起欢快的舞蹈，祈望来年有个好收成。今天，主导市场大潮的人们，高挂红红的中国结，同样寄托了风调雨顺、国泰民安的愿望，也同样表达了逢凶化吉、遇难呈祥的祝福。

中国结，挂起来，这里有片情，这里有份爱。重情讲义的中国人过传统的春节，要回到家里营造天伦之乐，要走亲访友叙旧联谊互道平安，甚至还要祭告祖先表达孝敬、思念和崇拜。同时，晚辈给长辈拜年，长辈给晚辈“压岁钱”，全家吃年夜饭，在一个房间、一个炕头上“守岁”，这种尊老爱幼、其乐融融的氛围，也许只有中国的家庭才会有。今天的人们虽已摒弃了以往春节活动中带有迷信色彩的东西，在内容和形式上也有着因时而化的不断变迁，比如说用中国结代替了门神、财神爷等，但那股生生不息、一脉相承的浓情，却永远化不开，也永远不会变。如果说中国结能够代表这种与时俱进的变迁的话，那么一个中国结就是一份温馨、一份祝福，就是一份浓缩亲情、爱情、友情的解不开的情结。

中国结，挂起来，这里面还有一个中国情结。“咱们的大中国，好大的一个家”，中国人历来“家”“国”并举，历来爱家和爱国并重。蛇年，中国喜事不断，盛事不断。在春节这个中华民族的“保留”节日里，当五湖四海的炎黄子孙亲人团聚、辞旧迎新、举杯同庆的时候，怎能不想起这些喜事盛事，怎能不挂上中国结表达一片心，面对中国结又怎能不心潮澎湃、意气风发呢！

中国结，扮靓马年春节！

中国结，情满中国！

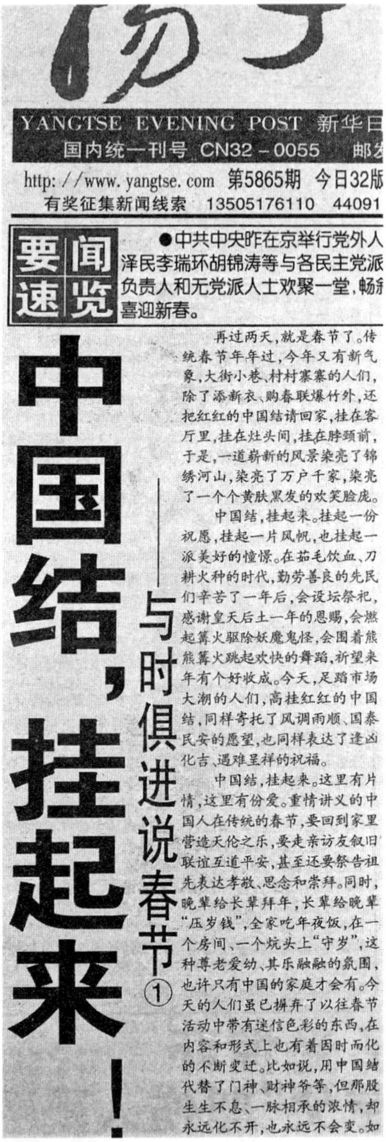
YANGTSE EVENING POST 新华日
国内统一刊号 CN32－0055 邮发
http://www.yangtse.com 第5865期 今日32版
有奖征集新闻线索 13505176110 44091

要闻速览

●中共中央昨在京举行党外人泽民李瑞环胡锦涛等与各民主党派负责人和无党派人士欢聚一堂，畅叙喜迎新春。

中国结，挂起来！

——与时俱进说春节①

再过两天，就是春节了。传统春节年年过，今年又有新气象，大街小巷、村村寨寨的人们，除了添新衣、购春联爆竹外，还把红红的中国结请回家，挂在客厅里，挂在灶头间，挂在脖颈前，于是，一道崭新的风景染亮了锦绣河山，染亮了万户千家，染亮了一个个黄肤黑发的欢笑脸庞。

中国结，挂起来。挂起一份祝愿，挂起一片风帆，也挂起一派美好的憧憬。在茹毛饮血、刀耕火种的时代，勤劳善良的先民们辛苦了一年后，会设坛祭祀，感谢皇天后土一年的恩赐，会燃起篝火驱除妖魔鬼怪，会围着熊熊篝火跳起欢快的舞蹈，祈望来年有个好收成。今天，足踏市场大潮的人们，高挂红红的中国结，同样寄托了风调雨顺、国泰民安的愿望，也同样表达了逢凶化吉、遇难呈祥的祝福。

中国结，挂起来。这里有片情，这里有份爱。重情讲义的中国人在传统的春节，要回到家里营造天伦之乐，要走亲访友叙旧联谊互道平安，甚至还要祭告祖先表达孝敬、思念和崇拜。同时，晚辈给长辈拜年，长辈给晚辈“压岁钱”，全家吃年夜饭，在一个房间、一个炕头上“守岁”，这种尊老爱幼、其乐融融的氛围，也许只有中国的家庭才会有。今天的人们虽已摒弃了以往春节活动中带有迷信色彩的东西，在内容和形式上也有着因时而化的不断变迁。比如说，用中国结代替了门神、财神爷等，但那股生生不息、一脉相承的浓情，却永远化不开，也永远不会变。如

（2002 年 2 月 9 日。中国晚报新闻奖一等奖）

知错悔过不为晚

几天来，读着本报“老汉街头遭骂”的连续报道，我们一直为那位骂人的年轻人感到汗颜。然而，当接到这位年轻人情真意诚的悔过信，看着他带着鲜花礼品向老人深深道歉时，又不禁为之精神一振，同时也别有一番滋味涌心头！

“老汉街头遭骂事件”当事人终于站出
昨天，“老汉街头遭骂”当事人终于站出
带着花篮和一脸悔恨来到老人面前——
一声“对不起” 老人喜泪流

男青年的道歉信

扬子晚报编辑部：

看了贵报《老汉街头遭骂气得痛不欲生》的报道和由此引发的文明大讨论，本人痛苦万分。我，就是那个冲动的青年人，悔不该自己当初不够冷静，出言不逊，而铸成大错，忘记了我们是个礼仪之邦，应尊老爱幼。更感惭愧的是，我当时还带着自己十岁的孩子，给其幼小的心灵带来极大的负面影响！连日来，我一直在寻找李老先生，想当面向李老谢罪，以求得李老及其家人的谅解。在我还没找到李老先生的时候，权借贵报一角，向李老先生表达我的歉意，并恳请贵报代为查找，我一定面呈李老先生，求得他老人家的谅解。亡羊补牢，犹未为晚，再次恳请给我一次改正的机会，今后我一定加强学习，做一个合格的文明市民！

一个知错悔过的青年人

知错悔过不为晚

扬子快语

是的，人非圣贤，孰能无过。问题的关键在于：犯了错误应该采取什么态度。生活中有的人不是不知道自己犯了错误，但“死要面子活受罪”，打死我也不认错；有的人认为反正已经错了，索性破罐子破摔，天塌下来自个儿顶着，看谁吃了我；有的人犯了错误存在侥幸心理，以为神不知鬼不觉，不撞南墙不回头；也有的人花言巧语，文过饰非，竭力掩盖自己的错误，甚至嫁祸于人。凡此种种，如不及时猛醒，那只能在错误的泥沼中越陷越深，等到最终不能自拔时，悔之晚矣！而与此相比，这位年轻人闻过即改、痛改前非的勇气，就越发显得难能可贵，人们有理由为他的及时“补牢”感到庆幸和高兴，因为“过而能改，善莫大焉”。

从另一个方面说，既然人的错误在所难免，那么对犯错误的人就要去帮助他们，而善意的批评正是帮助的一种好方法。应该说，这位年轻人当初犯了错误，理应受到批评，但批评的目的不是为了“一棍子打死”，而是为了“治病救人”。今天他及时醒悟，赢得了老人的宽容与原谅，也找回了曾经丢掉的尊严，在知错悔过这一点上，很值得那些有错不认、知错拒改的人学习。

但愿我们大家也能以这位年轻人的昨天为戒，以他的今天为鉴！

（2002 年 3 月 20 日。“老汉街头遭骂”系列报道获中国新闻奖二等奖）

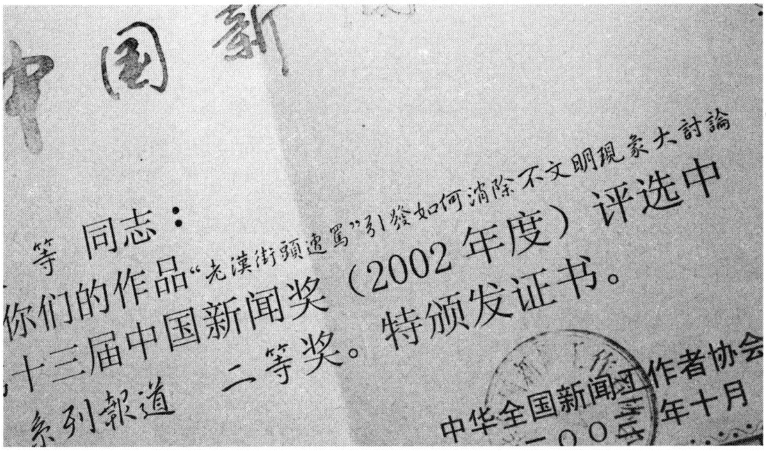

男青年的道歉信

《扬子晚报》编辑部：

看了贵报《老汉街头遭骂气得痛不欲生》的报道和由此引发的文明大讨论，本人痛苦万分。我，就是那个冲动的青年人，悔不该自己当初不够冷静，出言不逊，而铸成大错，忘记了我们是个礼仪之邦，应尊老爱幼。更感惭愧的是，我当时还带着自己十岁的孩子，给其幼小的心灵带来极大的负面影响！连日来，我一直在寻找李老先生，想当面向李老谢罪，以求得李老及其家人的谅解。在我还没找到李老先生的时候，权借贵报一角，向李老先生表达我的歉意，并恳请贵报代为查找，我一定面呈李老先生，求得他老人家的谅解。亡羊补牢，犹未为晚，再次恳请给我一次改正的机会，今后我一定加强学习，做一个合格的文明市民！

一个知错悔过的青年人

2002. 3. 19

难忘今宵
——满怀喜悦迎新春（1）

今天，当缕缕晨曦洒落万户千家的时候，当亲朋好友漫步灿烂阳光的时候，当村村落落晚烟飘起、大街小巷华灯初上，或者，当我们这张报纸捎上一份祝福悄悄来到身边的时候，人们已经沉浸在了一年中最为激动人心的时刻——除夕。

除夕，是驱凶消灾的日子。早在刀耕火种的年代，先民们在辛勤劳作一年后，便会通过各种各样的祭祀，驱除妖魔鬼怪，表达美好心愿，感谢皇天后土一年的恩赐，期望来年有个好收成。而在即将过去的羊年里，中华民族遭遇了不止一场突如其来的灾难，“非典”、洪水、井喷、矿难……虽然，这些鬼魅在亿万民众科学求实、众志成城、舍身奉献的壮歌中灰飞烟灭，但人们刻骨铭心，人们痛定思痛，人们警钟长鸣。因此，今晚当人们贴起门神挡住“大鬼小鬼”、燃起鞭炮“吓跑”天灾人祸之时，谁又能说这是迷信，谁又能说这不是在表达一种风调雨顺、国泰民安的祝福和逢凶化吉、遇难呈祥的愿望呢?!

除夕，是辞旧迎新的日子。除夕过后是春节，今晚，家家户户要“守岁”。守岁“守”什么?“守”的是午夜钟声，“守”的是人寿年丰，“守”的是事业红火，“守”的是一片希望。过去的一年，中国虽遭“非典”袭击，但仍然喜事连连、盛事不断。“神舟”五号载人航天飞船成功发射并回收，这一攀登世界科技高峰的伟大壮举，圆了中国人世代的“飞天”梦想；三峡工程实现蓄水、通航、发电三大目标，举世瞩目；西气东输工程东段全线贯通，上海用上了西部的天然气；青藏铁路建设攻克多年冻土、高寒缺氧、生态脆弱三大世界性难题，取得重大突破；南水北调工程中线东线全面开工；经济继续快速稳定增长，GDP 增长 9.1%……面对这一桩桩、一件件的喜事盛事，在除夕这个中华民族的传统节日里，五湖四海的炎黄子孙怎能不欢欣鼓舞、意气风发，又怎能不对新的一年满怀信心、激情澎湃呢！于是，家家户户大扫除，换新衣，写春联，备好年夜饭，贴起“福禄寿”，挂上中国结，街头村尾、门里屋外、举国上下，一派喜气洋洋的盛世景象；于是，老人们举杯，孩子们欢笑，小伙子弹琴，姑娘们歌唱，人们以不同的方式，迎接新一年的开始。

除夕，更是一个亲情涌动的日子。现代社会，“父母在不远游”“老婆孩子热炕头”的孝顺观和幸福观已成过去，远走高飞、告别亲人，在异域他乡的土地上创业、生活，几成时尚。然而，不管你是搏击市场的弄潮儿，还是行色匆匆的打工者，不管你是异国求知的学人，还是客地漂泊的游子，今天，有一个平常的词在你的心中特别敏感而沉重，那就是“团聚”。因此，在严父的翘首热盼中，在慈母的默默念叨中，在爱人的日日思念中，在孩子的声声呼唤中，只要有一丝可能，你都会义无反顾地踏上归途，激动之情溢于言表地来到亲人身边，坐到今晚的年夜席上，即使不能够，也会从电话的那一端传来你的声声祝福、声声抱歉、声声叹息。这就是重情讲义的中国人，这就是营造天伦之乐的中国除夕！不仅如此，今晚，晚辈会给长辈送去迎新的祝福，长辈会给晚辈压岁钱，全家在一个房间、一个炕头上“守岁”，“当家人”还会在全家每一个老人和孩子的枕头底下悄悄放上一包甜甜蜜蜜的糖果，有的人家还会在路边沟旁燃起一簇明火，或者在家里点上一支蜡烛、几炷明香，表达对已故亲人的思念。这些已明显摒弃了封建迷信色彩的“习俗”，所表达出的是一股尊老爱幼的浓情和其乐融融的氛围，这样的浓情和氛围也许只有中国的家庭才会有，也许只有中国的除夕夜才会有。

中华民族生生不息，华夏儿女一脉相承。同样的感受给了我们同样的渴望。难忘今宵，情暖今宵，今宵难忘！

（2004 年 1 月 21 日，除夕）

今天是个好日子

——满怀喜悦迎新春（2）

除夕的欢腾还在进行，春节的喜气已扑面而来。就在人们守候的午夜钟声刚刚敲响的时候，左邻右舍，东村西庄，城里乡间，远远近近，连续不断的鞭炮声便从四面八方响起，此起彼伏地诉说着昨天，迎接着今天。于是，天空中闪耀着美丽的烟花，大气中弥漫着醉人的芳香，路灯下飘舞着五彩的纸屑，直到太阳从东方升起而欲罢不能。人们为什么这么兴高采烈、举家欢庆？因为今天是大年初一，因为今天是个好日子！

今天是个好日子，万户千家喜盈门。凝聚了华夏儿女澎湃豪情的节日喜庆，从千门万户一副副新贴的春联中透出，从大街小巷一盏盏大红的灯笼中透出，从男女老少一张张绽开的笑脸中透出。是的，过去一年，人们在这片厚朴的黄土地上播下希望；今天，面对五谷丰登、六畜兴旺、人寿年丰、事业有成的累累硕果，怎能不喜气洋洋。过去一年，人们足蹈市场大潮，辛勤奋战在各行各业、各条战线；今天，在传统节日里休闲放松、享受人生，怎能不喜气洋洋。过去一年，我们的国家历经自然灾害而自强不息，取得了一项项举世瞩目的重大成就；今天，面对这欣欣向荣的景象，人们怎能不喜气洋洋！也许在过去的羊年里，你曾经有过委屈，有过挫折，有过痛苦，有过茫然，但今天，所有的不愉快都一扫而光，洋溢在你心中的，是感谢生活，感谢生命，感谢皇天后土赐予的欢乐。而这，不正是我们民族乐观、包容、奋发向上精神的一种体现吗？于是，门外扭来秧歌队，村头响起锣鼓声，普天同庆的时刻来到了！

今天是个好日子，酒浓兴浓情更浓。营造天伦之乐的传统春节，浓缩着无处不在的乡情、友情、爱情和亲情。情在淳厚民俗里，情在声声祝福间，情在杯杯春酒中。守完岁、看完电视晚会、放完鞭炮的人们，今晨醒来的第一件事，也许就是从枕头底下摸出红纸包着的糖果，这正是除夕夜主妇主男们悄悄放上的祝愿，于是老人们幸福，孩子们甜蜜，主人们欣慰。吃完汤圆、年糕、饺子等象征吉祥如意、风调雨顺的特色早餐，走亲访友、走村串户的拜年活动也就拉开了帷幕。晴日里，阳光下，阡陌上，街巷头，一队队男女老幼穿着新衣，一声声新年祝福不绝于耳，家家户户备上糖果糕点，迎接前来拜年的亲朋好友、父老乡亲。这一切，勾勒出一幅如诗如歌的盛世乡情图，描绘出一派男有所用、女有所归、老有所养、幼有所教的太平气象。而在通信发达的城市，凌晨的钟声尚未敲响，拜年的电话、短信便联袂而至，那看不见的电流电波剪不断，理还乱，在节日的天空织成巨网，牢牢拴牵着亲人的心、朋友的情，无论在天涯海角，无论在异国他乡，而这又何尝不是中华民族的巨大凝聚力所在呢?!

今天是个好日子，信心百倍壮神州。春节是农历一年的开始，春节过后不久，灿烂的春天也就来到了人间，而一天之计在于晨，一年之计在于春。告别昨天的人们，与其说是在欢度今天，更不如说是在拥抱明天。从一声声真诚的拜年中，人们听到的是对新一年的祝愿；从一副副大红的春联上，人们读出的是对新一年的鼓励；堵截贫困灾难的财神门神，更是在履行着新一年逢凶化吉的守护责任；驱赶妖魔鬼怪的焰火鞭炮，更是对新一年事业成功的信心烘托。从这个意义上说，春节长假是人们稍事调整、积蓄力量、重新规划、再攀高峰的人生新起点，也是人们重温职责、再塑信心的激情表达。而正是亿万人的这种责任、信心和激情，汇聚成我们民族精神的脊梁，撑起了祖国宏伟事业的大厦。

秧歌舞，扭起来，开心锣鼓敲起来。今天是个好日子，欢天喜地迎新春！

（2004 年 1 月 22 日，春节）

明天会更好

——满怀喜悦迎新春（3）

正月初五是“小年”。今天，从凌晨开始，稀疏了两天的鞭炮声，又在远村近邻、四面八方噼噼啪啪地欢腾起来；一直持续未断的短信和电话拜年，也带着真诚的情感、蘸着生活的气息，再掀高潮。按照民俗传统，今天年气浓，正是拜大年、看大戏、走亲访友、宴请嘉宾的上好日子。是的，对于上班族来说，过两天就要重返工作岗位了，今天当然得好好地乐一把；今天的城乡，不同年龄、不同性别、不同职业的人们，已经准备好灿烂的笑容和胜利的骄傲，守望着人生的明天，守望着祖国的明天。

明天在哪里？在那声声祝福里。连日来，随着每一声手机短信的铃声，人们的心会澎湃起一阵阵激动。有人预订了东海第一缕季风，让你在事业上一帆风顺；有人唤来了春天的第一声鸟鸣，给你带来健康幸福；有人送平安、吉祥登上开往春天的地铁，来到你身边，并且约好不见不散；有人愿温馨、快乐、祥和与你没完没了，并且一个都不能少；有人问过烦恼，说它永远都不会爱你，希望你不要自作多情；有人让你家的地里出黄金、墙上长钞票，还要让其貌不扬的财神爷天天缠着你……而从那一队队穿红披绿、扶老携幼的拜年人群里，甚至从素不相识者的第一声招呼中，传出的也都是“新年发财”“健康长寿”等祝福语。这声声祝福，看似客套话，看似平常人间相互联系、相互演义的“民间文化”，但从中透出的却是浓郁的人情、善良的人性和健康的人文，是对生活的感悟、对人生的期待和对明天的信心。我们党和国家奉行执政为民、以人为本的方针，把发展经济作为大事来抓，把人民冷暖安危挂在心头，想方设法让群众得到更多实惠。已经尝到甜头、感受美满、享乐人生的老百姓，在这迎新的日子里，怎能不越发感到生活质量的重要、生命健康的重要和人生事业的重要，怎能不越发感激国家社稷、感激太平盛世、感激皇天后土，怎能不越发为建设美好的未来而跃跃欲试呢？从这个意义上说，一声新年祝福就是一种对生活的感谢，一种对事业的鼓劲，而无数人的感谢与鼓劲，就会拧成一股不畏艰险、创造奇迹的勇气和力量，从而换来一个甜美的明天、辉煌的明天！

明天在哪里？在那清清酒杯中。今天的酒是叙情的酒、欢乐的酒。拜过年、看过戏、逛完商场公园，家家户户今天都要备上酒，吃一顿丰盛的“小年饭”，甚至还要请来亲朋好友、嘉宾贵客欢聚一堂。席间晚辈要给长辈敬酒，主人要给客人敬酒，有的人家还要在先辈的像前摆上碗筷酒杯一同分享。觥筹交错间，其乐融融的人间温馨自不必说。今天的酒是庆功的酒、胜利的酒。“莫道农家腊酒浑，丰年留客足鸡豚。”过去一年，我国虽遭自然灾害袭击，但经过亿万人民艰苦卓绝的斗争和辛劳，各行各业仍然捷报频传，五谷丰登，六业兴旺，人均国内生产总值首次突破1000美元大关，人民生活水平有了进一步改善。面对此情此景，沉浸在丰收喜悦和新年欢乐中的人们，怎能不“把酒酹滔滔，心潮逐浪高”，亿万神州又怎能不高举金杯、普天同庆？今天的酒更是出征的酒、壮行的酒。豪情、美酒自古长相随，无论你是坐办公室的公务员，还是千里万里归来的打工者，无论你是穿行在隆隆机器间的工人，还是奔波于乡间田埂上的农民，在即将重返岗位之时，美酒浇旺心头火，明天上阵劲百倍。有今天的酒垫底，今后，什么样的艰难险阻都能克服，什么样的理想计划都能实现。

满怀喜悦迎新春，欢声笑语奔明日。“让我们的笑容充满着青春的骄傲，让我们期待明天会更好！”

（2004年1月26日，正月初五。“满怀喜悦迎新春”系列言论获《扬子晚报》好新闻一等奖）

生命无悔十八年

——走进薛元龙的精神世界（1）

写完通讯《“不能顶天，我也要立地”》，心潮就像灌河水，难以平静，有一个普通的数字不时跳出脑海并叩打我的灵魂，这个数字就是——“18年”。

是的，从36岁到54岁，从青丝披洒到白发萧疏，薛元龙在江海大地上，在层层稻麦间，已经苦苦奋战了整整18个年头，而且还要继续苦战！18年，在宇宙的历史长河中，也许只是一瞬，甚至可以忽略不计，但是对于一个活生生的人来说，却是他有限生命中黄金片段的一半，却是随着时钟的嘀嗒声渐行渐远的6500多个日日夜夜！18年斗转星移，18年春秋代序，一个呱呱坠地的婴儿可以长大成人，一株小小树苗可以长成参天绿荫，一群执着的大雁可以18次飞过云天回到亲爱的故乡，而薛元龙却18年如一日，在异乡的土地上矢志不渝地艰苦耕耘，其情其志其精神，让人想到高原雄鹰孔繁森、任国庆，其凄丽、其豪壮，感人至深！

18年，薛元龙完全可以也完全应该经常厮守着温馨的家、病弱的妻；完全可以也完全应该给一双儿女以无微不至的父教父爱，并欢天喜地地帮助他们成家立业、找份好工作；完全可以也完全应该在洁净的讲坛前享受桃李满天下的成功和著作等身的快感；完全可以也完全应该让自己家庭的收入多些、再多些，让自己额头的皱纹和手上的老茧少些、再少些。然而，面对不同扶贫地的农民兄弟前后三次的扬州之请，哪一次他不是热泪盈眶、欣然应允？面对妻子儿女一次次思念和心痛的泪水，哪一次他不是心如刀绞、感慨万千？面对扬州大学一次次让他回校的通知，哪一次他不是再三请缨、一如既往？他割舍不下爱他敬他需要他的农民，他已和脚下的那片热土融为一体。他爱坐在田头，看朝霞晚霞笼罩四野，看望不到边的油绿和金黄；他爱走东家串西户，问生活情况，聊地里庄稼，侃来年收成，有时等到星星洒落夜空或者月光铺满大地，他还在和村民们促膝交谈……

18年过去，康庄村几百户人家的日子越过越红火，老舍乡万亩“无人区”成了绿荫华舍、稻麦飘香的希望田野，司徒镇的蔬菜大棚、特种养殖鼓起了父老乡亲的钱袋，当年播下科技种子的片片土地越发生机勃勃，当年受到资助的失学儿童们如今也该大学毕业了，而薛元龙却由青年步入中年，“不知明镜里，何处得秋霜”，平添了几多华发、几多劳疾……灌河潮潮起潮落，黄海云云涨云消，它们诉说着18年逝者如斯、18年沧桑巨变、18年物是人非，但无论大千世界变化多大、变化多快，薛元龙立志农业、扎根农村、情系农民的信念，一直没有变。

生命无悔十八年

——走进薛元龙的精神世界①

写完通讯《“不能顶天，我也要立
像灌河水，难以平静，有一个普通的数
脑海并叩打我的灵魂，这个数字
年”。

是的，从36岁到54岁，从青丝
疏，薛元龙在江海大地上，在层层稻
苦奋战了整整18个年头，而且还要
年，在宇宙的历史长河中，也许只是
以忽略不计，但是对于一个活生生的
他有限生命中黄金片段的一半，却是
滴答声渐行渐远的6500多个日日夜
星移，18年春秋代序，一个呱呱坠地
长大成人，一株小小树苗可以变成参
执着的大雁可以18次飞过云天回到
而薛元龙却18年如一日，在异乡的
渝地艰苦耕耘，其情其志，让人不免想
和高原雄鹰孔繁森、任国庆何等如出
丽、其豪壮，感人至深！

18年，薛元龙完全可以也完全应
着温馨的家、病弱的妻；完全可以也完
双儿女以无微不至的父教父爱，并
助他们成家立业、找份好工作；完全可
该在洁净的讲坛前享受桃李满天下的
等身的快感；完全可以也完全应该
收入多些、再多些，让自己额头的皱纹
茧少些、再少些。然而，面对不同扶贫
弟前后三次的扬州之请，哪一次他不
欣然应允？面对妻子儿女一次次思念
水，哪一次他不是心如刀绞、感慨万千
大学一次次让他回校的通知，哪一次
请缨、一如既往？他割舍不下爱他敬他
民，他已和脚下的那片热土融为一体，
头，看朝霞晚霞笼罩四野，看望不到边
黄；他爱走东家串西户，问生活情况，
侃来年收成，有时等到星星洒落夜空
满大地，他还在和村民们促膝交谈……

18年过去，康庄村几百户人家的
红火，老舍乡万亩“无人区”成了绿荫
香的希望田野，司徒镇的蔬菜大棚、

18年，对薛云龙来说，是播种的18年，也是丰收的18年；18年，他无怨无悔！

（2004年11月10日）

非同寻常“百家饭”

——走进薛元龙的精神世界（2）

薛元龙平时很少饮酒，也从未接受过农民吃请。然而，他这个从小吃“百家饭”长大的孤儿，却又破天荒吃了一次“百家饭”，而且实实在在大醉了一回。原来，他要离开康庄转战老舍，康庄的村民舍不得他走，要为他送行，薛元龙坚辞，他们就端来自家最好的菜，站在门外等着他品尝。看着门外排成的长队，看着手里端着农家菜的一张张熟悉面容，想到就要告别朝夕相处5年的父老乡亲，薛元龙含着热泪饮下了一杯杯深情的酒……

这一顿“百家饭”，“吃”出一段曲折往事。薛元龙刚到康庄时，当地村民并不买他的账。他打算搞杂交水稻制种，可落谷前的第一次技术辅导课，从早晨等到日落，才等来4个人：村长、村会计和他们的妻子。村民们不服气：我们种了

非同寻常『百家饭』
——走进薛元龙的精神世界②

薛元龙平时很少饮酒，也从
吃请。然而，他这个从小吃“百
儿，却又破天荒吃了一次“百家
在在大醉了一回。原来，他要离
舍，康庄的村民舍不得他走，要
龙坚辞，他们就端来自家最好
等着他品尝。看着门外排成的
端着农家菜的一张张熟悉面容
朝夕相处5年的父老乡亲，薛元
下了一杯杯深情的酒……
这一顿“百家饭”，“吃”出
薛元龙刚到康庄时，当地村民
他打算搞杂交水稻制种，可落
技术辅导课，从早晨等到日落
人：村长、村会计和他们的妻子
气：我们种了几十年的地，还要
来教？他想串串门、谈谈心，
在他身边窜来跳去狂吠不停，
止。然而不久，全村农民争先恐
亩制种稻，家家户户争先恐后
辅导。原来，他以诚信敲开了
门，苦口婆心，人情入理，并且
照我说的方法做，如果亩产
斤，损失由我来赔；原来，他以
个个农民的智慧，田埂头，树阴
处成了他深入浅出播种科技的
在自家田头看到薛老师的“流
得是一种运气和财气；细心人
处小板凳特别多，那是为随时
的村民们准备的。
这一顿“百家饭”，“吃”出
康庄5年，老舍6年，司徒7年
不是春天早早来，年底迟迟归？
的儿子，乡亲们那一双双企盼的
能忘怀；他说他是一粒种子，只
间才注满生命活力。于是，一家
的礼遇聘请他，他没有去；于是
分困难的他，还是用自己的工资
农民修桥梁、建小电灌站，为农
良种和农药；于是，本来对家庭

几十年的地，还要你一个城里人来教？他想串串门、谈谈心，一条条看家的狗在他身边窜来跳去狂吠不停，竟没人出来喝止。然而不久，全村农民争先恐后播下了1000亩制种稻，家家户户争先恐后接受他的技术辅导。原来，他以诚信敲开了一户户村民的家门，苦口婆心，入情入理，并且立下“军令状”：照我说的方法做，如果亩产稻种达不到300斤，损失由我来赔；原来，他以激情开启了一个个农民的智慧，田垄头，树荫下，餐桌旁，到处成了他深入浅出播种科技的课堂，谁要是在自家田头看到薛老师的“流动处方”，都觉得是一种运气和财气。细心人还发现，他的住处小板凳特别多，那是为随时找他排忧解难的村民们准备的。

这一顿“百家饭”，“吃”出一片鱼水深情。康庄5年，老舍6年，司徒7年，哪一年薛元龙不是春天早早来，年底迟迟归？他说他是农民的儿子，乡亲们那一双双企盼的眼神他一刻不能忘怀；他说他是一粒种子，只有撒在农民中间才充满生命活力。于是，一家家单位以最高的礼遇聘请他，他没有去；于是，本来经济就十分困难的他，还是用自己的工资奖金帮助响水农民修桥梁、建小电灌站，为农民买来了许多良种和农药；于是，本来对家庭就缺乏照应的他，还是经常把儿女的学习、生活用品，甚至他们正穿着的衣服，匀出来，带给当地的贫困学生；于是，本来对自己就缺少料理的他，当司徒镇干部送来价值两三百元的年货让他补补身体时，他不仅一如往常地退回，反而捎回七八百元的礼品给镇上的五保老人……于是，也就有了农民兄弟连夜赶往扬州请薛老师的动情一刻，也就有了26名小学生笔下“最可爱的人”，也就有了村民建房上梁时“致富多亏薛老师”的对联，也就有了那一碗一碟端在手中的农家菜、一杯一盏洒满泪水的告别酒！

这一顿“百家饭”，还“吃”出一番深刻道理。今天，当我们需要表达政府意志、树立干部诚信的时候，当我们在征地拆迁、计划生育等工作中遇到阻力的时候，面对薛元龙的这顿“百家饭”，难道没有一点启迪吗?!

（2004年11月11日）

咫尺天涯寄深情

——走进薛元龙的精神世界③

扬州响水不算远，却是咫尺天涯。薛元龙一去十多载，每年难得回家几次，然而不管是家人对他还是他对家人，没有埋怨，只有爱怜，没有悔恨懊恼，只有心心相印的眷恋和遗憾。正是这爱怜、眷恋包括遗憾，共同铸就人间亲情。

扶贫18年，薛元龙留给妻子的不是宽裕的家境、体面的工作，而是需要耕种的3亩责任田、需要照料的年迈岳父母、需要教养的一双小儿女，还有对亲人“朝来寒雨晚来风”的担忧和“终日思君不见君”的惆怅。她，不得不同时做两份临时工，白天晚间连轴转，一转就是七八年。有时她实在太累太难，就想丈夫能在身边帮她一把该有多好！扶贫第一年那一天，有人敲门，她开门一看，一个一脸古铜色的中年农民站在面前，她惊呆了：临走时白白净净的丈夫怎么成了“黑人”？她哪里知道，丈夫几乎天天在田间劳作，顶烈日，沐海风，脸上起皱纹，手上生老茧，如果他不

咫尺天涯寄深情

——走进薛元龙的精神世界③

扬州响水不算远，却是咫尺天涯。薛元龙一去十多载，每年难得回家几次，然而不管是家人对他还是他对家人，没有埋怨，只有爱怜，没有悔恨懊恼，只有心心相印的眷恋和遗憾。正是这爱怜、眷恋包括遗憾，共同铸就人间亲情。

扶贫18年，薛元龙留给妻子的不是宽裕的家境、体面的工作，而是需要耕种的3亩责任田、需要照料的年迈岳父母、需要教养的一双小儿女，还有对亲人“朝来寒雨晚来风”的担忧和“终日思君不见君”的惆怅。她，不得不同时做两份临时工，白天晚间连轴转，一转就是七八年。有时她实在太累太难，就想丈夫能在身边帮她一把该有多好！扶贫第一年那一天，有人敲门，她开门一看，一个一脸古铜色的中年农民站在面前，她惊呆了：临走时白白净净的丈夫怎么成了“黑人”？她哪里知道，丈夫几乎天天在田间劳作，顶烈日，沐海风，脸上起皱纹，手上生老茧，如果他不讲话，走在路上谁都不会说他不是农民。从此，她把万般苦痛埋心底，从未对他说过一句怨话，直到今天。记者曾含泪记下她这几句话：他是孤儿，太阳对不起他，海风对不起他，我不能再对不起他。只要他记着咱们，哪怕他一去千万里……其实，18年来，在她心里哪时哪刻不在问天问地问亲人：明年春草绿，夫君归不归？

2004、11、15、A2

讲话，走在路上谁都不会说他不是农民。从此，她把万般苦痛埋心底，从未对他说过一句怨话，直到今天。记者曾含泪记下她这几句话：他是孤儿，太阳对不起他，海风对不起他，我不能再对不起他。只要他记着咱们，哪怕他一去千万里……其实，18 年来，在她心里哪时哪刻不在问天问地问亲人：明年春草绿，夫君归不归？

扶贫 18 年，薛元龙留给儿女的不是舒适的条件、精心的教育，而是“你爸长得啥模样”的老师询问、高考双双落榜的意外、至今没有正式工作的结果，还有做儿做女天经地义的恋父浓情。女儿是爸爸的掌上明珠，因为从小爸爸到哪里她就跟到哪里，因为她走在扬大校园人人都说她像爸爸，她自豪极了。可自打扶贫后，每次回来的爸爸一次比一次老，都不像爸爸了，让她心痛。1989 年暑假，她来到康庄，听到乡亲们对爸爸由衷的赞扬，她明白了：农民爱她的爸爸，比她更需要她的爸爸。以后每到暑假她都要去看望心爱的爸爸。女儿高中毕业后，找了份宾馆临时工，单位领导对她说，有合同工指标，叫你爸爸回来找找人，可爸爸仍然没有回来。哭归哭，气归气，爸爸还是爸爸，女儿有个小小心愿：薛元龙没有像样的衣服，女儿做临时工拿第一个月工资，就买了件夹克衫，含泪穿在爸爸身上……

扶贫 18 年，薛元龙留给自己的不是丰厚的收入、安逸的生活，而是殚精竭虑的操劳、超乎寻常的艰辛、一身疾病的苦痛，更有“遥怜小儿女”的牵挂和未能尽夫责的遗憾。其实，家里家外、事无巨细，一根根如银白发悄悄爬上妻子的鬓角，他怎能不知晓！读书工作、成家立业，儿女嗷嗷待“教”嗷嗷待“助”的长年守望，他怎能不知晓！年年岁岁，春风一遍遍染绿了瘦西湖边的多情杨柳，他怎能不知晓！但是，为了“大家”舍“小家”，他义无反顾！

（2004 年 11 月 15 日）

如此殊荣，说明了什么

——薛元龙事迹的启示

荣誉，是人生的光环；人生，因有了荣誉而出彩。不同的时代、不同的人，有着不同的荣誉观；不同的荣誉观也引领着不同的时代，塑造着不同的人。

扬子晚报
A3 今日评说
电话：(025)84528016
E-mail:xwpl@yangtse.com
如此殊荣，说明了什么
——薛元龙事迹的启示①

本月12日下午，扬州大学举行隆重表彰仪式，扶贫农村18年的薛元龙再次获得“科教兴农标兵”称号。而在此前的18年中，“劳动模范”“科普十佳”“突出贡献”等多种光环、多项桂冠，也曾给埋头苦干的薛元龙带来事业的激励和人生的快感。对于这些，薛元龙当然非常珍惜，然而在他心目中最崇高的荣誉是什么？用他自己的话说：“农民的夸奖，是我最大的荣耀！”

让我们再重温一下薛元龙引以为耀的桩桩“殊荣”吧——

1986年，他到康庄扶贫一年，回校后，村民们你3元他5元地凑足了钱，租了辆中巴车，9位村民代表连夜赶往几百里外的扬州，把他请回来。3年后，康庄村13组特困户于金发家盖起了6间瓦房，上梁那天，梁上贴的对联是：“翻身不忘共产党，致富多亏薛老师。”5年后，上级调他到另一个地方扶贫，村上几百户人家都要为他送行，村民们都端来自家最好的菜排在门外，等着他尝一口。他走后不久，康庄第四小学六年级同学做了一篇作文：《我心中最可爱的人》，全班28名学生有26人不约而同地写了“薛元龙”。18年后的2005年元旦，康庄村16组的村民对记者说：“薛老师帮大伙做了那么多，让大伙看到了什么叫做共产党员，什么叫做共产党……”

如此殊荣，说明了什么？说明薛元龙无愧是一位优秀的知识分子。他从36岁到54岁，把精力、智力和经验组合最佳的生命阶段，连同他的知识，毫无保留地献给了需要科技的农业。他没有留恋绿树环抱的美丽校园、高雅洁净的三尺讲坛，没有沾沾自喜于实验田里的小范围丰收，也没有满足于几篇论文见诸报刊、几堂授课博得喝彩，而是双脚蹚风雨，铁肩担道义，沉到基层磨炼自己，扎根土地汲取营养，学以致用造福他人。请听他说得多么好啊——“不能顶天，我也要立地，帮助农民过上好日子”“我是农民的儿子，又是学农业的，如果地里长不出好庄稼、农民吃不饱肚子，那才是我最大的耻辱！”

如此殊荣，说明了什么？说明共产党人无愧是群众利益的优秀代表。作为一名共产党员，薛元龙没有斤斤计较于个人的名利得失，而是把农民兄弟的饥饱冷暖时刻挂心头。这么些年来，他同昔日的一些同窗好友相比，工作和生活的差距越拉越大；这么些年来，如果他留在扬州，也许可以有著作等身的自豪、遍植桃李的欣慰，也许可以有丰厚的收入支撑家庭，也许早就不喝“盐水”喝“洋水”、不坐“大车”开“小车”，也许早该是“教授”“博导”了。但是他从来没有后悔，因为他从来没有把理想和信念定位于金钱、地位、待遇，也没有定位于房子、车子、票子，而是把社会和人民群众的需要作为最高追求。

如此殊荣，还说明一个道理：“金奖银奖不如老百姓的夸奖，金杯银杯不如老百姓的口碑。”谁说他不能“顶天”？农民那张张笑脸正是他的得意之作，农村那层层稻麦正是他的大块文章，他把科技成果和道德文章连同入党誓词一起，镌刻在辽阔大地上。这正是薛元龙的荣誉观，也正是共产党人的荣誉观！

（2005年1月15日。“走进薛元龙的精神世界”系列报道获江苏省报纸优秀作品一等奖）

管他冬夏与春秋

2004 年 3 月 31 日至 4 月 4 日，我们第一轮采访薛元龙，在他扶贫过的几个地方接触上百人，进户数十家，深入田头地块。回宁后，我第一稿写了 3 篇“系列通讯”：《大地飞歌》，主要写其 18 年扶贫经历；《岁月情浓》，主要写其对农民和亲人的情感世界；《责重如山》，主要写其对事业人生的执着追求。觉得不满意。第二稿也是 3 篇：《情洒江海大地》《情牵咫尺天涯》《情铸无悔人生》，比第一稿精致些，但仍有些“大而化之”。于是第三稿单刀直入，直奔主题，把 10000 多字的 3 篇通讯，浓缩成不到 3000 字的《“不能顶天，我也要立地”》，引起反响。

12 月底，中宣部组织中央各大媒体集中宣传薛元龙，我们又在 12 月 30 日前往响水进行第二轮采访。多年不遇的大雪，全省高速公路封闭。早晨 7：00 坐长客从南京出发，下午两点多才到涟水，又冷又饿，下车吃点饭，从县委宣传部找了辆车，向响水进发。由于滴“雪”成冰，路上非常滑，在急转弯过一小桥时，几乎掉到 15 米深的冰河中，千钧一发，司机把车拐进河岸的麦田，撞上一辆平板车才停下来，车前被撞出两个大洞。晚上 6：00 多赶到响水。12 月 31 日，冰天雪地，冒着当地十年不遇的零下 10℃严寒，赶往康庄村和老舍乡，车子无法进村，我们就踩着半尺多深的积雪，走了至少 15 公里的“雪”路进村入户，村民们被感动。第二天是 2005 年元旦，凌晨 5：00 乘上开往扬州的旧中巴，没空调，不密封，寒冷灌透了羽绒服，车窗里外结满了冰。12：00 多赶到扬州，早饭还没吃。下午，终于在冰冷的哆嗦中采访了薛元龙。回来连夜写通讯《暖心的泉水，从四面八方涌来》，凌晨 5：00 多写到最后一节时，电脑突然死机，稿件全部丢失。重头再来，又一直写到下午 1：00 多钟，这时，已 28 小时没睡觉。

为进一步阐述典型的意义，我又反复筛选出 5 个闪光点，写了 5 篇“系列评论”：《生命无悔十八年》写对事业的追求，《非同寻常百家饭》写与农民的感情，《咫尺天涯寄情深》写其家国情怀，《涌泉相报赤子心》写对人民的感恩，《论文长铸田地间》写知识分子的境界（后两篇未见报）。而时间，已在不断自我否定中过去了半年多，到了七八月，由于连续值班、写稿，我卧床 3 天，又住院半月，在医院还坐在病床上写评论，医生护士很惊讶。

（2005 年 3 月 7 日。工作汇报，原题《采写薛元龙　感悟先进性》，有删节，无添加）

春风化雨，点点滴滴上心头

——从三组作品看晚报言论特色

言论，是报纸的旗帜，历来为报人所看重。然而对于许多读者来说，提到言论，似乎就是耳提面命“教训人”和纸上谈兵“教育人”的代名词，不看也罢。其实这并不怪读者，翻开报纸就不难发现，有的言论是对政策法规加以呆板皮相的释读，有的言论是对国内外大事进行“空对空”式的鼓噪，有的是对一些新名词新概念不着边际的炒作，有的是拿鸡毛蒜皮的琐事给定期的栏目凑数……从大尺度范围考察，目前除少部分权威性报纸外，言论表现出的生硬、浮躁甚至俗气，应该是不争的事实。然而，难道只有无奈吗？仅就晚报言论而言，能否也能像晚报一样走进家庭、融入万家灯火？即便“登堂入室”了，能否做到“点点滴滴上心头”？这里从《扬子晚报》的三组作品来谈谈晚报的言论特色。

“大事化小”，不经意处最撩人

先说选题。就像选择新闻题材必须依据新闻价值一样，新闻言论的选题也该有它的价值标准，这个标准，就是要看言论的话题在政治上是否重大，在时效上是否新鲜，是否为广大受众所关心，对社会生活是否有迫切的指导意义。

一般来说，各级机关报肩负着国家大政方针、国内外重大事件、社会重大问题和新生事物的宣传、解释、贯彻、落实的使命，当然也承担着市场经济条件下社会生活的指导任务，这是由其读者群即服务对象所决定的；与机关报一样，或者说与“茶余饭后拾遗补阙”的传统晚报不一样，新生代晚报也要贯彻各项方针政策，也要报道国内外大事，也要干预社会重大问题，但由于读者对象有异、服务范围更广，在完成这些使命和任务时，晚报往往通过“自己的方式”使其“软着陆”。这种差异，同样反映在言论的选题上。机关报言论的选题以“重”“深”“新”“热”为主流导向，比如说配合中心工作对重大事件、重要决策、深层思想、热点问题直接加以评述和透视，等等；晚报言论的选题也注重“重”“深”“新”“热”，但在处理这些选题时侧重于具体的生活指导，大事化小，大题小做，往往选取最贴近生活情感、最体现时代精神、最吸引读者眼球的“点”，从不经意处入笔，间接说理，生发开去，让一滴水映出太阳的光辉。

2002 年春节前夕，《扬子晚报》连续发表三篇言论，旨在营造欢庆气氛、引导节日生活。而去年，我国盛事不断、喜事不断，这些盛事喜事不可不成为言论的重头题材，如果写成总结展望或者简单庆贺式的言论，不是不可以，却丢掉了晚报言论的“看家本领”。为此，我们首先把这样的重头题材一分为三，再选取广大读者熟悉而又能体现“与时俱进”新意和举国欢庆气氛的“点”——形象化的生活细节，分三篇展开评述。首篇叫《中国结，挂起来!》，从今年春节被人们普遍接受的崭新吉祥物——中国结，谈到中国春节古老的传统习俗，谈到中华民族一脉相承的历史积淀，谈到中国人十分看重的亲情、爱情和友情，更谈到了五湖四海炎黄子孙面对祖国盛事喜事举杯同庆、意气风发的豪迈气概。第二、三篇分别是《福禄寿，贴起来!》和《秧歌舞，扭起来!》，从家家户户司空见惯的春节活动入手，表达了人们对生活的祝愿、对未来的憧憬和对文明过春节的良好愿望。这样，不仅通过“中国结”等小小载体表达了“重”和“热”的主题、表现了“深”和“新”的思想，在选材上也完全符合新闻言论的价值标准，更使三篇言论本身避免了生搬硬套、大而化之，显得峰回路转、曲径通幽、豁然开朗，读来可亲可感，在不知不觉中受到启发和教育。

如此看来，“大事化小”不是不要“大事”，而是要大处着眼、小处入手、以小见大。

“现身说法”，话到实处最服人

言论，给人以“知”“感”“悟”，有着认识作用、教育作用、监督作用和引导作用。既然是“新闻”言论，就该有“新闻”性，就该对新闻事件、事态和人们所关心的问题就实论虚、析事论理，旗帜鲜明地为党立言、为民立言。

但是，并不是所有的言论都要针对十分具体的新闻事件，一般来说，机关报的社论、评论员文章、思想论坛等，经常就重大方针政策、社会敏感问题和读者思想实际等，进行指导性评述，虽没有涉及很具体的事件，但由于其“重”其“深”，由于读者对所说的问题普遍关心、急需了解，因而不觉得生硬。而对于晚报来说，由于办报方向和读者群体不同，言论就得贴近新闻事件，让事实“现身说法”，让读者“眼见为实”，这样才不至于无病呻吟、隔靴搔痒，才能把抽象枯燥的道理说到实处，让人信服。

晚报言论贴近新闻事实，可以从两个方面去理解，一方面，就是在言论中处处紧扣新闻事件，融事入理，以事说理，深入浅出。2000 年，《扬子晚报》关于蔡艳红和张同双夫妇的系列报道，获得当年全省报纸好新闻一等奖，其中《理想，在平凡中闪光》《情操，在理解中升华》《价值，在贫病中凸现》三篇本报评论员文章，由于阐述的是他们情系祖国航天事业的“精神世界”，为了避免“唱高调”，在写作时笔者大量采用了他们夫妻日常生活中的故事、细节、对话等，甚至把新闻报道中没有用完的许多采访素材，也原汁原味地融进言论，奉献给了读者。仅以第三篇为例，言论先叙述了张同双从负债累累、十分贫寒的家庭中走向县中、走向大学、走向“远望号”甲板、走向滔滔大洋追星赶箭的情况，又叙述了蔡艳红在人们的嘲笑声中坐着“双排座”嫁到张家，以及在贫困中支撑家庭、支持丈夫的情景。接着，写蔡艳红生病后念念不忘丈夫的“国家级大任务”，写张同双在极度困难中不给组织添麻烦，写夫妻俩在贫病交加中互相牵挂、互相鼓励。就这样，短短几百字言论，叙事占了大部分，边叙边议，实话实说，读者与其说是在读一篇言论，还不如说是在听一则故事，一直到最后才水到渠成地提出结论：“贫”和“病”给他们带来残酷打击，但也使他们走向了崇高，凸现了人生价值。至此，一个辩证而抽象的道理，显得流畅而具体，避免了老生常谈、空洞说教。

另一方面，就是针对新闻事件加以评述。言论离不开新闻报道，但言论不依附于新闻报道，与消息、通讯一样，言论是一种独立的新闻体裁，它的作用是其他新闻手段无法实现的。有些新闻报道内涵丰富，给人提供的思想启示是多方面的，但受文体限制，报道没法完全说清，言论则在最重要、最关键的地方加以点拨，形成聚焦；有些新闻报道事件重大，能够产生多种社会作用，言论则分门别类梳理其多向性意义，进行正面教育或反面警示等分类引导；有的新闻报道的是新生事物，需要言论加以提倡；有的新闻容易产生副作用，需要言论加以廓清；有的新闻需要增强效果，言论则帮助其“集中火力”，给读者提供全方位的“感知”。

当然，不是什么样的新闻都可以拿来“针对”，要看其新闻价值有多大、蕴含有多丰富、读者是否关心，如果捡起石块当宝贝，对并不能“映出太阳光辉”的“鸡毛蒜皮”问题喋喋不休，还美其名曰“贴近生活”，那只能走向肤浅浮躁和油嘴滑舌。

“通情达理”，感人深处最悟人

感人深者，莫过于情。新闻老前辈穆青的名篇《县委书记的好榜样焦裕禄》，带给我们的是“文中有画，文中有声，文中有情，文中带泪，文中有血”的深刻启发。

按照一般的说法，言论的主要表现手法就是议论，就是靠筛选、演绎、概括等抽象思维来表述观点，而常用于通讯、特写的抒情，则靠形象思维，二者似乎是“两股道上跑的车”，风马牛不相及。但事实上，从来“情”“理”难分，“通情”才能“达理”，“情动于衷”方觉“理所当然”，感人深处最悟人。如果在言论中拒绝感情的“参与”，即便把道理说得天花乱坠、头头是道，那也至多给读者以“知”，不能给读者以“悟”，而“悟”，是教育作用的最高境界。

2000 年，《扬子晚报》在对优秀援藏干部任国庆的报道中，系列言论《三五年，究竟有多长》《三五年，是短还是长》《三五年，不短也不长》受到好评，其中第二篇获得全省年度报纸好作品一等奖。这组言论的最大特点，就是做到先“入情”再“入理”，通过情感打动读者，再水到渠成地达到教育人的自然效果。言论抓住任国庆 21 年前援藏时安慰女儿的一句话——“爸爸三五年就回来”作为“情眼”，展开议论。仅以第二篇为例，三五年是短还是长？这是一个无法准确回答的模糊概念，但在任国庆和他亲人的心里，答案却是那么精确。在任国庆的高原之旅中，是挥不去的责任、干不完的事业和时不我待的紧迫感，对于他来说，3 年太短、5 年太短、21 年太短；在妻子女儿的心中，任国庆是日日思念夜夜凝眸的天空中的一颗星，是诉不尽的酸甜苦辣、抹不去的朝思暮想，对于她们来说，21 年太长、5 年太长、3 年太长；而三五年是短还是长，任国庆心里还有一本账，就是干事业嫌短、想家人嫌长，正是在这一次次剪不断理还乱的情感碰撞中，凸显了他崇高的人生境界。同时，这篇言论的文字表述也打破了“一贯如此”的演绎推理，用饱蘸“血”和“泪”的笔触加以浓墨重彩的抒情，比如：“面对女儿在书信中的一声声呼唤，面对妻子在电话中的一次次叮咛，哪一次他不柔肠寸断、潸然泪下！当惠山的期盼和沙山的期盼一次次在他心中交织，当他一次次面临去与留的考验时，虽然他都选择了后者，但哪一次他不是经历了浓烈的感情炙烤！‘若为化得身千亿，散上峰头望故乡。’泽当镇周围的山头留遍他远眺万里家乡的身影，一封封平安家书记下了他对家人无尽的挂念和抱歉……”短短千字文，感叹号竟不得不用了 6 次之多，而情感因素的溶入，不仅没有冲淡题旨，反而强化了论点的穿透力，因为“感染人”方能“教育人”。有行家认为其成功之处，就在于采用了散文、杂文、评论“三结合”的写法，寓理于情，以情达理，达到了一种春风化雨的美学境界。

如果说机关报言论的作风是“铁马秋风蓟北”，那么晚报就是“杏花春雨江南”；如果说机关报言论的声音是洪钟大吕、振聋发聩，那么晚报就是小桥流水、润物无声。而不管是机关报言论还是晚报言论，检验其价值的标准只有一个，那就是看读者接受不接受。《新闻通讯》2001 年 12 期的一篇文章说，当前“论风”有所不正，集中表现在：一、装腔作势，盛气凌人；二、面面俱到，空话连篇；三、八股味十足，马后炮常放。果真如此，岂不是很值得我们长思吗？

（《新闻通讯》2002 年 5 期）

系列报道篇

03

一位烈士遗孤的期盼

迈向 21 世纪的脚步

——再记连云港市新浦汽车总站“雷锋车”

从汽车站到火车站，500 米，从火车站到汽车站，500 米。

新浦汽车总站长途服务组可敬可亲的姐妹们，正是从这儿开始，用三轮车、平板车，用一双厚朴的脚板，带着“宁愿自己千般苦”的精神奉献和“不让旅客一时难”的人间真情，走上了文明征程，迈步在时代前列。

当记者冒着连云港今年的首场大雪，沿着解放路，跨过龙尾河，踏着英雄们的足迹拉起“雷锋车”时，心中涌起豪壮的激情——脚下这圣洁的路呵，分明是连接昨天、今天和明天的时空纽带，是用理想和汗水浇铸成的人生大道，让人崇敬，令人深思。

奉献，是一时一事一地的承诺，还是全心全意、无悔无憾、终身不懈的信念？“雷锋车”作出了响亮的回答！

1986 年夏，一个大雨滂沱的夜晚，候车室里一位从陕西来的古稀老人，正用迷茫的双眼望着门外茫茫的雨夜，他少小离家，这次回新浦找兄弟，可家在哪儿呢？服务员滕士花、许慧珠用平板车拉起老人和行李，撑着雨伞上了路。路灯昏暗，夜雨飘忽，老人凭着迷茫的记忆指东指西，她们则走街串巷，小心敲开一家又一家的门，雨水夹着汗水顺着她们的发梢、衣衫往下淌，直到凌晨两点，终于在火柴厂传达室老师傅的指点下，再转道六公里外的海州，摸到了老人兄弟的家门。就在他们久别重逢、百感交集之际，“雷锋车”悄悄消失在海滨的雨夜中。

李保英是 20 世纪 60 年代初用 3 根扁担学雷锋的第一代车手。1975 年的一个傍晚，从车子上下来一个衣帽不整的八九岁男孩，他叫刁洪海，家住响水，父亲早逝，母亲改嫁，相依为命的奶奶不久前也去世了，乡亲们凑钱打票，让他到岗埠农场找妈妈。李保英把这苦命的孩子带回家，洗理后换上干净衣服，让他吃饱睡足，第二天把他送上了去农场的班车。上车后，孩子喊了她一声“大姨”，从此，他们结下了不解的亲情，无论是读书、参军还是工作，他都经常来信或登门问候。1994 年刁洪海结婚时，李保英送去了 50 元钱和电热毯等礼物，不久前听说他们的孩子生病，需钱治疗，她又送去了 500 元钱。“大姨”恩泽两代人，可对自己的孩子，李保英却有着深深的内疚。1970 年她当班的一天，看到一位男旅客抱着个婴儿，连病带饿哭个不停。正处于哺乳期的她上前接过孩子，把自己的乳汁，送入孩子嘴里。然而，灾难不久就降临到她不到周岁的儿子身上：一场可防不可治的小儿麻痹症，使儿子下肢终身残疾，医生诊断，这是吃了感染病毒的奶水造成的。为此她不知流了多少揪心的泪，但当笔者采访她时，她却很平静：“当时我只能那样做，不后悔。”

扬子晚报
YANGTSE EVENING POST 新华日报社主办
1998年2月12日 星期四 农历戊寅年正月十六
南京市区天气：今天下午到明天白天多云转阴有阵雨，偏南风4级左右，今天最高温度20℃，明晨最低

迈向二十一世
——再记连云港市新浦
本报记者 薛崧云

从汽车站到火车站，500米，从火车站到汽车站，500米。
新浦汽车总站长途服务组可敬可亲的姐妹们，正是从这儿开始，用三轮车、平板车，用一双厚朴的脚板，带着“宁愿自己千般苦”的精神奉献和“不让旅客一时难”的……问真情，走上了文明征程，迈步在时代前列。
当记者冒着连云港今年的首场大雪，沿着解放路……过龙尾河，踏着英雄们的足迹拉起“雷锋车”时，心中……豪壮的激情——脚下这圣洁的路呵，分明是连接昨天……天和明天的时空纽带，是用理想和汗水浇铸成的人……道，让人崇敬，令人深思。
奉献，是一时一事一地的承诺，还……终身不懈的信念？……心全意、无悔无憾、终身……锋车”作出了响亮的回答！
朱秀兰离开我们已经15年了，但她生前朝夕相……妹们提起她，仍止不住声泪俱下。是的，当癌魔即……位37岁的服务组长时，她却用生命的最后冲刺，扑……锋车”上。看着她病情恶化后日渐消瘦的面容，谁还忍心让她拉车，但谁又能够拒绝她最后的拉车请求！那年春运20天，她收到旅客表扬近200条，可春运刚过不久，她就永别了她深爱的一切。就在她去世一个月后，从外地寄来……

这，就是“雷锋车”情结，魂牵梦绕；这，就是拉车人情怀，浩瀚无垠！这种情结和情怀的发轫，可以追溯到 35 年前“向雷锋同志学习”的一声号召，追溯到车站的长辈、当年那些风华正茂的人们到火车站接送旅客的 3 根扁担，追溯到汽车站领导为她们购置的、最先被人们称着“雷锋车”的那辆平板车。而这种情结和情怀所带来的，则是把崇高追求化为从我做起的自觉行动，化为众志成城的合力和勇往直前的动力，是将义务劳动制度化，每天上下午和晚间，让“雷锋车”信使般地准时出现在火车站出口处，出现在爱它敬它需要它的陌路人面前，实现了 500 米线的无限延伸。

如今，在新浦汽车站，有一条不成文的“站规”：新职工进站的第一堂课，就是拉一个星期的“雷锋车”；如今，在长途服务组，你会发现不少一家两代人接力拉车的动人情景。患癌症的车手朱秀兰大姐，临终前就曾拉着 16 岁女儿肖彦的手，对姐妹们说：“我不行了，这丫头交给你们了！”女儿接过妈妈的“雷锋车”，至今拉车不懈。35 年来，“雷锋车”始终以无私奉献的初衷和一如既往的步履，无怨无悔地前行于时空隧道，在人们的视野里和记忆中，刻下了一路扯不断的晶莹轨迹。

岗位，是挣工资、混日子的手段，还是责任的载体、奉献的舞台、人生的支柱？“雷锋车”作出了响亮的回答！

“雷锋车”的姐妹们，把人生定位于奉献，把奉献定格于岗位。1987年春节前的一个晚上，港城的万户人家已相继进入甜美的梦乡，但从新浦区通池街道卫生巷36号平房的窗口，却透出不眠的光亮。零点过后，滕士花老远望见这闪亮的灯光，知道4岁的儿子又趴在被窝里，眼巴巴盼着妈妈回来，心里一阵内疚。由于火车晚点，今晚她在寒风里等了40多分钟，又把3位上海来的旅客分别送到家，结果耽误了时辰。她打开门，轻声呼唤：“伟军，妈妈回来了。”可孩子并没有像往常那样扑进怀里，而是哇的一声哭了：“妈，我害怕。”“孩子，你是男子汉，要像爸爸那样……”1985年，滕士花的丈夫在部队因公牺牲，平时那么坚强的她，今晚面对烈士的后代、自身的骨肉，却禁不住泪流满面。从此，孩子好像一下子长大了许多。有一天下着夜雨，她刚把几个旅客安排在车站住下，就看到雨幕中有个小小的身影跑过来，是小伟军！怀里抱着送给妈妈的雨衣……

“雷锋车”的姐妹们撑起了母亲、妻子、媳妇或女儿的责任，同时撑起了“窗口”敬业的使命。全国人大代表徐梅1978年进组时，就曾为“跑不完的腿、磨不完的嘴、检不完的票”的机械重复而苦恼，但在站领导和姐妹们的引导下，她以极大的热情投入了工作。为让捡票规范到位，她晚上把邻居的孩子们召集起来，排队“检票”，操练的票检了几万张；为增加同旅客的感情沟通，她苦练苏北、鲁南等地的方言俚语；为练习微笑服务，她脸上僵直的神经曾经几天松弛不下来。她终于成了业务能手，10多年里收到旅客表扬6000多条。而家住4楼的新车手沙常梅，6年用坏了3个闹钟，天不亮就由父亲陪着上班，每天关防盗门的声音曾使邻居们怨声四起，可日子一长，如果哪天凌晨她家不关防盗门，邻居们反而会惦记起她来。

“雷锋车”的姐妹们，把旅客当亲人，她们在全国首创了“车站旅社”，在全省首设了母婴、老人候车室。每年除夕，她们总是不约而同地从家中带来面粉、肉馅，与孤身羁旅的人们一起包饺子、吃元宵。这个“保留节目”，经常引来市领导们的参加。一次，一位操北京口音的旅客激动地说："我过了50多个除夕，唯有这次令人难忘。我要找你们的市长说声谢谢，连云港有这么好的交通职工，有这么好的市民！"20世纪70年代一个初春的傍晚，朱秋霞下班时，发现一个八九岁的小女孩蜷曲在候车室的长椅上，一问，是来自山东临沭的农村，因患了癌症的母亲想吃鳓鱼，她就一个人来到新浦，但是没买着。鳓鱼，就像长江里的鲥鱼，非常珍贵。姐妹们安排好女孩吃住后，第二天分头采购，几经周折，好不容易在几十里外的港口部队供应站买到了两条，交给了她。不久，她又来到车站，找到站长说："妈妈吃了鳓鱼，心满意足地走（去世）了，临走前让俺捎点花生给好心的阿姨们。"

35年来，"雷锋车"已成了一辆额外线路上的特别班车，旅客们感激"雷锋车"，是因为"雷锋车"始终心系旅客。"雷锋车"的姐妹们，早已把拉"雷锋车"当成不是本职的本职工作，当成生活和生命的部分。她们在岗位和奉献之间，感悟到了一种哲理，一种神圣！

服务，是为了寻求等价交换的报答，还是执着追求真善美、实现人生价值的途径？"雷锋车"作出了响亮的回答！

1998年2月，大雪，作者（右）第二次采访"雷锋车"。

时光荏苒。龙尾河上的木头桥变成了水泥桥，解放路旁的小树苗变成片片绿荫，贴身而过的杂货铺也变成了高楼大厦，但"雷锋车"没有停顿，没有遗憾，始终以铿锵的步伐，一往无前。当她一路风尘来到20世纪90年代的市场大潮面前时，却遇到了前所未有的困惑。

以往，"雷锋车"拉到哪儿，哪儿就充满春天的温馨，可曾几何时，感激的话语和钦佩的目光，变成了怀疑和鄙夷："雷锋早死了，还拉这个玩意出风头？"以往，只要"雷锋车"一到火车站，人们总是为它腾出一块最显眼的地方，可曾几何时，有人以“抢了生意”等为借口，不让它停放。而听说服务不收钱，许多旅客就像遇上了外星人，那怀疑的目光，如根根针尖，刺痛了姐妹们的心。南来北往的人们哪，你们怎么了？这可是拉了几十年、传了几代人、浓缩着赤诚和生命的“雷锋车”呀！也许，对于邪恶的干扰，她们可以用行动去抗争，但对于你们的隔膜，她们只能以泪洗面！

雷锋精神难道真的就成了“人间四月芳菲尽”的明日黄花了吗？人与人之间难道真的就被商品大潮冲出了一条只有金钱才能填平的鸿沟了吗？1992年5月，车站组织了“雷锋车”究竟拉不拉、怎么拉、拉多久的大讨论。讨论中，她们想起了那200多块熠熠生辉的奖牌，想起了天南海北的旅客们那一张张激动的面容。一位从徐州回响水探亲的军人下了火车后，看到“雷锋车”，激动地说：“10年前，我也是这车接的，一位大姐用扁担把我的行李挑上了车，还把扁担送给我，我一直珍藏在家里。10年了，人变车未变，太不容易了！”时代的召唤、群众的需求、组织的支持、集体的荣誉，坚定了“雷锋车”姐妹们的信念：市场经济更需要雷锋精神，“雷锋车”不仅不能停，还要拉向新世纪！

1995年端午节的前两天，大连58岁的老工人颜怀英在站外摔倒，造成膝关节粉碎性骨折，郝芳萍等发现后，立刻用“雷锋车”把老人送往医院，原车站党支部书记朱秋霞在手术单上代签了字，新车手刘燕妮用准备买项链的1000元钱垫付了药费，车站的服务员们轮流护理，洗衣，送饭，买来乌骨鸡、山螃蟹调理。几天后，她的家人闻讯赶来，万分感谢。从此，老人与车站电话、书信不断。

山东莒南县文疃镇王家炕村的王廷记，因家境贫寒、自身有病，妻子离他而去，他苦闷中丢下一双七八岁的儿女，留下遗书，准备了此一生。1996年3月15日，当他流浪到新浦汽车站时，“雷锋车”的姐妹们发现后，多方开导他，并凑了500元钱，来到王家炕，帮他建好炉灶，修好门窗，装上电灯。当地干群受此感动，也免去了他家4000元透支款、孩子的学费和一年的电费。之后，“雷锋车”的姐妹们又几下山东，带去了温暖、鼓励和祝愿。去年7月29日，在连云港市举行的“雷锋车”事迹报告会上，王廷记和两个孩子，含泪讲述了恩人们的故事。

去年7月23日，四川青年教师姚安朝把1.8万元现金丢在中午12点发往山东日照的车子上，新当选的九届全国人大代表、服务组长陈叶俊知情后，立即登上出租车，追了120多公里，失主终于拿到了分文不少的钱包。等她回到车站，看到天边已烧起如火的晚霞，才忽然想起家中早该哺乳的儿子，这时，从山东回程分文不收的66038号出租车司机说："我再送你回去。让我也做一次雷锋吧！"

经过洗礼后的"雷锋车"，终于拉来了更加明媚的春天。本报去年5月开始对"雷锋车"进行了连续报道，引起广泛的社会反响。连云港市委、市政府作出了学习长途组的决定，各行各业掀起了轰轰烈烈的学习热潮；车手胡常荣等应邀到全市各地演讲50多场，场场爆满，催人泪下；与车站结成文明共建单位的海州师范的师生们表示：要把"雷锋车"作为珍贵的德育资源，把无私奉献的精神和高尚的情操一代一代传下去！

1998年2月17日，聆听"雷锋车"事迹报告会的人们眼含热泪。

35年栉风沐雨，35年披星戴月，35年胼手胝足、坚韧不拔的日日夜夜，我们英勇的"雷锋车"走过来了！载着一车可歌可泣的平凡故事，载着一车如怨如慕的人间真爱，载着一车生生不息的优良传统和跨时代的文明，阔步走向21世纪！

（1998年2月12日）

片片绿叶映芳菲

——来自“雷锋车”诞生地的报道之三

每天凌晨不到4点，在新浦的几十户人家中，会同时响起闹钟的声音；每年下的第一场大雪，早上留下第一行脚印的，往往是长途组的姐妹们。抹去岁月的尘埃，踏着英雄的足迹，来到至今起早贪黑的姐妹们身边，你会发现许多“雷锋车”背后的动人故事。

什么车子都不会驾驭、唯一会踏“雷锋车”的朱秋霞，30多年来，几乎每天都是丈夫钱锡琪用自行车带她上下班。20世纪60年代，老钱经常抱着饿得哇哇叫的孩子到站上甚至“雷锋车”途经的路上找她喂奶；每天晚上，看着鞋不脱就上床睡着了的妻子，他又气又怜，从此承担了全部家务；每次到车站，拖地板，擦玻璃，倒茶拎水，他不用分派就动手。在1994年站里的一次家属座谈会上，他一到来，就迎来了会场的一片掌声。他成了妻子的坚强后盾，朱秋霞也由一名普通的售票员成长为站长、站党支部书记。

而提到公公、婆婆，徐梅就激动不已。这位有了工作就不要命的车手，哪有工夫带孩子，右肢偏瘫的公公硬是用仅能活动的左手，把小孙子许斌整天抱着，蹒跚、艰难地溜达，一直抱到他会走路，抱到他上了幼儿园！1986年夏天的一个下午，徐梅送一个生病的旅客到医院抢救，被人们误认为是病人的“家属”，而这时她的婆婆因腮腺瘤手术已住院半个多月，她一次也没抽出时间去服侍。面对她的内疚，老人们动情地说：“你是组长，带头干好工作，我们比什么都高兴！”现在她已调到市运输总公司，经常利用节假日看望公公，替婆婆洗澡，帮弟媳、妹妹们做家务，而决不让别人上手。不用说，她是在寻找情感的天平。小时候曾说妈妈拉车丢人而让徐梅潸然泪下的许斌，后来每年寒假都来到站上陪同妈妈拉车，如今已是市财校三年级学生的他对记者说：“奉献无价。妈妈是世界上最值得骄傲的妈妈！”

当年那个雨夜给妈妈送雨衣的小伟军，现在怎样了？我们来到小巷深处滕士花的家。这是一个和谐美满的家庭，虽是重新组合，滕士花却从中得到了莫大的支持。每天凌晨 3 点多，丈夫秦同喜就起身，送妻子上班，然后回家做早饭，再送孩子上学。有时滕士花来不及吃早饭，他就把饭做好再送到班上，遇到闲暇还帮助拉车。1990 年春运的一天，他和王艾霞等人，用平板车把一个旅客的行李送到 3 公里外的纸箱板厂，他虽然满头冒汗，但听到一声“谢谢”，心里顿时热起来，回来后对滕士花说：“旅客的感谢，是金钱买不来的。你们就该这样不停地拉下去。”看到妻子受表彰，看到长途组今天获得这么大的荣誉，他比妻子还高兴，因为这里也有他的“一半”。而小伟军已是初二学生了，一副憨厚的样子，妈妈从小经常把他放到“雷锋车”上一步一步地拉，也一点一点教给了他友善的性格，他常和同学一起上街做好事，一起看望敬老院的孤寡老人。

像这样的故事，在长途组每一位姐妹的身后，拧起来就是一串。1995 年大连老工人颜怀英在车站摔伤住院后，郝芳萍年过花甲的母亲李兰英，每天骑着小三轮车，赶着 15 分钟左右的路程，送去自做的肉圆、排骨、鸡汤，陪病人聊天，带上杂志给病人消遣，加入女儿的行列。陈叶俊的丈夫邱敏，结婚前就已“义务”送她上班两年多，有了孩子后就带上孩子一起送，现在虽然不送了，但他和孩子都有了“职业病”：有事没事一到早晨 4 点准醒。眼下妻子即将赴京参加全国人代会，他当然感到自豪。“雷锋车”的事迹在本报见报后，得到了社会各界的纷纷赞誉，也进一步激发了长途组姐妹亲人们的热情，杨君、许维霞、朱汾的儿女们，纷纷利用寒假来到长途组，拉着“雷锋车”，寻觅妈妈们的足迹，庄立荣、叶爱民的丈夫们也来到这里，把一份份真情献给辗转旅途的人们。

这种有形和无形的支持，还来自姐妹们身边不是亲人的亲人们。沙常梅 50 岁的父亲每天早晨都陪送女儿上班，邻居们也一直惦记着她家那熟悉的关防盗门的声音，她家从来没有换过门前楼梯口的灯泡，都是邻居们悄悄换上的，目的是为了让他们父女俩上班时看得清楼梯，而邻居们没有一家有人上早班。就连和平桥头修“雷锋车”不要钱的严学金老汉，也常与人较劲：“我在这里修车 13 年，天天看着‘雷锋车’从桥上走过。你们不信，明天再来看……”

正是这些充分的理解、关心和帮助，“雷锋车”才有了坚实的支点，才有了 35 年不停步的顽强生命力。

（1998 年 2 月 16 日）

人各天涯“车”相随

——来自“雷锋车”诞生地的报道之五

18日下午4点，记着拨通了退休后住在郑州的余友云家的电话。这位20世纪60年代初的服务组长，曾经为了满足旅客咨询而徒步“考察”了新浦几乎所有单位的地址，曾经为了方便聋哑旅客而学会了用哑语报站名。那时，她身边带着两个孩子，丈夫在乌鲁木齐当兵，辛苦自不必说，但她的手一天也没离过“雷锋车”那温暖的车把。1970年，她含泪告别了朝夕相伴的姐妹，随军到山西晋城。熟知余友云和新浦站事迹的晋城领导，看到本地车站管理状况较差，又将她从一个小厂调到汽车站任副站长，专抓服务工作。余友云照新浦汽车站那样，设立了问询处、茶水站、报刊台、订票电话等服务项目，同时组织大家用专设的便民服务车，把下车的旅客送到单位、旅馆或家里。不到两年，晋城车站变成了省级文明单位，20世纪80年代始与新浦汽车站一样，成为当时全国齐名的两个“全国文明汽车站”。去年5月，她回到魂牵梦绕的新浦汽车站，看到新一代服务员仍在拉“雷锋车”，激动不已。她在电话中动情地对记者说：“我很高兴，也很自豪！更敬佩新浦汽车站人！我要在有生之年回去再拉一趟‘雷锋车’。”

是的，300多人拉过的“雷锋车”一刻不停地走过了35年。35年里，许多成员因工作需要离开了“雷锋车”，但他们却把“雷锋车”精神带到了新的岗位。

对于不会骑自行车的卢同荣来说，从十几里外的海州赶到车站，实在不易。这位当年的组长、值班站长、省明星服务员，在她与“雷锋车”相伴的20年里，每天要么提前4小时乘夜班车到站等待天亮，要么在风雨和晨星陪伴下徒步1个多小时上班，留下了多少亲人的等待和理解！1992年，她被派到海州白虎山批发市场当了一名蹲点售票员，虽然告别了风雨兼程的辛劳，但还心系“雷锋车”，经常回到长途组看看大家。

其实，拉“雷锋车”的除了长途组的姐妹们外，历任车站的领导也是好“把式”。20世纪80年代初成长起来的车站站长赵建国，就是其中的一位。他把“雷锋车”当成全面质量管理的核心来抓，把“雷锋车精神”融进优质服务的每个环节。正是从那时起，“雷锋车”由平板车换成了三轮车，车站也以“三优”佳绩迈上了“全国文明站”的台阶。赵建国调任市航运管理处领导后，他又将“雷锋车精神”带到那里，使航运处的党建和职业道德建设更上一层楼。1996年5月，他出任连云港市旅游局领导后，在旅游系统内开展了“以长途组为榜样，为连云港增光彩”活动，成了“雷锋车精神”的热诚传播者和实践者。

片片绿叶映芳菲

——来自“雷锋车”诞生地的报道之三

每天凌晨不到4点，在新浦的几十户人家中，会同时响起闹钟的声音；每年下的第一场大雪，早上留下第一行脚印的，往往是长途组的姐妹们。抹去岁月的尘埃，踏着英雄的足迹，来到至今起早贪黑的姐妹们身边，你会发现许多“雷锋车”背后的动人故事。

人各天涯“车”相随

——来自“雷锋车”诞生地的报道之五

18日下午4点，记者拨通了退休后住在郑州的余友云家的电话。这位六十年代初的服务组长，曾经为了满足旅客咨询而徒步“考察”了新浦几乎所有单位的地址，曾经为了方便聋哑旅客而学会了用哑语报站名。那时，她身边带着两个孩子，丈夫在乌鲁木齐当兵，辛苦自不必说，但她的……

而最先到火车站接行李的第一代“雷锋车”车手郭兰凤，1978年调到郊区站任调度员后，并没有因为工作的变动而把“雷锋车”精神遗忘在长途组。她助人为乐，为旅客解难，好事做了一件件。和她在一起的马宝玲，从郭兰凤身上学到了“雷锋车”精神。1985年，马宝玲也调到长途组，成了“雷锋车”手。她一进来就向大家承诺：每月奉献两个休息日。“十五大”召开的那一天，她光荣地加入了中国共产党。

韩秀萍现在已经调任汽车总公司客运副处长，但她仍忘不了长途组大家庭的温暖。以前，由于亲人不在身边，她吃过“百家饭”；之后，作为站领导关心职工，她上过“百家门”。现在，她还经常利用双休日携夫带女回到车站做好事、拉“雷锋车”。也许，正是这扯不断的情结，“雷锋车”的精神才得以发扬光大！

（1998年2月20日。“雷锋车”系列报道获江苏省精神文明建设优秀作品奖、《扬子晚报》好新闻一等奖）

《扬子晚报》再度宣传“雷锋车”

故事感人　内容丰富　主题深刻

《扬子晚报》从2月12日以来，再次宣传了连云港市新浦汽车总站“雷锋车”。这是一个有30多年历史的先进集体。在新时期，是《扬子晚报》首次（去年5月）报道了这个老典型。

本刊去年（6月4日）第377期反映过该报宣传“雷锋车”的情况。后来，人民日报、工人日报、中央电视台等许多媒体都作了详细报道。在已经有了广泛宣传的情况下，《扬子晚报》又对“雷锋车”进行了连续20多天的宣传。目前，此项宣传仍在继续进行。

据了解，江苏省委宣传部决定广泛开展学习“雷锋车”活动，并部署了省内各新闻媒体都作有关宣传。《扬子晚报》在这次宣传中，持续时间长、规模大、内容多、主题深，社会反应好。

该报2月12日发表长篇通讯反映，当一位男旅客抱着连病带饿的婴儿哭个不停时，正处于哺乳期的李保英把自己的乳汁送到这孩子嘴里。不久李保英自己未满周岁的儿子患了小儿麻痹症，下肢终身残疾。医生诊断，这是吃了感染病毒的奶水所致。李保英为此流了不知多少揪心的泪，但她说“不后悔，当时我只能那样做”。像这样的故事在这篇通讯里还有好几个，无一不打动读者的心。

2月14日至21日，该报发表了6篇“来自‘雷锋车’诞生地的报道”。顾名思义，这些报道说的是“雷锋车”已经拉到了外地的故事。报道反映，原组长余友云随军人丈夫迁居山西晋城，继续发扬“雷锋车”精神，把晋城车站建成省级文明单位。另外，在连云港市学校、医院、派出所、南京火车站等，都出现了“宁愿辛苦我一人，方便旅客千万人”的免费接送旅客的“雷锋车”。

配合几乎天天都有的“雷锋车”报道，《扬子晚报》“市民茶座”专栏同时开展题为《从“雷锋车”看市场经济下的人际关系》的讨论，从2月13日至月底发表了各界群众投稿38篇短文。讨论是有成效的。在以下一些问题上达成共识：“我为人人，人人为我”是人际关系中金钱买不到的真情；人生总有求人时，市场经济不拒绝互相帮助；无私奉献、助人为乐是做人的道德准则，要同见利忘义、金钱至上等丑恶行为作斗争。

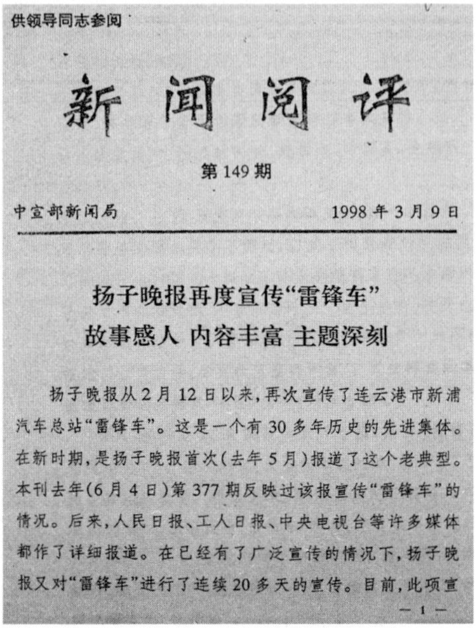

供领导同志参阅

新闻阅评

第149期

中宣部新闻局　　1998年3月9日

扬子晚报再度宣传"雷锋车"

故事感人 内容丰富 主题深刻

扬子晚报从2月12日以来，再次宣传了连云港市新浦汽车总站"雷锋车"。这是一个有30多年历史的先进集体。在新时期，是扬子晚报首次(去年5月)报道了这个老典型。本刊去年(6月4日)第377期反映过该报宣传"雷锋车"的情况。后来，人民日报、工人日报、中央电视台等许多媒体都作了详细报道。在已经有了广泛宣传的情况下，扬子晚报又对"雷锋车"进行了连续20多天的宣传。目前，此项宣

— 1 —

《扬子晚报》还刊登南京地区劳模、先进工作者、社会学家、理论工作者对“雷锋车”的评价。一位“活雷锋”说，“雷锋车”的奉献精神为生命增色。有的社会学家说，在商品社会大潮中，“雷锋车”是一尘不染的明镜。一些理论工作者说，雷锋精神到处发扬所形成的这种强大力量，是社会主义现代化建设的推进器。

阅评员认为，《扬子晚报》再度宣传“雷锋车”，许多故事是新的，又十分感人，反映了记者深入采访的功夫。“雷锋车”，从诞生地拉到全市，拉到省内外，反映了雷锋精神具有广泛的社会基础。各界群众对“雷锋车”的由衷赞扬以及专家学者的评论，把“雷锋车”现象上升到理论高度来认识，这为新时期学雷锋、深入持久进行精神文明建设，提供了新鲜的丰富的生动的教材。再，如何做好重大先进典型的宣传，《扬子晚报》的这些思路和做法，似值得新闻界借鉴。

（《新闻阅评》第149期，中宣部新闻局，1998年3月9日）

“夜沉沉，望星空，我在寻找那颗星……”这首歌不知在张同双和蔡艳红的心里默默吟唱了多少回。尽管困难重重，但当祖国需要的时候，他们共同形成了爱的聚焦：舍小家为大家——

心心相印情似海

告别茫茫的大洋和冰冷的机器设备，返航归来的张同双只在医院的病房里陪了妻子蔡艳红一天，昨天下午又出现在迎接“远望二号”船归来的人群中。看到妻子肾衰竭病情已初步稳定，临时匆匆下船的他想着还要把手头的工作安排一下，便留下侄女照顾妻子，又匆忙赶回了江阴。

心里牵挂着妻子的病情，可张同双的脸上并没有显出特别的表情。了解他的人都说他内向，不爱说话，有烦恼有困难从不向领导诉说，也从没提过什么要求。登船时，几乎所有见到的熟人都关切地问他妻子的病情，他总是回答“目前还好”。一进自己的舱室，他开口第一句就是：“设备怎么样了?”

没人知道他为什么这么苦干。只有他自己清楚32年的人生路是怎么走过的

张同双家的贫穷在老家泗阳县南刘集乡刘集村人人皆知。他3岁时丧父，家里兄弟姐妹5个，全靠母亲做豆腐维持生计。从小学到初中，他的学费被政府全免。他家的主粮就是母亲磨豆腐剩下的豆腐渣，过年时在豆腐渣中放几颗花生米便是年夜饭。他终身难忘小学时的两位好老师——赵老师和他的妻子周老师，他们给他买书，买本子，还给他衣服，经常留他吃饭。后来周老师在一场车祸中被撞成重伤，临到生命垂危时，也没忘了叮嘱丈夫要照顾好两个孩子，一个是自家女儿，另一个就是张同双。她说："同双太苦了，但聪明、听话。一定要让他成才。"

谈恋爱时，介绍人将他介绍给邻乡的蔡艳红，说他是大学生，但家里很穷。她时至今日仍然记得当时的意外心情："说他家穷，可没想到那么穷。"接新娘那天，张同双预订的桑塔纳有事来不了，临时租了辆客货两用车。"车子开到我家门口，别人都笑。"蔡艳红是在别人的哈哈大笑声中，坐上了这辆特别的喜车。她不在意，她真心喜欢军人张同双。她小时候两个哥哥都当过兵，那时她就特别喜欢军装，喜欢解放军。她缠着五哥从部队带回过一套女军装，整天穿着不脱身，还说将来就想嫁个解放军。她终于如愿以偿。

1995年麦收时，张同双的母亲因病去世，张同双正在南太平洋上执行任务，还没结婚的蔡艳红打破当地"没过门的媳妇不奔丧"的习俗，戴孝为张母送了终。她说："同双不在，我该尽尽孝心。"

结婚时，蔡艳红没要张同双的彩礼，两人凑钱只买了一张普通大床，娘家给的2000元嫁妆钱，也全都还了张同双为母治病欠下的债。婚后，不少亲友对这门亲事仍不理解："他家那么穷，岁数又比你大……"她深情地说："他从小吃了那么多苦，现在工作又那么忙，我比他小，将来好好待他，让他得到补偿。"

1996年农历七月初三，张同双要出海执行中星七号卫星测控任务，可蔡艳红即将临盆生产，她含泪催促丈夫上路："我要是不顺利，就给你打电话，要是顺利就不打了。"可蔡艳红偏遇难产，在去医院抢救的路上，她断断续续地告诉抱着她的五哥：不要打电话给同双。去年11月底，张同双完成海上监测任务回来，发现妻子病情严重，就带她到县医院检查，医生要求立即住院，可她考虑丈夫第二天就要回基地，说："公家的事大。吊针在家也能挂，你还是上班去吧。"张同双买回几大箱药，就出发了……

面对茫茫大海，他已当不成顾家的男人。他只能在岗位上兢兢业业，默默奉献。为了国家，也为了妻子和女儿

在船上，在部门，张同双是出了名的技术能手。这位重庆大学 1993 年的毕业生，分配至"远望二号"这座海上科学城后，短短几年就成为技术骨干。远洋航天测量中，要求通过测星来确定船在大洋中的准确位置，以往只能通过夜晚跟星的方式来测星，可张同双苦心钻研出一套方法，使远望号结束了白天不能测星的历史，大大提高了航天测量这个领域的科技水平，并在国家级的学术刊物上发表了论文。在船上，他有个"科学家"的雅号。

因为工作出色，他担任了测控部门四组的组长，样样工作身先士卒。当甲板上雷达开机发出有损人体的大功率辐射时，是他率先在暴露于辐射中的经纬仪岗位上就位；归航时经纬仪天线养护要刷油漆，他拎着漆桶就上了阵；靠港前要打扫卫生间，他一声不吭就先和臭水污水打起了"交道"，脚被钉子扎破了还在坚持……

张同双和蔡艳红每年聚在一起的时间加起来不到一个月，但蔡艳红每次见丈夫都没有埋怨。张同双能做的就是把几乎所有的工资和出海补贴给妻子治病，还有就是上岸时，一个月一次陪妻子往南京军区总医院跑。一个月一千块钱的工资，为她的病就要花掉七八百，剩下的还得维持全家生活。

去年，远望号基地技术部看中了这个能干的小伙子，想把他从船上调上岸，他也想这样能更好地照顾妻子。可他那个组暂时又离不开他这个骨干，他打消了上岸念头。

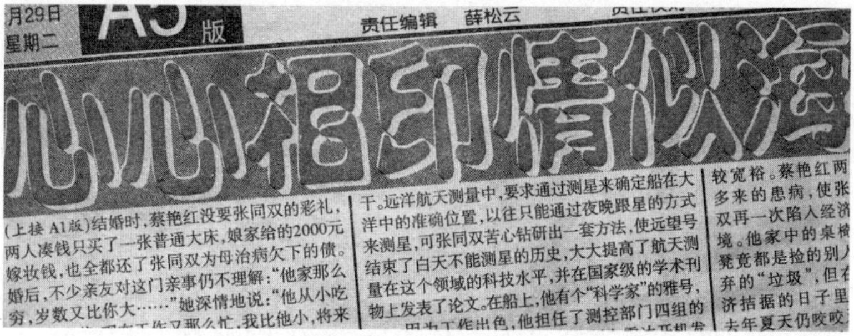
月29日 星期二 版 责任编辑 薛松云

心心相印情似海

(上接 A1版)结婚时,蔡艳红没要张同双的彩礼,两人凑钱只买了一张普通大床,娘家给的2000元嫁妆钱,也全都还了张同双为母治病欠下的债。婚后,不少亲友对这门亲事仍不理解:"他家那么穷,岁数又比你大……"她深情地说:"他从小吃

干。远洋航天测量中,要求通过测星来确定船在大洋中的准确位置,以往只能通过夜晚跟星的方式来测星,可张同双苦心钻研出一套方法,使远望号结束了白天不能测星的历史,大大提高了航天测量在这个领域的科技水平,并在国家级的学术刊物上发表了论文。在船上,他有个"科学家"的雅号,

因为工作出色,他担任了测控部门四组的

较宽裕。蔡艳红两
多来的患病,使张
双再一次陷入经济
境。他家中的桌椅
凳竟都是捡的别人
弃的"垃圾",但在
济拮据的日子里
去年夏天仍咬咬

这个军人家庭面临着诸多生活磨难，却并不是孤零零的两个人。多少人在心底祝愿他们：好人一生平安

"远望人"常说，经常跟大海打交道的人，心胸一定能包容万物；经常在海上战风斗浪的人，意志也必定比常人坚强。生活的磨难尽管接踵而来，但张同双和蔡艳红并没有屈服。

凭张同双的收入，这个家庭本应该过得比较宽裕。蔡艳红两年多来的患病，使张同双再一次陷入经济困境。他家中的桌椅板凳竟都是捡的别人丢弃的"垃圾"，但在经济拮据的日子里，他去年夏天仍咬咬牙借了七千块钱买了台电脑，因为工作中的一些数据处理不能在船上的电脑上做。他至今唯一买过的这件"奢侈品"如今放在他的船上舱室里，与他的工作朝夕相伴。原来几乎是电脑盲的张同双，现在已能娴熟运用。

苦惯了的张同双非常容易满足，有时正好没钱用，船上发了点奖金，他觉得自己的运气真好。每年船领导批给的困难补助，他都记得清清楚楚。每年的船员困难补助发放表，上面第一个名字常是张同双。当然，每次几百元的补助不能解决太大的问题。而当同事有困难时，他是捐款队伍中的一员。

远望号基地和"远望二号"船始终关心着这个军人家庭。当军嫂蔡艳红病危的消息通过电波传向太平洋时，"远望二号"船党委立即召开了党委会，要求基地留守组人员一定要想方设法组织好蔡艳红的抢救工作，并要求每天与泗阳通两个电话，了解抢救情况。当张同双还蒙在鼓里时，战友们无声的救助已在悄悄进行……

徐徐驶进母港的"远望二号"掀起爱的潮水，涌向这个普通的军人家庭。

（2000年2月29日。作者采写第一小标题，并统编全篇）

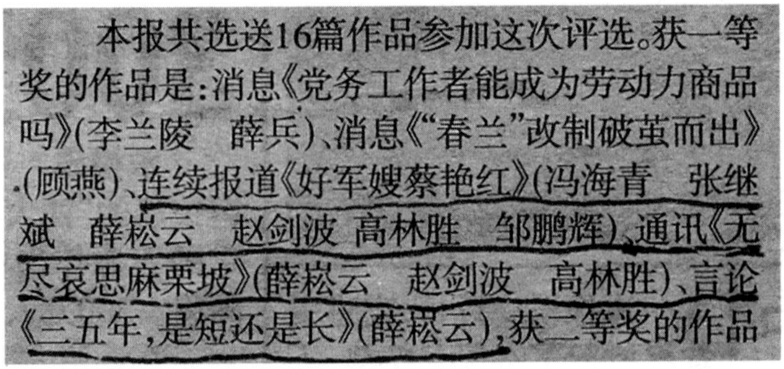
本报共选送16篇作品参加这次评选。获一等奖的作品是：消息《党务工作者能成为劳动力商品吗》（李兰陵　薛兵）、消息《"春兰"改制破茧而出》（顾燕）、连续报道《好军嫂蔡艳红》（冯海青　张继斌　薛崧云　赵剑波　高林胜　邹鹏辉）、通讯《无尽哀思麻栗坡》（薛崧云　赵剑波　高林胜）、言论《三五年，是短还是长》（薛崧云），获二等奖的作品

本报关于张同双、蔡艳红的报道，在省内外引起强烈反响。人们被他们无比执着的敬业之情、爱国之情、生活之情、生命之情深深打动，也回报给他们以浩瀚的人间真情——

情染大江南北

蔡艳红的病暂时稳定了！张同双从海上归来了！这对夜夜不知谁梦谁的“寻星人”见面了！连日来，人们一遍又一遍读着他俩平凡的故事，人们被一股力量震撼着。一股股浓情像初春的风，染遍大江南北。

（一）

“你嫁的不只是一个军人，而是嫁给了一个军队，嫁给了牺牲，可你说，你不在意。你不是军人，但你最懂得军人；你酷爱生命，但你最舍得生命。你硬是用一个病弱女人的身子，顽强撑起了一片艰辛的世界。可亲可敬的嫂子呵，你累倒了，病倒了，但你那么挺拔高大，因为你用行动诠释了‘军嫂’的含义，诠释了‘美德’和‘奉献’的含义。你让我们看到了当年沂蒙老区的红嫂，看到了肥西灾区用乳汁帮子弟兵沾伤口的薛文姐，看到了故黄河畔几十年痴心不改拥军情的庄妈妈……”昨天中午，江苏广播电视学校的陈亚民来到本报，谈了全家人阅读蔡艳红、张同双报道时的激动情形，并留下了这封信。

自从2月25日张同双、蔡艳红的事迹见后，各地读者打到本报编辑部的电话就一直没断过，他们来自军营，来自机关，来自学校，来自工厂，来自城市的大街小巷，来自农村的四面八方。就在写这篇稿子的时候，记者还接到一位安徽芜湖周先生的电话，说他是下岗职工，家里很穷，现在帮个体老板干水暖工，其累其脏其苦其难难以言表，他曾觉得人生是那么艰难，但读了报道后，被张同双艰苦拼搏的顽强毅力深深打动，决心振奋自己，自强不息，服务社会。另一位徐州市机关的黄女士则说：她也曾有过“军人情结”，但读了张同双的事迹后，才发现以前对军人并不真正了解，自己往往惊叹于火箭升空、卫星上天、国防现代化等“高科技”，却没想到在这些“高科技”的背后，倾注了千千万万个张同双超常的艰苦和毕生的心血，市场经济条件下，他们更是“最可爱的人”。而本报一位记者的母亲对参与采访的记者说：孩子，你们写的报道，让妈妈流了几天的泪。

一石激起千重浪。以上只是本报成百上千来电来信的部分。如果要问张同双、蔡艳红这对夫妻为什么会有这么大的感染力、感召力，那么再请读一读昨天下午南京金陵中学全体师生派代表送来的给蔡艳红的慰问信：“我们被感动了，是被您乐于奉献、从不计较得失的无私与博爱感动了；我们被感动了，是被您深明大义、舍小家为大家的高尚情怀感动了……”同时他们还送来了1000元钱。信中说，这1000元钱，虽不多，但它来自学校的“爱心基金会”，倾注着师生们的一片深情。

（二）

榜样的力量是无穷的。张同双、蔡艳红催人泪下的故事在他们的家乡宿迁不胫而走，在500万父老乡亲的心中激起感情的波涛。人们为能培育出这样的好儿女而自豪，人们为他们突遭的不幸和广受关爱的幸运而动情，人们更为他们一种崇高的人格力量而振奋。宿迁市委书记徐守盛作批示，宣传部、共青团、妇联、民政局、军分区等部门纷纷行动，号召并组织全市党员、干部、群众学习他俩的爱国情怀和奉献精神，弘扬老区人民光荣传统，加快当地两个文明建设。

今天，《宿迁日报》还发表了题为《军嫂情怀崇高而又伟大》的评论员文章。文章说，蔡艳红的事迹感人肺腑，病情牵动人心，情怀催人奋进，她没有什么豪言壮语，没有什么惊天动地的业绩，所做的也都是实实在在的事情，但伟大来自平凡，无私奉献、不讲价钱、祖国利益高于一切，这种精神正是干任何工作所必不可少的。

连日来，父老乡亲们纷纷来到有关部门，询问蔡艳红病情，伸出援助之手，市民政局成立了接收捐赠办公室，到昨天下午 4 时，仅一天时间，已接收市直机关、企事业单位员工捐款 20.8 万多元。市妇联第一个送来本单位 11 名同志的捐款，她们说："蔡艳红作为宿迁妇女界一名代表，全身心支持丈夫献身国防事业，精神可贵，值得学习。"宿迁市法院副院长徐宁带来全市 109 名干警捐赠的 2500 元钱，有不少干警正在外地执勤赶不回来，就委托他人代捐。市公安局和宿城区公安分局的 472 名干警捐赠了 2.6 万元。许多单位干部职工拿出有限的工资，纷纷加入捐赠行列。

昨天上午，泗阳县召开县直机关干部会议，县四套班子成员带头捐赠，不到 2 小时就收到捐款近 2 万元。张同双所在的南刘集乡、蔡艳红所在的穿城乡连续播放他俩的事迹，村民们被深深感动了，纷纷表达心意。

张同双和蔡艳红的精神，始终感染着他们的亲人。昨天下午 4 点多，蔡艳红的大哥蔡乃强从无锡赶回泗阳，年迈的母亲急于知道女儿的情况，1 点就催促小儿子蔡乃中到车站接。晚上，他们围着母亲介绍无锡情况，母亲热泪盈眶："艳子有救了！同双怎么就这么干事不要命呢？艳子怎么就这么处处为同双想着呢？不要说是我的亲生骨肉，就不是，我也会帮到底的呀！"几年来，难怪蔡艳红的父亲成了她的特别护理，母亲成了她的特殊保姆；难怪五哥夫妻下岗，前后还好不容易借了 1 万多元钱给妹妹治病，而自己去年已经上了半年幼儿园的孩子，今年却因缴不起 35 元的入园费而"辍学"；难怪在县铝制品厂工作的大哥，把准备盖房子的 2 万多元钱拿出来，至今全家还住在只有 20 多平方米的两间平房里，成了"特困户"；难怪乡下养鱼的二姐家卖鱼凑了 1 万多元给她，而眼下连一尾鱼苗也买不起；难怪这次蔡艳红在泗阳住院时，张同双的两个哥哥买不起 2 元多的车票，每天骑自行车赶 30 多里路，白天侍候病人，晚间或者回家，或者干脆就在城里连夜打工凑钱……所有这些，难道仅仅是因为"亲情"吗？

（三）

美的张力是无限的。在无锡，在江阴，由于成千上万素不相识的人情系张同双、蔡艳红，许多摊点的《扬子晚报》常被抢买一空。多少人为他们潸然泪下，多少人为他们慷慨解囊，想为这对陷入困境的夫妻撑开一片晴朗的天。

归航的第二天一清早，“远望二号”船船长吴正松、政委朱洪仁和政治处主任夏正如代表全船全体人员，前往无锡101医院，带去一大袋营养品、药品和慰问金，船党委当天向全船人员发出倡议，为张同双家庭献爱心，帮战友渡难关。“远望号”基地政治部随即转发了倡议，还发出了“向张同双同志学习”的通知。从昨天开始，只一天时间，“远望二号”的官兵捐款已超过1万元。

在江阴市，55岁的王惠芳操持着一家个体书报店。从张同双、蔡艳红的事迹见报那天起，她每天读每天都禁不住流下眼泪。她说：“这对夫妻太好了，但也太难了。我是卖书报的，没多少钱，只想送点书给他们的小女孩，再捐100元钱，也算我帮这个家庭尽点自己的力。”江阴市青阳镇街西村党支部书记冯雪产也曾是一名军人，看到报道后再也坐不住了，连夜赶到无锡蔡艳红的病床前，送去了3000元。

昨天下午，蔡艳红做了到无锡之后的第二次血透。就在张同双守候在妻子身边、痛楚地看着爱妻苦受煎熬时，上月27日在电话中表示要无偿献肾的刘仲祥又来了电话，他对张同双说：“我已动员好自己的女朋友一起来参加献肾。之所以这样做，就是因为蔡艳红是个令人肃然起敬的好军嫂。无论在无锡，还是到南京、上海、北京做手术，到时候你来个电话，我们立刻启程。”南通一位姓袁的男子打来电话说：“我今年35岁，身体很壮。准备捐个肾给你爱人，到时候你来个电话，号码是……”盐城一位不愿意透露姓名的女士来电话说：“我非常钦佩蔡艳红，我也是个女的，想让个肾给她。我想先过来看看，你告诉我下了长途汽车怎么走。”

万冰、孙江是张同双大学时的同学，如今都在南京工作。因为毕业后一直没有联系，看了报道后就在猜想：这是不是我们的那个张同双？见到刊出的照片后，他们于2月29日夜里10点多赶到了医院，带去了1000元钱。南通公安局港闸分局的何克伟给本报打来电话说：“我认识一位老翁有一种特效药治肾的，全是中草药，没副作用，愿免费调配。”

爱心涌动，真情涌动，孕育生活，孕育善良，孕育崇高，像无尽的春潮……

（2000年3月2日。“蔡艳红”系列报道获江苏省报纸优秀作品一等奖）

蔡艳红小店一日

去年，情系祖国航天事业的好夫妻蔡艳红、张同双的感人故事经本报连续报道后，在江苏省内外激起较大反响。去年年底，蔡艳红在上海长征医院成功地进行了肾移植手术。如今，一年过去了，蔡艳红，你好吗？

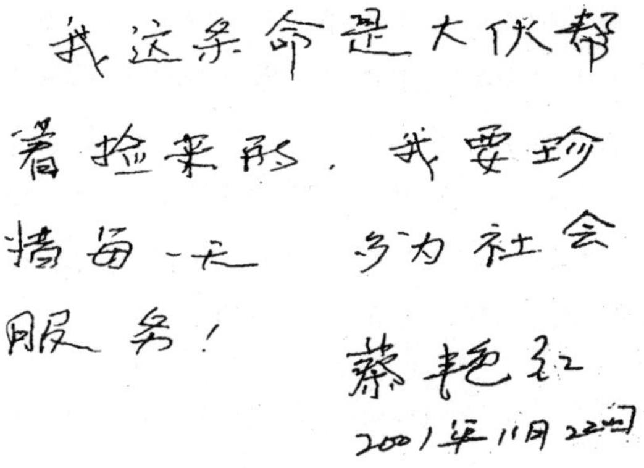
我这条命是大伙帮
着捡来的，我要珍
惜每一天 多为社会
服务！
蔡艳红
2001年11月22日

（一）

11 月 26 日早晨的江阴，江雾轻绕。

像一个多月来每天的 8 点钟一样，蔡艳红骑着自行车，捎上一瓶水，准时来到人民中路 26 号，哗啦啦拉起卷门，初冬暖暖的阳光立即注满了这间 20 多平方米的小屋。小屋亮亮的，右侧挂着几排儿童服装，左侧是成年人服饰，中间属于帅哥靓妹们的天地，后边是试衣间、休息室。这就是蔡艳红心爱的“外贸服饰”小店。提起小店，她的心头就暖洋洋的，像初冬的太阳。

为了她的病，为了能够照顾她，去年，基地把张同双从远望号测量船调到岸上的技术部工作，夫妻间长年的“远望”成了加倍的体贴。自打手术后，她一天天克服了不适，一天天打消了忧虑，一天天强壮起来，也一天天在家里待不住了。有一天，她忽然想起对本报记者说过的话：“我能从死亡线上挣扎回来，要感谢《扬子晚报》，感谢部队，感谢社会上所有善良的人们。将来我如果能够，一定要报答他们！”然而怎么做呢？她悄声问同双，能不能到福利院去做义工，服侍孤寡老人，同双说：“艳红，你大病初愈，我怕你累着，再说人家嫌不嫌弃你是个病人呢?”“那就开个小书屋，进些好书，既不太累，又充实，对社会有益，还能贴补治疗费用，怎么样?”同双答应了。于是，夫妻俩跑遍江阴的大街小巷找门面房，可不是离家太远就是租金太高。到最后，不想“得来全不费工夫”，在离家不到一里路的人民中路 26 号，找到一家要出租的“外贸服饰”店，可张同双认为开服装店累人，又与回报社会的初衷游离。蔡艳红说：“累了我就歇歇，又不想赚大钱，为左邻右舍进些价廉物美的货，不也是有益的事吗?”于是，半年房租加部分服装，他们自筹了 1.2 万元钱，把小店盘了下来。接下来，蔡艳红从老家泗阳请来侄女帮工，江阴的几个老乡免费为她装潢，她从杭州、常熟进了一批服装和货架，10 月 13 日，小店开张了。

从此，从未做过生意的蔡艳红开始了她充满期待的全新生活。

从此，每天 8 点，街头上班的人们总会看到她骑着自行车，带上一瓶水，准时出现在她心爱的小店门前。

(二)

在上海长征医院成功地进行了肾移植手
术。如今，一年过去了，蔡艳红，你好吗?

蔡艳红小店一日

① 11月26日早晨的江阴，江雾轻绕。

像一个多月来每天的8点钟一样，蔡艳红骑着自行车，捎上一瓶水，准时来到人民中路26号，哗啦啦拉开卷门，初冬暖暖的阳光立即注满了这间20多平方米的小屋。小屋亮亮的，右侧挂着几排儿童服装，左侧是成年人服饰，中间属于帅哥靓妹们的天地，后边是试衣间、休息室。这就是蔡艳红心爱的“外贸服饰”小店。提起小店，她的心头就暖洋洋的，像初冬的太阳。

为了她的病，为了能够照顾她，去年，基地把张同双从远望号测量船调到岸上的技术部工作，夫妻间长年的“远望”成了加倍的体贴。自打手术后，她一天天克服了不适，一天天打消了忧虑，一天天强壮起来，也一天天在家里呆不住了。有一天，她忽然想起对本报记者说过的话：“我能从死亡线上挣扎回来，要感谢扬子晚报，感谢部队，感谢社会上所有善良的人们。将来我如果能够，一定要报答他们!”然而怎么做呢?她悄声问同双，能不能到福利院去做义工，服侍孤寡老人。同双说：“艳红，你大病初愈，我怕你累着，再说人家嫌不嫌弃你是个病人呢?”“那就开个小书屋，进些好书，既不太累，又充实，对社会有益，还能贴补治疗费用，怎

了她充满期待的全新生活。

从此，每天8点，街头上班的人们
总会看到她骑着自行车，带上一瓶水，准时出现
在她心爱的小店门前。

② 上午来店里选购的顾客不多，卖
出两件孩子的冬装，每件只赚三四
元。中午12点，该吃药了。蔡艳红拉开店里唯一
一张简易书桌的左抽屉，里面满满一抽屉药。

记得菜花开遍大江南北的清明时节，记者回
访出院不久的蔡艳红。她原来无用的两个肾并没
有摘除，而是在右腹腔内植入了一只健康的肾
脏。那时的她脸色苍白，任何家务事都不允许
做，每天服用大量抗排斥、抗感染、降血压等药
物，每周要把化验单和血样送到上海长征医院检
查。当时她的机体免疫力还不到正常人的三分之
一，对她来说病毒和细菌的感染比机体的排斥更
可怕，尤其是上呼吸道和肺部的感染，因此她几
乎一天24小时戴着口罩，晚上休息也不例外
人只能从眼角看出她的表情。现在，口罩早已
她的脸上消失，露出的是红扑扑的笑容，加上
头刚烫不久的短卷发，挺精神的，人也明显
了许多，心情尤其好，她经常忘了自己是个病
像正常人一样忙活。事实上，她现在每天还
时服5次药，每月送一次样检，每天的药费2
元，而且天天如此，终生不变。 (下转 A3

上午来店里选购的顾客不多，卖出两件孩子的冬装，每件只赚三四元。中午 12 点，该吃药了。蔡艳红拉开店里唯一一张简易书桌的左抽屉，里面满满一抽屉药。

记得菜花开遍大江南北的清明时节，记者回访出院不久的蔡艳红。她原来无用的两个肾并没有摘除，而是在右腹腔内植入了一只健康的肾脏。那时的她脸色苍白，任何家务事都不允许做，每天服用大量抗排斥、抗感染、降血压等药物，每周要把化验单和血样送到上海长征医院检查。当时她的机体免疫力还不到正常人的三分之一，对她来说病毒和细菌的感染比机体的排斥更可怕，尤其是上呼吸道和肺部的感染，因此她几乎一天 24 小时戴着口

罩，晚上休息也不例外，外人只能从眼角看出她的表情。现在，口罩早已从她的脸上消失，露出的是红扑扑的笑容，加上一头刚烫不久的短卷发，挺精神的，人也明显健壮了许多，心情尤其好，她经常忘了自己是个病人，像正常人一样忙活。事实上，她现在每天还得按时服5次药、每月送一次样检，每天的药费200多元，而且天天如此，终身不变。不过，她有时也觉得很累，累了就感到右腹部有点胀痛，尤其是外出进货，那是最辛苦的。小店主要从常熟、杭州和江阴外贸的厂家进货，开张后她和同双去了一次杭州、两次常熟，每次进货只一两千元，不敢多拿货，而江阴的厂家三五天就要跑一趟。10月15日她到杭州进货，同双不放心，陪着她，孩子在家没人照应，索性也带上，起早出发，进了1000多元的衣服，又买了一些货架，晚上黑黑的赶到家，她右腹部有点胀，两只脚也肿起来，但平躺在床上休息时，心里却美滋滋的，因为毕竟她从死神那儿夺回了生命，有了正常人的生活，有了自己心爱的小店。小店给了她精神寄托，11月14日她检查过一次血样，各项指标比以往任何时候都好……

吃完药，蔡艳红有些倦，就到休息室躺了一会儿。休息室不大，只有一张单人床和两床被褥。那是张同双特地为她准备的。12点半左右，她忽然想到，基地要建5号船，同双被派到吉林、天津学习，这几天不在家，自己得回家做饭，送到店里与侄女雯雯一道吃。再说开水也不多了。

（三）

两菜一汤的午饭吃完不一会儿，一名许久不见的军人走进店里，惊讶地说："这不是艳红嫂子吗？你怎么开店了？这活挺累人的，你不能做啊！"她说："我也不想赚大钱，累了就休息，总比在家闷着好。""同双回来我要和他谈谈。"

下午3点钟左右，一位40岁上下的中年女士走进蔡艳红的小店，挑了一件女孩子的服装，交钱时，无意中对蔡艳红说："孩子13岁了，患有肾炎，早想给她买一件好的冬衣，一直没选中，没想到你这儿有。"蔡艳红心头一颤，接钱的手停在了中途。"大姐，这件衣服不要钱，送给您的孩子了。""怎么，你……""大姐，我是蔡艳红。""啊？你就是那个换肾的好军嫂？"蔡艳红给她倒了一杯开水，她俩谈了许久。最后，中年妇女执意请求："你那么不容易，不收钱我心里难受。”“那好吧，我进价20收你20，就算我给侄女捎来的吧。”

4点多钟，得到蔡艳红开店这个迟来的消息，江阴市评弹团团长蔡焕林赶到小店，一定请蔡艳红提供相关资料，他要把她开店的故事编写成评弹，以这种在当地喜闻乐见的文艺形式加以传扬，还要参加国家级大赛……

其实，蔡艳红开店的消息从一开始就不胫而走，牵动了亲人，牵动了相识不相识的人们。张同双自不必说，这次出差，每天要打几个电话；老家的亲人让雯雯前来照应她，还三天两头询问情况；雯雯看姑姑忙得心疼，遇事抢着做，尽量让姑姑坐着歇着。基地家属们听说蔡艳红开店，纷纷前来选购，小店周围的银行、家具城、招待所等单位的人们，都愿意到她这儿买衣服，就是小店左右的“街坊”们也说：“你开店，人气旺，咱的生意也跟着沾光。”对于熟人，蔡艳红一律以进价销售，她有一句“名言”：“就等于我给你们带的吧。”就是对生人也只赚微利，衣服不合身的，包退包换，没有挑中的，可以预定式样、价位等，时间一长，一传十，十传百，许多人知道人民路上有个外贸服装店，物美价廉人好，真还有了不少回头客，有些素不相识的顾客交了钱，把衣服往店里一放就逛街去了，他们放心。这些都是蔡艳红始料不及的。

5点，天快黑了，蔡艳红用自行车接回放学的孩子。晚上9点，她拉开桌子右边抽屉，拿出记账本，这一天共卖出7件衣服，大多是孩子服装，营业额200多元，生意不是很好，除去房租等大抵保本。她哗啦啦拉下小店的卷门，推着自行车，带上空水瓶，踏上回家的路。一路上她在想明天的事情。明天早晨6点起身做饭，送孩子上学，8点赶到店里……

明天，在脚下的这条路上，迎接蔡艳红的，还将是阳光、阳光、阳光，绿灯、绿灯、绿灯！

（2001年11月27日）

爸爸血沃老山前线的第 10 天她才呱呱坠地，从童年起，她一直抱着爸爸的相片入睡，并暗自一毛一毛攒下了 178 元钱，想去看望爸爸，然而直至今年清明还未能成行——

一位烈士遗孤的期盼

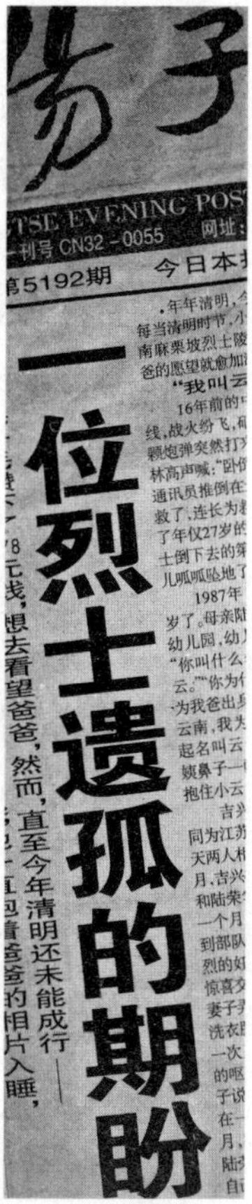
TSE EVENING POST
刊号 CN32-0055 网址
第5192期 今日本
一位烈士遗孤的期盼
78元钱，想去看望爸爸，然而，直至今年清明还未能成行——

年年清明，今又清明。每当清明时节，小云云赴云南麻栗坡烈士陵园看望爸爸的愿望就愈加浓烈……

“我叫云云”

16 年前的中越老山前线，战火纷飞，硝烟弥漫。一颗炮弹突然打来，连长吉兴林高声喊：“卧倒！”便迅速将通讯员推倒在地，通讯员得救了，连长为救战友而献出了年仅 27 岁的生命。就在烈士倒下去的第 10 天，他的女儿呱呱坠地了……1987 年，烈士遗腹子 3 岁了。母亲陆荣华送女儿上幼儿园，幼儿园的阿姨问：“你叫什么名字？”“我叫云云。”“你为什么叫云云？”“因为我爸出生在灌云，牺牲在云南，为了纪念爸爸，就起名叫云云。”幼儿园的阿姨鼻子一酸，一下子紧紧地抱住小云云。

吉兴林与妻子陆荣华同为江苏灌云人，1982 年秋天两人相爱并结婚。1983 年 6 月，吉兴林从部队回来探家，和陆荣华婚后第二次团聚，一个月后又携妻子回部队。到部队不久，妻子出现了强烈的妊娠反应，年轻的连长惊喜交加，处处精心呵护，为妻子弄吃的，弄喝的，为妻子洗衣服、洗脸、洗头、擦身子，一次又一次清理身上、地上的呕吐物。吉兴林笑着对妻子说："结婚两年多了，我们在一起的时间还不到四个月，我欠你的太多太多了。"陆荣华庆幸上天有眼，给了自己一个值得深爱的男人。记得那是个十五之夜，大战前云南边陲的夜真静啊。陆荣华伏在丈夫的胸前说："兴林，青山月亮作证，我爱你，爱你一辈子！"吉兴林说："有你这样温柔而贤淑的妻子，我吉兴林一辈子满足了。"接着又说："荣华，要记住，一定要带好我们的孩子，云南也许会成为我的第二故乡。如果是那样，孩子长大了，有时间带他（她）来看看我。"陆荣华急忙用手堵住丈夫的嘴，不让他再说下去。

由于战事紧张，陆荣华第二天便离开了连队，谁知这一走竟成了永别。陆荣华生下女儿云云四个月后，才知道丈夫牺牲的消息，此时的吉兴林已长眠在云南麻栗坡烈士陵园四个月零十天了。

记得那天明月高悬，也是个十五之夜，陆荣华抚摸着烈士的遗物——几件旧军衣悲痛欲绝，她怎么也不相信，她那英俊、潇洒，前不久还为她端茶倒水、抹去热泪的丈夫竟会在这个世界上永远地消失了。陆荣华把头伏在丈夫的军衣上，失声痛哭："兴林，我记住你的话，一定带好我们的女儿云云，云云是你生命的延续，你为保卫祖国献出生命，我要为抚养女儿献出青春，长大了让她当兵，继承你的遗愿！"

从此，延续烈士生命、全身心带好女儿，成了陆荣华最大的心愿。

陆荣华对女儿的爱，是集父爱、母爱和对烈士的爱于一身的爱，爱得那么执着，女儿稍有点头痛脑热，便慌了神。云云那次阑尾切除，陆荣华守候在病床边 5 天 5 夜没合眼，亲友们多次要替换她，她说："回去我也睡不着，守着云云心里就踏实多了。"

陆荣华现在是灌云县妇幼保健站主管护师，有较稳定的工资收入，但她一直带着女儿云云生活，从 25 岁到 42 岁。吉兴林牺牲 16 年，有多少亲友劝她重组家庭，她总是说："还是等云云长大再说吧。"16 年来，陆荣华就是这样度过日日夜夜的。

母亲为女儿献出了青春年华，做女儿的最清楚。过年过节，云云总是把亲友给的压岁钱省下来给妈妈买滋补品。母亲有病了，云云忙得团团转，一步不离开床头。一次陆荣华生病初愈，脸色微黄，云云便用自己平时省下的零花钱给妈妈买了最好的化妆品，把妈妈打扮起来，说："我的妈妈是世界上最伟大、最漂亮的妈妈！"陆荣华流下幸福的泪，说云云懂事了。

"我爱爸爸"

陆荣华说，云云小时候是泡在全家的泪水中长大的。记得云云四个月的时候，云云的姑姑摇着一个小花鼓逗着云云说："云云乖，姑姑抱。"云云刚露出点微笑，姑姑突然想到这是一个没有爸爸的可怜孩子，几分沮丧、几分悲凉涌上心头，眼圈红了，两行热泪夺眶而出，全家人再次暗暗抹泪。

云云特别爱她的爸爸，晚上睡觉前总是把爸爸的照片放在自己的小床头，让爸爸看着云云，云云看着爸爸，这样才能睡得着。每当看到邻居的孩子在爸爸面前撒娇时，云云便露出一脸的羡慕，一动不动地愣在那里，以致邻人的父母经常在背后教育自己的孩子说："乖孩子，在云云面前不要扯着你爸闹，云云爸爸牺牲了，你知道吗？"

云云6岁时，记得有一次因为争夺玩具和邻人的小孩闹矛盾，那一天母亲陆荣华拉着云云的手讲了这样一个故事：你妈妈第一次和你爸上云南部队，路上你爸生病了，在火车上你爸把自己的座位让给一位老人，自己却站了一天一夜，下火车后腿都站肿了，这就是你爸。云云说："妈，我懂了。"说着急忙抱起那个玩具——一个塑料大熊猫送给了邻人的孩子。陆荣华说，云云爸是为救战友牺牲的，这一点我始终引以为豪，云云应当把她爸爸的优秀品质继承过来，这样我才能真正对得起兴林。

云云入学后是一个品学兼优的好学生。1998年1月8日的《灌云报》刊登了一篇题为《拾金不昧吉云云》的消息：日前，县百货大楼营业员刘常月带着礼品，来到灌云县中学，感谢该校面对金钱不动心的初三（6）班学生吉云云。

今年1月5日凌晨，家住县妇幼保健所的吉云云，在院内拾到两张随时可以提取的面额为4900元的活期存折，吉云云急忙骑车赶到学校，气喘吁吁地把存折交到老师手中，以后几经周折终于找到了失主。

日前记者来到吉云云所在的灌云县中学高一（四）班采访，十几个同学把我们围成了一个圈，七嘴八舌的发言表达了一个共同的心声，那就是他们有一个不善言语、性格内向、坚强但却感情丰富、品质高尚的同学叫吉云云。

吉云云文科成绩突出，上小学时就在报刊上发表文章，这也许和她非同一般的经历和丰富的感情世界有关，她常常用文笔表达对爸爸的怀念，她在一篇叫《中秋之夜随感》的文章中写道：“我多么想变成一只小鸟，带着一支歌曲、一盒最好的月饼，去送给爸爸，让他在歌声中，同我们、同祖国的千家万户一起度过这个美好的中秋之夜！”

吉云云现在是个 16 岁充满幻想的花季少女，然而当她 12 岁时，厄运已经悄悄地和她结伴而行了。

上初一时，云云经常莫名的头痛，学习成绩急速下降。上高一时发展到写字出现重叠，走路踩到别人的脚，而自己竟发现不了。做母亲的着急了，去年 12 月初带女儿去北京大医院检查。北京天坛医院是全国有名的脑外科医院，几经专家讨论，结论出来了：云云得了一种叫“下丘脑胶质瘤”的病，这个瘤长在脑的深部，很难手术，即使手术也需要一笔几十万元的医疗费。而如果不做手术，将严重影响孩子的生命。

母亲陆荣华只觉得天塌了，地陷了，支撑她生命大厦的支柱完全垮了，她浑身颤抖，脸色惨白，3 天不吃不喝，体重急剧下降，在回家的火车上几次晕倒。一次昏迷中，她好像听到了丈夫的呼唤：“荣华，站起来，站起来！云云的生命靠你支撑。”陆荣华擦干了眼泪，像是从心底里突然升腾起一股力量，心中暗暗地说：“兴林，我会坚强起来的，你放心！”

责任编辑 薛松云
烈士遗孤的期盼
找到了失主。
日前记者来到吉云云所在的灌云县中学高一(四)班采访，十几个同学把我们围成了一个圈，七嘴八舌的发言表达了一个共同的心声，那就是他们有一个不善言语、性格内向、坚强但却感情丰富、品质高尚的同学叫吉云云。
吉云云文科成绩突出，上小学时就在报刊上发表文章，这也许和她非同一般的经历和丰富的感

吉云云终于知道了自己的全部病情。那一天她把自己一个人关在病房里，不准任何人进来，剧烈的头痛令她脸色苍白，全身冒着虚汗。她想到自己的

母亲，想到慈祥的外公、外婆，想到可爱的同学、朋友，还想到温馨的家和那个属于自己的温馨的小屋。也许不久的一天，年仅16岁的云云会突然和这一切永别了，这太残酷了，太叫人无法接受了。她的心像万根钢针穿刺般的难受，她流泪了。此时，她想到了为救战友而牺牲在南疆的爸爸，一下子冷静了许多："云云，你一定要记住你是烈士的女儿，你一定要顽强地活下去。"门外，母亲和亲友们拼命地敲门，拼命地喊："云云快开门，快开门!"云云在病床上高声地回答："妈，你们放心!"

为了坚定云云战胜病魔的信心，陆荣华拿出了16年前各报刊报道吉兴林英雄事迹的文章，那一张张发黄的报纸，像是打开了一扇扇沉重的历史大门，让人看到了一个个泣鬼神、惊天地的英雄事迹。这些文章以前吉云云从未看过，母亲怕女儿承受不了这太重的思想压力，现在觉得女儿长大了，应当知道这些了。

吉云云贪婪地阅读着，读完后紧紧地将这卷报纸抱在怀里，一动也不动，像是女儿抱住了久别归来的爸爸，足足半小时，泪水像打开的闸门倾泻而下。

从未见过面而又朝夕相伴的爸爸给了女儿顽强的信念：活下去!

"我想去云南"

为了爸爸，为了妈妈，吉云云奋笔疾书，写了一封催人泪下的求医信：

我是中国人民解放军某部吉兴林烈士的女儿，今年16岁，家住连云港市灌云县县城。1984年4月28日爸爸在对越自卫反击战中光荣献身。1984年5月8日妈妈生下了我。老天就这么不公平，仅隔10天时间竟不让我和爸爸见上一面，给我留下了终身遗憾。

16年来妈妈又当爹又当娘，把一切希望寄托在我身上，为了我，妈妈献出了她最美好的青春年华。在妈妈全身心呵护下，我已成长为一名高中一年级学生。

正当我憧憬着美好前程时，灭顶之灾降临到我们的家庭，我被查出患有下丘脑胶质瘤病症，它将严重威胁我的生命。16年前，妈妈失去了丈夫，今天又面临失去女儿的危险，这是何等残酷啊！我知道我的生命就是妈妈的生命。死亡对我来说并不可怕，但我不忍心抛下妈妈，不忍心让妈妈失去唯一的精神支柱，我要为妈妈坚强地活下去。

我想尽快联系到名医、专家为我治病，我不相信我们的国家那么大，竟治不好我一个小云云……

求医信向全国发出后，吉云云忍着头痛，一改过去内向、沉默寡语的性格，在母亲面前唱呀、跳呀，完全是一个快乐、活泼的小姑娘。她说："妈，求医信发出了，叔叔阿姨会救我的，您就放心吧。"

吉云云生病的消息首先惊动了灌云县中学，同学们知道吉云云家并不富裕，云云妈带着孩子，每月的工资仅能维持正常生活。吉云云所在的高一（4）班班主任任义怀说："和平的生活是烈士的鲜血换来的，烈士已经流血了，还能让他们在九泉之下流泪吗？"他首先向全校师生发出募捐倡议，得到热烈响应，你 30 元，我 40 元，就连书本费都交不起的贫困生王贞鹏，也从伙食费里挤出 15 元，说愿吃半个月的咸菜疙瘩，帮助烈士女儿。学校负责人说："中学的大门永远为吉云云敞开着，她随时都可以走进来。"高一（4）班吉云云的座位，每天都被同学们擦得一尘不染，等待着云云的归来。消息传到陆荣华所在单位灌云县妇幼保健所，传到她曾经工作过的灌云县精神病院、伊山乡医院，职工们在收入不高的情况下，捐赠了近万元医疗费。消息传到机关和企事业单位，传到驻连云港部队，传到吉兴林生前战友那里，人们纷纷向小云云伸出援助之手。4 月 4 日下午，灌云县精神文明办公室以吉云云母女的遭遇，在全县展开讨论，引导人们重新认识市场经济条件下烈士精神的崇高价值，推动文明创建和农村思想政治工作。

眼下，吉云云已休学在家，采用中医保守治疗。昨天，记者看望吉云云时问："云云，你当前最大的愿望是什么？"云云想了想说："我当前最大的愿望是上云南看望我爸爸，我从来没见过他。"屋子里静了下来，大家的心酸酸的。吉云云说："为了上云南看望我爸，我从小学就开始节省零花钱，一毛二毛地攒，到现在共攒了 178 元。"说完从床底下拿出一个大纸包。看着一大堆已经发霉的毛票子，在场的所有人，眼泪情不自禁地流了下来……

（2000 年 4 月 6 日）

21 日一大早，陆荣华、吉云云母女就要乘飞机去云南看望长眠的亲人了！16 年的期盼，16 年的等待，16 年矢志不渝的艰难支撑；千万人的关注，千万人的热泪，千万人连绵涌起的情感波涛，那都是——

为了这一天

YANGTSE EVENING P
CN32-0055
第5236期 今日
人了！16年的期盼，16年的等待，16年
人的关注，千万人的热泪，千万人连绵涌起的情感波涛，那都是——
为了这一天
昨天，记者
农学院全体师生
省内外众多读者
候，来到省人民
房1楼22床。虽然
母女知道近期内
南，但得知21日启
激动和感激之
表。陆荣华说，自
开吉兴林，年年都
想看看丈夫，擦
的尘埃，但年复一
没能遂愿，这次能
扬子晚报和社会
云云说：看过常
拍摄的爸爸墓碑
像，去云南的心情
有好多话想告
诉爸爸……
一
5月8日是云云的第16个生日。她躺在病床上阅读着那些素不相识的人寄来的信件，一行行的祝愿，一句句的鼓励，使她的周身
流包围着。一直陪伴女儿在宁治疗

昨天，记者带上扬州大学农学院全体师生的捐款，带上省内外众多读者热情洋溢的问候，来到省人民医院老干部病房 1 楼 22 床。虽然陆荣华、吉云云母女知道近期内将要前往云南，但得知 21 日启程的消息后，激动和感激之情还是溢于言表。陆荣华说，自打离开云南，离开吉兴林，年年都想去麻栗坡，想看看丈夫，擦擦丈夫墓碑上的尘埃，但年复一年，一晃 16 年没能遂愿，这次能够成行，多亏《扬子晚报》和社会各界的帮助。云云说："看过常州胡世明伯伯拍摄的爸爸墓碑的照片和录像，去云南的心情更加迫切，我有好多话想告诉爸爸……"

（一）

5 月 8 日是云云的第 16 个生日。她躺在病床上阅读着那些素不相识的人寄来的信件，一行行的祝愿，一句句的鼓励，使她的周身被一股暖流包围着。一直陪伴女儿在宁治疗的陆荣华买来一只大蛋糕，医生、护士们也送来了一件件小礼品，大家为云云点起

16 支蜡烛，那生机勃勃的小火苗在高度弱视的云云眼里，汇成一片光明。妈妈说："过不了多久，你就要见到爸爸了。以往你每过一次生日，我心里就沉重一次、难过一次。今天我真的很高兴。"可她的眼里仍噙着泪花。

5 月 14 日这一天，清晨的新鲜空气透过纱窗溢满了病房。今天，云云在省城治疗整整一个月了。几天前，云云说今天是母亲节，她要用女儿特有的方式，感谢妈妈 16 年含辛茹苦的养育。

为了给妈妈一个惊喜，趁着她外出的一会儿，云云悄悄走出病房，在车水马龙的广州路边找到一家花店。她又看又闻，一枝一枝精心挑选。等到母亲回到病房，一束美丽的康乃馨已送到她的面前。陆荣华数了数，一共 16 枝。云云告诉妈妈，报纸上说康乃馨是母爱的象征，这么些年来，妈妈集母爱与父爱，或者说集母亲和父亲的责任于一身，操碎了心，这是女儿的小小心愿，16 枝花就是 16 个祝福，就是 16 年来母女相依为命的见证。难怪，陆荣华觉得女儿的花是那么美、那么香。这一天，云云还邀请妈妈来到雨花台。她早就从书本上得知，这里是全国著名的烈士陵园，许多像爸爸那样的英烈就长眠在这里。云云无心欣赏苍松翠柏交映的美景，在陈列馆里一字字、一个个默读着烈士的事迹介绍。她们在高大的烈士群雕前合了影。云云说，她要在去云南前让妈妈出来散散心，也练练自己的体力。

盼了 16 年的日子即将到来，陆荣华又是喜又是悲，又激动又难过。几天来她一直没睡好，有两次彻夜不眠。17 日，她对着玻璃窗看了半天，觉得自己应该去做个头发，因为她为了女儿的病已经 4 个月没有剪发，因为她想让丈夫觉得自己还是 16 年前的自己。云云对做过头发的妈妈说："妈妈年轻了，漂亮了。"为了朝思暮想的亲人，云云母女商量了一个多星期，制成一副挽联，准备带到云南，献在吉兴林墓前："朝朝暮暮魂牵梦绕南疆十六载，了却夙愿泪洒万里妻女祭英烈。"采访中，吉云云正在一朵一朵地做着白花，已经做了许多，她还要亲手做一只花圈，缀上亲手做的 16 朵白花，把花圈亲手摆到从未见过面的爸爸身边。云云问妈妈，爸爸生前喜欢吃什么，妈妈说："你爸爸最喜欢吃红烧肉。他在家时生活不好，到了部队条件也很艰苦，很难吃上一顿肉……""我们做一碗带给他吧。""天热路远，路上怕坏了，到云南部队再说吧。"陆荣华对记者说：16 年前我到云南和他团聚是那么幸福，今天前去只能看到墓碑，当年还在腹中的女儿又是这样重病在身，睹物思人，就怕到时候感情控制不住……

（二）

听说云云即将去云南看爸爸了，为了让她看得更清楚、更真切，医务处的唐医生12日来到病房，把云云带到眼科，请知名验光师许医生为云云验了光，又把她带到配镜室，选了一副最漂亮的镜架和两片质量最好的镜片，让云云戴上。唐医生争着付了近400元钱，说："就算我对你们全家表示一点敬意吧！"平时沉默寡言的云云戴上眼镜，竟高兴得叫起来："太好了！太清楚了！"这也难怪，自从初中时云云生了病，视力就急剧下降，最后左眼只有0.2，右眼只有0.1，在当地配上眼镜，左右眼也只分别校正到0.4和0.2，平时看书学习非常吃力。而戴上这副新眼镜后，她左右眼的视力一下子分别提高到0.8和0.4，原来朦朦胧胧的世界，顿时变得亮丽多彩，不要说云云自己，谁看了这情形不高兴呢？

其实，为了让云云看得清楚、看得真切，为了让云云在看到爸爸前保持最佳视力，医护人员对云云的关爱又岂止是一副眼镜。云云脑中的胶质瘤正好长在视神经交汇处，并且没有边缘界限，手术难度很大。为了研究最佳治疗方案，医院已经组织省内外最好的专家会诊了4次，暂时用中药保守治疗，等到一个疗程结束，还要会诊，研究下一步方案。医院领导几乎天天到云云的病房看望，医护人员对云云的治疗和生活关怀备至，系统检查全部免费，诊断用药也不收钱。19日下午3时，应省人民医院之邀，灌云县卫生局和陆荣华所在单位的同志，驱车来到南京。在云云即将离开医院前夕，院方以对烈士遗孤高度负责的态度，向云云家乡的父老乡亲介绍了云云的治疗情况、治疗方案和去云南一路的注意事项，要求继续接受效果明显的中药治疗。医院还表示，每月至少与云云联系一次，并要求云云每3个月来医院做一次核磁共振和内分泌检查，不论遇到什么困难和问题，医院都要对云云负责到底。他们还送给云云一只随身听、一只学生包和两支钢笔，祝她云南之行一路平安。云云母女制作了3面锦旗，一面送到医务处，旗上写着"汇聚精英惩治病魔，悉心照顾情深似海"，一面送到脑外科，旗上写着"名医万般救遗孤，群心一意慰英烈"，一面送给所在病房的护士办公室，旗上写着"精心护理，如沐春风"。

为了表达对云南部队、云南人民的敬意，烈士家乡灌云县准备了一套报道英烈一家的报刊文章，连同一组反响性照片，准备赠送给吉兴林生前所在部队，还给家乡人民的优秀儿子吉兴林带去家乡人民亲手酿造的酒。同时，本报与南京航空公司等单位多方联系，做好云云前往云南的准备工作，南京航空公司多次派人到报社，为云云母女免费提供机票。云南绿爱公司上海分公司也与本报联系，要为云云提供去云南的机票，听说机票已经解决，就决定由总部在云南为云云看望爸爸提供一些方便。在此之前，扬州大学农学院在全校组织了为期近一个月的“云云，我们对你说”的大讨论，全体师生受到了一次情感和道德的陶冶。听说云云即将赴云南，日前学校派专人把有着许多硬币的3000多元捐款送到本报，让云云到云南后给爸爸买些祭品，同时还有几百个师生员工给云云的赠言。

（三）

5月14日，是母亲节。听说云云就要来云南，昆明市的10岁小学生钟玲玲一早就给《云南信息报》打来了电话，她说，今天是“母亲节”，她除了祝愿妈妈外，还要对远方的陆阿姨说一声“节日快乐”。陆阿姨一家的事是妈妈讲给她听的，听了云云不幸的遭遇后，她非常敬佩云云姐姐，她想请云云姐姐到她家里来，她要陪她唱歌跳舞，让云云姐姐开心快乐。

烈士遗孤吉云云和她母亲陆荣华的事情通过本报报道后，在烈士吉兴林的牺牲地云南引起了极大反响。当地政府、共青团组织、部队、新闻媒体纷纷采取各种各样的形式，弘扬烈士精神，关注烈士亲属的生活，捐款、捐物，伸出了一双双友爱的手。云南省林业学校的学生张艇说，他们全班同学都在关注有关云云的报道，都十分敬佩云云母亲的那种奉献精神，在“母亲节”到来之际，他要向这位远在江苏的妈妈送去遥远的祝福，并希望云云妹妹战胜病魔，早日来滇。解放军驻滇某部的战士赵明，专门请了假，赶了好几公里的山路找到一个公用电话，他在电话中说，他不能给自己的母亲祝贺节日，但要向陆荣华阿姨问一声“节日好！”昆明市志诚旅行社的陈小姐也来电说，志诚旅行社热烈盼望着吉云云母女来云南扫墓，并愿意承担她们来云南的旅行费用。她说，她们是做导游的，假如云云来昆明的话，她将全程陪同她们母女俩，做一次特殊的导游，让她们的云南之行更加愉快。

连日来，吉云云要去云南的消息，牵动着春城市民的心，也勾起了烈士生前战友们的深情回忆。吉兴林烈士所在团的政委蔡新民就陷入了深深的沉思。他说，1984 年 4 月 28 日，在老山作战中，吉兴林的连队被安排到战勤分队，负责往前方运送炮弹，往后方运输伤员。这天上午，吉兴林和战友们扛着弹药冲向 56 号高地时，突然遭到炮火袭击。吉兴林不顾危险，站到最突出地方，指挥战士们隐蔽。忽然，一发炮弹落了下来，站在他身旁的通讯员王庆申还没来得及反应的一刹那，吉兴林就迅速将王庆申扑倒在地，把他压在自己的身下。炮弹爆炸了，吉兴林的腹部被炸开了一个洞，通讯员王庆申活了下来，吉兴林却永远闭上了眼睛。蔡新民泪流满面地说，云云呀，你有一个多好的爸爸！你来云南后，我一定要带你到你爸爸牺牲的地方去，把你英雄父亲的事迹原原本本地告诉你。

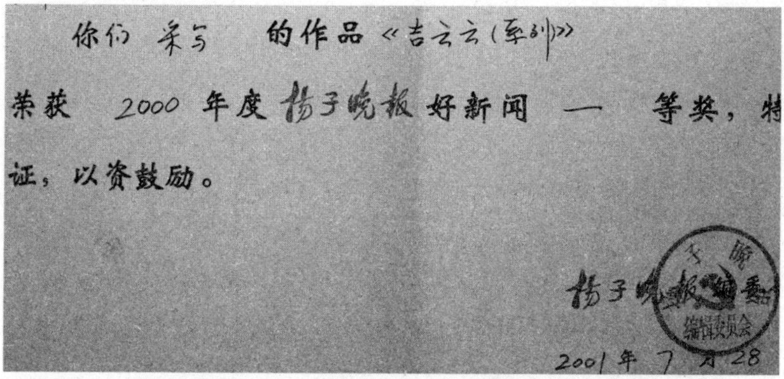
你们 采写 的作品《吉云云（系列）》

荣获 2000 年度扬子晚报好新闻 一 等奖，特

证，以资鼓励。

扬子晚报编委

2001 年 7 月 28

吉兴林烈士生前所在的部队，对云云要来云南的事高度重视，这几天他们正在精心筹划，细心准备，确保云云母女俩的扫墓之行万无一失。更让人感动的是，当部队领导听说吉兴林烈士生前最爱吃家乡的红烧肉时，专门打电话给陆荣华询问红烧肉的家乡烧法，并吩咐部队厨师买好肉、用好料，精心烹制……

云云，为了你的期盼，千万个激动的心将与你同行！

（2000 年 5 月 20 日）

昨天，陆荣华、吉云云母女乘坐班机来到阳光明媚的春城昆明，来到日夜思念的亲人身边。500 里滇池奔来眼底，500 里滇池梦绕魂萦——

情涌泪飞会亲人

昨天上午 8：05，吉云云在母亲陆荣华陪同下，搭乘南京航空公司班机，经过 3 小时 50 分钟的飞行，转道长沙，于 11：55 抵达昆明机场。飞机刚刚停稳，吉兴林烈士生前所在部队的代表就来到舷梯旁，一辆白色的救护车和部队军医也在飞机边等候。

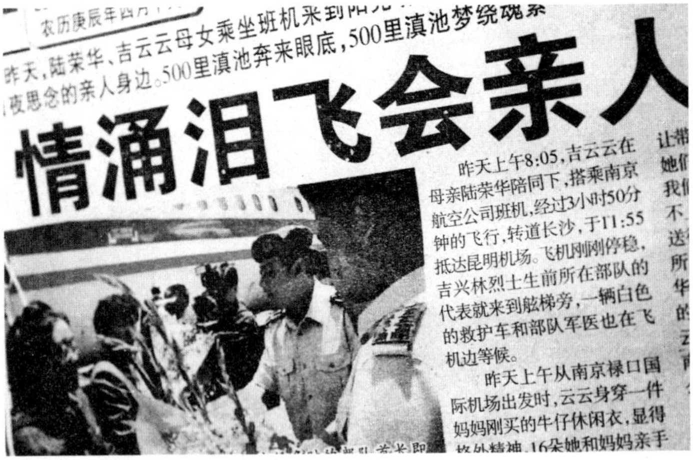

农历庚辰年四月

昨天，陆荣华、吉云云母女乘坐班机来到阳光

夜思念的亲人身边。500里滇池奔来眼底，500里滇池梦绕魂萦

情涌泪飞会亲人

昨天上午8:05，吉云云在母亲陆荣华陪同下，搭乘南京航空公司班机，经过3小时50分钟的飞行，转道长沙，于11:55抵达昆明机场。飞机刚刚停稳，吉兴林烈士生前所在部队的代表就来到舷梯旁，一辆白色的救护车和部队军医也在飞机边等候。

昨天上午从南京禄口国际机场出发时，云云身穿一件妈妈刚买的牛仔休闲衣，显得格外精神。16朵她和妈妈亲手

昨天上午从南京禄口国际机场出发时，云云身穿一件妈妈刚买的牛仔休闲衣，显得格外精神。16 朵她和妈妈亲手扎制的小白花，放在一个精致的小篮子里，云云寸步不离地提在手上。给吉兴林精心制作的一副挽联，陆荣华紧紧抱在怀中。陆荣华嘴里不停念叨着那瓶从家乡灌云带来的“镜花缘”酒，担心能否安检过关。她说，如果实在不让带，就跟乘务员小姐说说，让她们

保管着，等下了飞机再给我们不行吗？我不能让兴林喝不上家乡的酒呀！从灌云赶来送行的陆荣华单位的领导冯副所长，紧搂着云云母女说：“荣华，你要照顾好云云，她是烈士的后代，不能有什么闪失。云云，妈妈已经 16 年没有去过云南了，你不要让妈妈太伤心，这么多年来她不容易呀！”

飞机在 7800 米高空穿行，《十五的月亮》乐曲在机舱里回荡。飞机平飞后不久，乘务员小姐给每位乘客发了一份 20 日的《扬子晚报》，上面刊有关于陆荣华和吉云云即将去云南的通讯：《为了这一天》。接着，乘务员通过飞机上的话筒进行了特殊的广播，广播说，今天在我们的旅客中有两位不寻常的客人，她们就是 16 年前在老山前线英勇牺牲的吉兴林烈士的遗孀和女儿。16 年来，她们经历了生活的艰辛，女儿云云还患有重病，但始终期盼着去云南为烈士扫墓，今天她们终于成行了。空姐的广播，激动着旅客的心，有的前来与云云母女打招呼，表示敬意；有的拿出摄像机为她们录影，说要记录下这次与英雄母女的难忘之旅。4 位空姐凑了 200 元钱送给云云，乘务长桂继红对云云说，请云云妹妹代买几束鲜花和水果，敬献在烈士墓前。

飞机抵达昆明机场后，吉兴林生前所在部队的接机官兵，一路护送云云母女来到了位于昆明市郊的驻地。战士们敲击着迎接亲人归来的 9 面大鼓和 48 面腰鼓，1800 多名英姿飒爽的战士排成两行，沿着营区曲折的山路，一直延伸到 500 多米外的部队礼堂。战士们高呼着“向英雄精神学习”“欢迎军嫂陆荣华回家”等口号，接受着亲人的检阅。1800 多个军礼、3600 多行热泪，抑制不住的激动在战士们的心中起伏。泪眼同时也模糊了陆荣华母女，短短的 500 米竟走了半个多小时。

在礼堂前的草坪上，举行了一个简短而隆重的欢迎仪式。秦安平团长介绍了该团的情况后说：今天我们荣幸地见到了陆荣华大姐和云云姑娘，不仅是为了向她们表达敬意，实现云云看爸爸的心愿，更重要的是我们将用我们的实际行动，帮助云云母女很好地活下去。秦团长回忆说，吉兴林在临牺牲时说的最后一句话是：我还要回家洗尿布呢……

下午 4 点，一阵阵鼓声、一列列士兵、一条条横幅，又把相互依偎的英雄母女缓缓接到吉兴林生前所在的连队。在连队接待室，一束束鲜花、一个个军礼、一行行热泪，孕育着一种悲壮而神圣的情感氛围。连长董国林操着浓浓的云南口音，泪花飞溅地说：“吉大哥是全连的骄傲，吉大哥是全连的榜样，吉大哥牺牲了，但他的精神还在，他的连队还在，他的亲人还在。荣华嫂子和云云妹妹，你们就是我的亲人，连队就是你们的家。你们要常回家看看，看看吉大哥生前战斗过的地方，看看他的战友和兄弟，也让我们看看他交给我们的亲人……”

陆荣华面对庄严的军礼和热烈的鼓掌，声泪俱下地说：“我一踏上云南的土地，就感到十分亲切。在部队和社会那么多好心人的帮助下，云云 16 年的向往和期盼终于实现了。我来到连队，看到了记忆犹新的军营、操场，看到了一张张亲切的脸，可当年天天早上带兵出操的吉兴林在哪儿呢……但我在这里，看到了一个个亲人，就像看到吉兴林一样，又感到特别幸福……临来前，我对云云说，咱们要尽量控制感情，不让部队的亲人们伤心，但从一看到这样隆重的场面，激动的泪水就没断过。兴林，你在九泉之下要能看到这些，该有多好啊……”云云说了一句“我来这里看到那么多亲人，就像看到了我的爸爸”后，沉默了许久，再也说不下去，在场的所有人都滚下了热泪，接着，又是长时间饱蘸热泪的掌声……

陆荣华母女一个宿舍一个宿舍地参观了连队营房，翻看了战士们学习吉连长、学习英烈亲人的笔记，还和全连的同志合了影。董连长说：“吉大哥不在了，你们孤儿寡母支撑了那么多年，这种奉献精神永远值得官兵们学习。”陆荣华平静地小声说：“如果要用我的生命换取云云的健康，用我的双眼换取云云的光明，我也义无反顾。相信天下无论是哪个母亲，都会这样做。”

在阵阵鼓声、阵阵掌声中，官兵们又夹道把她们迎往团荣誉室，沿途横幅上写着“接嫂子、妹妹回家看亲人”“向嫂子学习，扬烈士精神，迎云云归来”等打动人心的标语。这时，一位职工打扮的人来到她们身边，握着她们的手，相视而泣。他叫丁占洲，是吉兴林的好战友、继任连长，1997 年转业，他一直扶着云云来到荣誉室。在琳琅满目的荣誉室，有不少吉兴林任连长时的学习材料，其中有两本《共产党员》杂志，一本封面上写着“吉兴林阅”，另一本写着“吉兴林”。陆荣华含泪告诉女儿，前一本是妈妈写的，后一本是爸爸写的，那是 1982 年妈妈来部队时的事，当时爸爸还谦虚地说妈妈的字写得比他好……云云一本本抚摸着那几本有着爸爸名字和签章的杂志，最后对妈妈说：“让我抱抱爸爸吧……”妈妈一边流泪一边点头说：“你就抱抱吧。”云云紧紧把爸爸的杂志抱在胸前，就像抱着亲爱的爸爸，10 多分钟还不松手，直到妈妈轻声说："云云，好了，好了……"她才依依不舍地把杂志放回原处。在荣誉室来宾留言簿上，陆荣华写下了这样的话："继承烈士遗志，云云一定能够战胜病魔，这里就是我们的家，我和云云一定常回家看看。"

滇池涌泪，石林起舞，为了万里归来的亲人……

（2000年5月22日）

记得那年彩云南

书稿看到这儿，不知不觉就是父亲节了。发现文后留有空白，就借机塞点记忆吧。

那一年，我是陪伴陆荣华、吉云云母女一路向西再一路向南，来到昆明，来到麻栗坡，来到老山前线。舷翼下的滇池扬波鼓瑟，车窗外的石林献愁供恨，花博会、民俗园的阿诗玛载歌载舞，彩云南的红土地、青石山美不胜收，但我无暇顾及，无心浏览，因为我要记下一个从未见过父亲的少女为了父亲的点点泪花，记下一个离别丈夫16年的妻子寄给丈夫的缕缕思念，记下云南人民对血沃疆场的异省烈士的如海深情和如山敬意，记下不同场景不同人们的只只话语和片片细节，再以每天一篇通讯的形式，传给南京的报社同仁，献给《扬子晚报》的百万读者。

那几天，我一直沉浸在悲壮而神圣的氛围里，采访中，写稿时，眼里经常噙着泪水。记得在昆明郊区吉兴林生前连队的接待室，我特地坐到最后一排靠里墙的边座，一边记录，一边偷偷抹泪，负责茶水的小战士几次给我递来毛巾，而他，也是热泪盈眶。记得在麻栗坡烈士陵园，在纪念碑通往墓碑群的道上，大家谁也不说一句话，把感情的波涛强压心底，等来到吉兴林墓碑前，泪水几乎从所有人眼中流出。我左手拿着《扬子晚报》绿色采访本，右手握笔，站着记录，眼泪不停落在采访本上，从头至尾几乎没有中断，至今，那本采访本上的那几页纸，依旧泪迹斑驳，滴滴犹在……

当时明月在，曾照彩云归。仅以这则记忆碎片，献给无私的父亲任国庆、吉兴林、薛元龙、王海鹏……

（2017年6月18日于南京）

16 年前，吉兴林为了掩护他而牺牲；16 年中，他多少回梦见他的吉大哥；16 年后，他千里迢迢终于见到了嫂子陆荣华——

魂牵梦绕 16 载

（一）

昨晨 5：30，随着一声长鸣的汽笛，从北京发出的 403 次列车经过 15 小时的急行，驶进连云港新浦站。当一位脸色黝黑的中年男子出现在出口处时，早已等在这儿的陆荣华喊了声：“庆申！”听到这一声亲切的呼唤，那位男子快步走向陆荣华，拉住她的双手：“嫂子，这么些年……”一语未出，他们都已热泪盈眶，谁也说不下去，唯有四只手久久紧攥在一块。

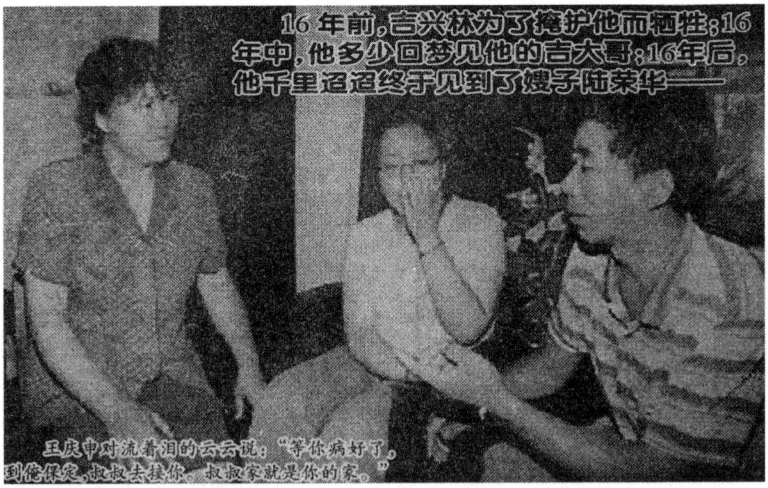

王庆申对流着泪的云云说：“等你病好了，到俺保定，叔叔去接你。叔叔家就是你的家。”

他叫王庆申，是吉兴林烈士生前的通讯员。16 年前，在老山前线，当一颗炮弹飞来时，吉兴林一下子把他扑在身下。吉兴林牺牲了。王庆申的右颊也留下了伤疤，至今可见。4 个月后，他将吉连长的遗物送到灌云，送到陆荣华家中。当陆荣华伏在亲人遗物上悲痛欲绝时，他抱着 4 个月大的小云云泪如雨下："吉大哥是为我牺牲的，你们就是我的亲嫂子、亲侄女……"

吉兴林牺牲 6 个月后，家人前往云南麻栗坡扫墓，王庆申没见到陆荣华和云云的影子。望眼欲穿的王庆申在心底念叨：嫂子，嫂子，你怎么没来？你怎么啦……他哪里知道，这时的陆荣华已身心交瘁，不能前往，她要等云云大了告诉女儿一切，她要等女儿懂事后再带去见爸爸。1986 年，王庆申从部队转业回到河北省保定市定州鸡鸣台村。然而，这个地址陆荣华一直不知道，当时他送来遗物时，她过度悲伤，竟忘了问，只留下他一张照片，说让云云大了去找他、看他。今年 5 月她带着云云去云南看爸爸，他也是念念不忘的亲人之一，但由于当时吉兴林所在的连队是临时组建的，战后大家都各自回原部队，所以既无档案可查，又无熟人能知，只得抱憾回程。后来，本报关于云云的报道在社会上引起强烈反响后，当地部队、传媒和政府部门都在积极寻找王庆申，以让云云早日见到思念的王叔叔。后来，四川一位名叫张照荣的退伍战友提供了王庆申是河北保定人的重要线索。接着，河北保定各界又开始了艰难寻找，终于在 7 月底找到了王庆申。这时，他正在北京做工。

（二）

在由新浦到灌云的出租车上，憨朴、寡言的王庆申含泪介绍了他这 16 年来的牵肠挂肚。转业后这些年，他务了几年农，20 世纪 90 年代初又学了建筑手艺，后来就一直在山西、北京及东北地区做工。7 月 25 日晚，在北京工地上，当他接到一位战友从保定打来的长途，听到有关吉云云的报道后，泣不成声。一旁的工长问他为啥那么伤心，是不是家中出事了，他说："我找到了 16 年杳无音讯的亲人……"8 月 6 日中午 1：30，他连保定的家也没回，就登上了开往连云港的列车。他对记者说："我早也想，晚也想，想待我像亲哥一样的吉连长，想嫂子和侄女，我在梦里多少回梦到他们，但由于路途遥远，记不清具体地址，多少次联系也没联系上。我至今保存着吉连长的一张相片和他长眠麻栗坡的墓碑照片。谢谢你们，让我见到了亲嫂子……"陆荣华流着泪，抚摸着他右脸上的疤痕："这里还痛吗？"

陆荣华说，当年她去部队探亲，王庆申就像亲弟弟一样待她。吉兴林军务繁忙，他就主动担起了照应她的责任，连称呼也是左一声嫂子右一声嫂子的。那时她正怀着云云，挑食，云南的伙食又吃不惯，就想吃家乡的韭菜饺子。小王知道后，特地跑了10多里的山路，到市场捡最粗最长的老韭菜买了一大捆，回来用刀都切不动。看着他为不会买菜而尴尬的样子，吉兴林和她都笑了。虽然包出的饺子几乎嚼不动，但她吃得很开心。她对王庆申说："云云小时候经常拿出你的照片看，一直想见你，因为你是她爸爸的战友。前一阵子去云南，我想要是庆申在就好了，可打听了一路也没打听出你的下落，回到家里心头还挺不是滋味。今天好了，咱们见面了！我还是你的亲嫂子，你还是云云的亲叔叔。"

（三）

车到灌云。10点整，王庆申手捧鲜花，在陆荣华陪同下，走向灌云妇幼保健所，走向亲人的家，那儿，他的侄女云云正迎候着他。当云云从屋里出来，当云云用惊喜的目光盯着王叔叔时，王叔叔急步上前，用左手把云云久久搂在胸前。陆荣华用颤抖的声音说："云云，这就是你早想看到的王叔叔，你爸爸的好战友。"王庆申泪光盈盈地说："16年了，叔叔年年都想来看你，但年年都没能来看你。在叔叔的记忆里，你一直是襁褓中的婴儿，一晃这么大了，吉大哥要看到该有多好……"这时，他的泪水已夺眶而出，在场的所有人也都情不自禁。

进屋坐到沙发上，王庆申拉着云云的手始终没有放开过。云云告诉他，她刚懂事时，就经妈妈介绍，开始看着照片感受王叔叔的音容笑貌，今天虽然是第一次见面，但觉得特别亲切。她还说："在社会各界叔叔阿姨的关怀下，我的精神和病情都好了许多。前几天新浦区政府还送给我一台电脑，我的世界更大了。王叔叔放心，有爸爸和你这样的人做榜样，我一定能够战胜病魔，重返校园！"王庆申说："我就是你的亲叔叔，你要好好治病，以后到河北，到保定叔叔家，叔叔去接你。"他从口袋掏出一叠钱，说："叔叔这么些年没来看你，叔叔对不起你，你收下买点补品、用品，这样叔叔心里才能稍安。"云云婉言谢绝。陆荣华说："你的到来，对云云精神上的安慰，是多少金钱也买不来的。"

今天早晨7点，王庆申踏上了返乡的路。陆荣华送了一程又一程，王庆申一步一回首，直到泪水模糊了对方的身影……

（2000年8月8日。"吉云云"系列报道获《扬子晚报》好新闻一等奖）

任国庆的平凡故事及其那份永恒的眷念和奉献精神，在读者中掀起强烈的情感波澜——

雪域赞歌的回响

第5318期 今日本报52版 明56版
A1版 2000年8月10日 星期四 农历庚辰年七月十一
任国庆的平凡故事及其那份永恒眷念和奉献精神，在读者中掀起强烈的情感波澜——
雪域赞歌的回响

本报关于任国庆的连续报道和系列评论见报后，在广大读者中掀起强烈感情波澜。连日来，从南京到无锡，从江苏到西藏，数以百计的热心读者纷纷来电来信，询问病情，寄予问候，表达敬意，诉说对任国庆崇高精神境界、真挚思想情感和巨大人格魅力的景仰之情。他们中有在职教师，有在校学生，有人大代表，有党务工作者，有机关干部，有企业普通职工，虽然身处不同地方、不同岗位，抒发不同的见解和感受，但从不同角度证实了一个共同的主题：榜样力量无穷，美的张力无限！

（一）

“读了贵报的连续报道，始终被任国庆那种对西藏人民的一往深情、对无锡亲人的一往深情、对党的事业的一往深情所深深打动，多少次潸然泪下。”家住南京市文昌桥已退休的党务工作者田苹给本报打来电话，叙说了自己情不能禁的感受，并对“家风”和“党风”等问题与记者进行了共同探讨。她说：家书抵万金。任国庆在他的一封封家书中，一字字一句句都流露出对家中亲人的深情挂念，一字字一句句都表达了对孩子们的谆淳教诲，读来不仅感人肺腑，也道出了他的良好家风。这种良好家风，正是一种良好作风和良好党风的真实体现。他在每周一封的平安家书中，教育孩子政治思想要端正，学会怎样做人，学会怎样生活，艰苦奋斗，勤俭节约；夫妻间要相亲相爱，对子女教育既要抓紧又要耐心，要尊敬老人、孝敬老人，姐妹间要互相关心，经常走走……这些字字情、声声爱的嘱咐，表达了一位献身高原 21 年的共产党员对良好家风建设的期盼，这种期盼不仅是他的家人，也是我们全体党员、全体公民最宝贵的精神财富。

南京大厂区人大代表姚广源在来信中写道："贵报的长篇通讯和系列评论，再现了一个真正共产党人的高风亮节，展示了一位人民公仆的情感世界，催人泪下，让人奋发。他的家书，充满对亲情的眷念和对亲人的教诲，也是我们进行艰苦奋斗教育、为共产主义理想奋斗终身的思想品德教育的好教材。忘记过去就意味着背叛。现在有的人吃喝玩乐，贪图享受，丢掉了艰苦奋斗的传统，丢掉了为人民服务的宗旨，甚至丢掉了社会公德、职业道德和家庭美德，这是一种文明的倒退。"在信的最后，他又深情地写道："请借贵报向江苏人民的好儿子、西藏人民的好儿子任国庆，致以诚挚的问候和崇高的敬意！人民永远感激你，任国庆同志！"

南京二十八所的退休高工、癌症患者张伯玉看到本报报道后，多次急切地打来电话，提供自己觉得效果好的治疗方法和地点，并请记者尽快转告任国庆家人。他还深情地说：衷心希望任国庆能够迅速战胜癌魔。

(二)

情感的波涛不只从南京的大街小巷，也从全省各地阵阵涌来。家住淮阴市淮海东路的王鸿斌先生几次打来电话，询问任国庆的病情，并唏嘘再三，不能自已。昨天，本报编辑部接到他寄来的三幅赞扬任国庆精神、祝他早日康复、表达无限深情的书法作品，字里行间如泣如诉。第一幅是："钢铁巨人——别前三五年，一去廿一载；相思肠欲断，寸心只为国！"第二幅是："高山流水——诚愿苍天降圣灵，莫再折磨任国庆；中华民族好儿女，高山流水亦动心。"第三幅是："拜读扬子刊文赞援藏好干部任国庆之平凡而感人事迹，心潮起伏翻卷，热血沸腾不止……呜呼，若以今世之医疗先进科学，不能使一辛劳贤良优秀者康复，实吾辈之心有愧矣……”

《教子当如任国庆》——这是东台三中教师殷国生来信的题目，信中写道：“优秀援藏干部任国庆的动人事迹，在我周围的所有人中间产生了强烈的情感震撼，不仅是他的崇高境界，就是他的教子方略，也值得千千万万的天下父母深思。身教重于言教，他援藏21年，历经千辛万苦，在女儿们面前，其本身就是一面旗帜、一杆标尺、一个榜样。他的家书，言语不多道理深，处处折射出一个老共产党员对党的一片忠心、对人民的一片关心、对亲人们的一片爱心，每一封信都那么让人回味无穷思考再三。再看看我们身边一些常被称为‘可怜天下父母心’的一群，总是一味关心子女的衣食住行，许多事情恨不得越俎代庖、包办一切，而对他们成长过程中的意志品质、道德修养却很少过问。从某种意义上说，任国庆既是女儿称职的父亲，更是女儿人生的良师益友。有这样的好父亲、好老师，是儿女的一大幸事!”

《悠悠岁月浓浓亲情》——这是丰县王沟邮政支局王云艳的一封来信：“看了任国庆的报道，就像一位岁月老人正谆谆教诲我们该怎样做人、怎样工作、怎样生活。我为任国庆的默默奉献精神所感动。”泰兴汽配总公司周小林在电话中说：任国庆是一面“镜子”，是一笔宝贵的精神财富，希望本报跟踪报道任国庆事迹，多多报道“任国庆们”的事迹，让奉献和牺牲精神成为人们做好每一件工作的强大动力。许多中学生也纷纷投信本报。其中苏州的蔡晴丽同学说：“我无法形容心灵所受到的极大震撼！初二时，我加入了共青团，清楚地记得面对鲜红的团旗宣誓的情形。然而，随着时间的流逝，看着我们这些吃着‘肯德基’、穿着‘耐克’鞋、哼着流行曲的‘一族’中的一些人，为着自己将来的金钱、名誉、地位而奋斗，便觉得‘为共产主义奋斗终身’的誓词那么陌生，如今看到任爷爷的追求，又觉得那么熟悉和亲切。你看他说‘我是在祖国边疆、世界屋脊工作’时，多么自豪!”另一位叫房苏敏的苏州同学说：“我即将升入高三。几年前观看电影《孔繁森》，西藏那纯净的天空、高大的雪山、嘹亮的歌声深深打动了我，我流着泪走出电影院，到西藏做教师的愿望像远空燃烧的晚霞，一片火红。然而，许多高考学生填志愿时却怕苦怕累怕远怕穷。我觉得在‘理想’这个神圣的字眼后面，如果祖国、人民、社会这些字眼都已过时，而必须用金钱来填空，那么就是我们这一代人的悲哀。读了任国庆的事迹，我的最大感悟是——人的确是要有点精神的。我把这句话写在了墙上。”

（三）

本报长篇通讯《穿越时空的眷念》见报当天，记者来到无锡，来到医院，来到任国庆的病榻前。女儿任玲玲拿着报纸，读给爸爸听。她刚读开头几句，眼泪就情不自禁地夺眶而出。接着，每读一段、每念几句，她都不得不停下来，抽泣不止，甚至哽咽得无法卒读，滚滚热泪浸透了她的手帕。母亲胡惠文听着听着也不停发出揪心的痛哭，在场的人无不唏嘘再三、潸然泪下。

过后，任玲玲告诉记者：“这段时间我的眼泪都要哭干了，但今天《扬子晚报》这篇文章写到了我们全家人感情的最深处，我止不住又泪如泉涌……”胡惠文也抽泣着说：“老任一辈子不为名，不为利，现在他只希望全社会能够理解他为什么在西藏工作这么多年，理解他对党、对祖国、对西藏人民、对家中亲人的那份深情。”第二天，记者得知，无锡市委宣传部已将本报《穿越时空的眷念》一文，列为任国庆事迹巡回报告的内容，在全市演讲。当年与任国庆同时援藏的无锡籍干部宋荣发说：“《扬子晚报》关于任国庆的通讯、评论和刊登的家书，我都是一次次流着泪水读完的。他是援藏干部的杰出代表、第二个孔繁森。弘扬他的精神，就是弘扬特别能吃苦、特别能忍耐、特别能战斗、特别能奉献的‘老西藏’传统，就是对‘三个代表’的最好诠释，也是最到位的理想信念教育。”

情感的波涛同样来自雅鲁藏布江畔，来自雪域高原。本报的系列报道传到拉萨，传到山南，曾与任国庆朝夕相伴的人们读后泪潮涌动。原山南地区广电局局长达娃卓玛在电话中抽泣着说：怎么也不敢相信那样一个工作起来风风火火的人，那样一个对别人像老大哥一样的好人，会被万恶的病魔击倒！西藏广电厅党委书记觉群心酸地说：“我们最大的愿望，就是老任能够奇迹般康复，再来西藏看看。”

长江有情化作泪，高原有意起歌声——为了一位亲人，为了一种永不衰竭的精神！

（2000 年 8 月 10 日。“任国庆”系列报道获《扬子晚报》好新闻一等奖）

《扬子晚报》着力宣传援藏干部任国庆

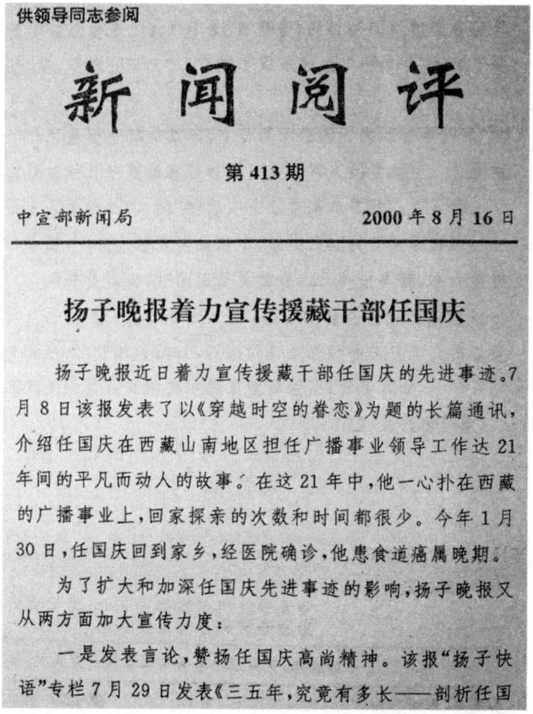

供领导同志参阅

新闻阅评

第413期

中宣部新闻局　2000年8月16日

扬子晚报着力宣传援藏干部任国庆

扬子晚报近日着力宣传援藏干部任国庆的先进事迹。7月8日该报发表了以《穿越时空的眷恋》为题的长篇通讯，介绍任国庆在西藏山南地区担任广播事业领导工作达21年间的平凡而动人的故事。在这21年中，他一心扑在西藏的广播事业上，回家探亲的次数和时间都很少。今年1月30日，任国庆回到家乡，经医院确诊，他患食道癌属晚期。

为了扩大和加深任国庆先进事迹的影响，扬子晚报又从两方面加大宣传力度：

一是发表言论，赞扬任国庆高尚精神。该报“扬子快语”专栏7月29日发表《三五年，究竟有多长——剖析任国

《扬子晚报》近日着力宣传援藏干部任国庆的先进事迹。7月8日该报发表了以《穿越时空的眷恋》为题的长篇通讯，介绍任国庆在西藏山南地区担任广播事业领导工作达21年间的平凡而动人的故事。在这21年中，他一心扑在西藏的广播事业上，回家探亲的次数和时间都很少。今年1月30日，任国庆回到家乡，经医院确诊，他患食道癌属晚期。

为了扩大和加深任国庆先进事迹的影响，《扬子晚报》又从两方面加大宣传力度：

一是发表言论，赞扬任国庆高尚精神。该报“扬子快语”专栏7月29日发表《三五年，究竟有多长——剖析任国庆的情感世界①》、7月31日发表《三五年，是短还是长——剖析任国庆的情感世界②》等，强调任国庆“已与皑皑雪域融成了一体”，“实现了他人格的完善和境界的升华”。

二是发表部分家书，生动展示任国庆内心世界。7月30日该报用几乎整版选登任国庆写给家人的7封信。信中鼓励女儿勤俭节约，把“精力完全放在革命工作上”，等等。

另外，在上述宣传报道中，该报还配发了8张照片。

阅评员认为，任国庆是孔繁森式的先进人物。在许多媒体已经报道了他的事迹之后，《扬子晚报》继续宣传报道他的先进事迹，并独辟蹊径，以新的形式进行热情宣传。《扬子晚报》对先进典型宣传报道的态度和做法，应予肯定。

（《新闻阅评》第413期，中宣部新闻局，2000年8月16日）

一篇报道，引起了许多读者情感上的共鸣。两天来，一个个感人的故事，不断传到本报编辑部，大家以不同的方式，表达着同一个心愿——

情燃《方太阳》

——访著名诗人赵恺

在本报第二届读者节期间，省作协副主席、著名诗人赵恺，创作了他的新作《方太阳》。这首凝聚心血和浓情的诗剧，是以本报今年推出的吉云云、孙仲芳、蔡艳红和张同双、任国庆 4 组连续报道为素材，并以他们为讴歌对象展开抒情篇章的，读来一咏三叹。

12 月 3 日，记者来到淮阴，赵恺欣然接受我们的采访。在 5 个多小时的采访中，他介绍了《方太阳》的创作心迹，也介绍了自己的一些切身经历，时而激昂慷慨，时而潸然泪下。他是在用自己的心去写，在用自己的经历去写，在用自己的生命去写。

2000 年 12 月初，作者采访赵恺（左）。

“嚓嚓”，磨在我心上

他对烈士，有着特殊的情结。1943 年，在重庆，日本鬼子（他从来都是这样称呼）的一颗炸弹，夺走了他在大后方救死扶伤的父亲的生命。那时，他 5 岁。

对于吉云云的系列报道，他几乎一篇不拉地读过，其中像《一位烈士遗孤的期盼》《一个共产党员的烈士情结》《无尽哀思麻栗坡》等通讯，都不止读了一遍，而每读一遍都有新的泪水从他的眼里涌出，每读一遍都有新的感受从他的心底浮现。他被一个圣洁少女的圣洁情感所打动，被一个烈士遗孤对烈士精神的执着追求所感染。

所以，在写云云这一诗章时，他花费的时间和精力最多。他从几十篇报道的大量素材中，筛选出最能打动人心的典型细节，再把这些细节牢牢粘附于诗歌的框架主体，以小见大，讴歌一个期盼，讴歌一种精神，讴歌一片人间大爱。用他的话说，是让一滴晶莹的水映出神圣的太阳。在谈到胡世明（《一个共产党员的烈士情结》主人翁，他一人从常州来麻栗坡找到吉兴林的墓，拍照、摄像带回给吉云云看——作者注）擦拭吉兴林墓碑的细节时，赵恺说：那“嚓嚓，嚓嚓，嚓嚓”的声音，哪里是在擦拭墓碑，是磨在我的心上，磨了那么多天，现在还在磨着……

孙仲芳，我的母亲

形容反复多次，人们常用这样一个词语：一而再，再而三。而赵恺在写孙仲芳一章时，竟一连串发出 5 次无限深情无限凄婉无限沧桑的感叹：“哦哦，孙仲芳……”说是激越慷慨也罢，说是浅吟低唱也罢，这种民歌式的复沓，不仅为了有别于吉云云一章的写法，也不仅符合孙仲芳这位历尽人生能够承受的全部苦难的历史老人，更体现了赵恺从日本鬼子扔下杀父炸弹的那一刻就产生的而且越来越浓烈的恋母情结。他说，这哪里是在写“哦哦，孙仲芳”，分明是在用打湿稿纸的泪水呼唤：“哦哦，母亲！”

父亲去世，赵恺 5 岁，他的命运，和 4 岁就在日本鬼子刺刀下离开母亲孙仲芳的“小狗子”，有什么两样呢？1946 年，母亲带着他们兄弟来到南京。1948 年，母亲到美国，从此赵恺就跟着姨妈生活。他们住在南京石鼓路的一个巷子里，巷子就叫螺丝拐弯，即现在的石鼓路小学边上。他先后就读于五台山小学（现在的鼓楼区一中心小学）、南京市第四中学，1955 年 8 月从晓庄师范毕业，分配到淮阴工作，一直至今。这么些年来，从小离开母亲的赵恺，怎能不日积月累起山高水深的恋母情结！“一把刺刀洞穿了他们世代居住的竹竿巷”，一颗炸弹也毁灭了赵家安居乐业的生活梦，魔鬼对于孙家和赵家的残忍是一样的。孙仲芳的命运就是赵恺母亲的命运，“小狗子”的命运就是赵恺的命运。他在孙仲芳老人的身上找到了抒发恋母情结的着点。难怪他对记者说，写到这里，他就想起艾青的长诗《大堰河，我的保姆》，他想呼喊：“孙仲芳，我的母亲!”

今夜星光灿烂

如果说写吉云云是用感人的细节构筑出圣洁的精神殿堂，写孙仲芳是用反复的咏叹流淌出深沉的历史情愫，那么写蔡艳红、张同双，就是用空灵、浩瀚、幽怨的笔触，揭示出一种崇高的蓝色境界；如果说祖国的航天事业是张同双追寻的“星”，张同双和他的“大任务”是蔡艳红追求的“星”，那么他们俩加在一起，就是让赵恺心潮澎湃、夜不能寐的“星”，就是启发人们远望的“星”。

赵恺崇拜崇高，尤其崇拜平凡中凸显的崇高。他说蔡艳红太苦了，张同双太苦了。而他对于苦难有着切身的感受，所以对苦难有着深切的同情。他说人们对蔡艳红的同情、捐献，更是一种对人性美德的爱、对崇高精神的爱、对祖国事业的爱。

你是鹰吗

在任国庆一章里，赵恺没有纠缠于具体的事件，更多地使用象征，讴歌了大山一样永恒的意志。他说，1986 年他登昆仑山，几乎是一步一步、一米一米地登上了 4500 米高度，这时的大山寸草不生，这时的心脏几乎要跳出喉咙。他一脚踏在西藏界内，一脚踏在青海界内，望太阳照在金色的大山上。这时，一只雄鹰从谷底缓缓而上，最后就像钉在金色的太阳上。他似乎听到了翅膀敲打稀薄空气发出的金属般的声音，一种崇高美和力量美在他心中油然而生，他立即掏出笔记本写了四个字："你是鹰吗?"从此，他崇拜鹰。而阅读任国庆的报道，他首先想到的就是鹰。诗剧中任国庆的形象，也这是在金色、大山、太阳和鹰的氛围中完成的。任国庆正是赵恺心中崇拜的鹰。

谈到用奶奶让孙女背唐诗的方法来表达亲人间的相互思念时，赵恺说这里的潜台词十分丰富，会让人想哭，又让人想笑，笑得比不笑还伤痛。

形状、色彩

赵恺说：爱的呐喊是一种责任。对于精神的激励、推崇，体现了《扬子晚报》民族传统和现代特征兼得的大毅大勇。几个感人典型，是创作《方太阳》的契机，对于爱的响应，是创作《方太阳》的原动力。这个诗剧他创作了整整 8 天，其中题目就想了 3 天。这个题目他认为是他的诗作中最好的。

然而太阳为什么是方的？他说不仅为了取"形"，更是为了取"义"。太阳是孕育，是发现，是呵护，从一座山系到一粒石子，从一座森林到一颗小草，太阳都一一送去等量的爱，太阳是爱的本体象征；报纸是方的，报纸托起爱，具备这种品质的报纸不是"方太阳"又是什么？

至于诗章为什么有"色彩"，他说色彩是人物的命运，是典型的环境，是一个建筑的四柱，是一首交响诗的不同声部。白色代表纯净、圣洁，代表吉云云无瑕无私无畏的理想和追求；黑色代表苦难、伤痛，代表孙仲芳所面对过的残酷和无奈，以及人们对其命运的牵念；蓝色象征广阔、高远，象征蓝天、大海，象征蔡艳红、张同双美丽无比的人生境界；金色象征崇高、辉煌，象征太阳、雪山，象征任国庆坚忍不拔的意志和至高无上的品格。

（2000 年 12 月 7 日）

四组重大典型报道中的主人翁及相关人物，昨走进本报编辑部，表达共同心声——

他们，永远执着

本报今年着力推出的4组典型报道，曾使许多读者流下热泪，至今还在感染着人们。昨天、今天，这些报道中的人物相聚南京，相聚本报第二届读者节，再次给我们留下了不为时间推移而改变的精神礼品。

不变的期盼

烈士遗孤吉云云在妈妈陆荣华的陪同下，路上晕车，呕吐了5次，最先来到本报。眼下，虽然她的头还常痛，视力也不见好转，但凭着顽强的意志，对生命充满信心。她除了每个月来南京秦淮医院复诊一次，都坚持上课，放学回家后，最大的乐趣就是上网，每天至少两三小时。她说网上的学习内容太丰富了，对她的外语和中文很有帮助，有时她把自己写的作文贴到网上，与网友们讨论，还在网上结交了几位“高手”，一起制作网页，其乐无穷。她本想参加本报在读者节期间举办的网络竞赛，但怕自己水平不够，没敢报名。她说如果《扬子晚报》明年还搞这样的活动，她一定参加角逐。

本报对她们的事情报道以后，社会各界纷纷向她们伸出友爱之手，至今还不断有人来信来电，询问近况，这些，给了她们生活的勇气和力最。最近，一位山东诸城的姑娘每周都要给她们打来电话，问寒问暖，并每个月都寄来10元钱，还要认云云做妹妹，她们在来南京的前一天，才知道这位姑娘叫李萍，今年20岁，是一家农行的储蓄员。

当记者问及到云南看爸爸的愿望实现后还有什么想法时，云云说要像爸爸那样勇敢、妈妈那样坚强，战胜病魔，学好知识。这，正是她永久的期盼、永远的追求。

不变的记忆

在侵华日军南京大屠杀中失散63年后重新相认的母子孙仲芳和孙家才，是第二次做客本报。他们母子相认，倾注着本报记者的一片责任和一片爱心。孙家才对记者说，一定要与参与采访的记者再次会个面，说说老人生活的近况，让关心他们的广大读者放心。

孙仲芳老人在上海生活很安定，喜欢看电视，除了流行歌曲她接受不了，什么都看。特别是电视连续剧，看得兴致上来，可以不睡午觉。孙仲芳毕竟是87岁高龄的老人了，喜欢热闹但又容易累，孙家才很体贴，让老人坐着观光车在上海南京路步行街来来去去开了三趟。老人在上海见识了许多新东西：黄埔江上的两座桥，地铁，新外滩……昨天记者见到孙仲芳老人，笑着对她说："你胖了。"她高兴地笑了，说："我胖了5斤！"

晚上，在本报文艺晚会《方太阳》朗诵过程中，老人听到本报记者张继斌用沉郁的声音描写着她的"黑色诗章"时，泪流满面。她说："我是不应该在你们节庆的日子哭的，但我想起了一件事，3天后是我许多亲人的祭日，是侵华日军在南京犯下滔天罪行的那一天，我没法不哭。"老人对那个黑色的日子竟记得那么清楚！

不变的追求

在第二届读者节期间，在昨晚的大型晚会上，好军嫂蔡艳红没有出现在观众眼前，蔡艳红的丈夫张同双一个人来到了晚会现场，敬给大家一个庄严的军礼。张同双告诉记者，听说《扬子晚报》读者节要举行这么一个晚会，蔡艳红也很想来与读者们见见面，无奈医生不允许，怕身体仍然虚弱的她来回奔波吃不消。

但张同双还是给本报的读者们带来了好消息：蔡艳红的病情较为稳定。日前，她在上海长征医院接受检查后，医生已同意给她进行换肾手术。为了手术能取得更好的效果，蔡艳红正一边接受日常血透治疗，一边等待与其更适合的肾源。只等有合适的肾源，她就赴沪手术。在本报早些时候刊发有关蔡艳红的报道后，读者大量的捐献资金已足够支付蔡艳红的日常治疗和手术费用。蔡艳红在治疗中一直表现得很顽强，坚信自己能战胜病魔，并继续支持张同双的事业。张同双表示他们夫妇永远不会忘《扬子晚报》和《扬子晚报》的读者给予他们的关爱，永远不折不扣地完成瀚海蓝天间的“大任务”。

这对情系祖国航天事业的好夫妻，追求还是那么执着。

不变的眷恋

“遥知兄弟登高处，遍插茱萸少一人。”相聚南京、相聚读者节，人们没有看到任国庆，因为这只高原之鹰，已于10月14日带着穿越时空的眷恋，飞向了蓝天，飞向了太阳。昨天的晚会上，一曲《青藏高原》刚刚响起，任国庆的妻子胡惠文便怆然泪下：“老任，回来吧……”小女儿任璇璇对记者说：怎么也不相信爸爸已经去世，至今认为他还活着；小时候爸爸每周给她洗一次头、扎一次辫子；爸爸在病床上还说《扬子晚报》3篇评论写得好；爸爸心脏停止跳动时，她从头到脚把爸爸抚摸个遍，一口气拍了6卷相片；在送灵路上，路两旁的人都说爸爸“回家了”……

任国庆在治疗期间，社会各界捐的款，胡惠文都一一记下，遵照任国庆的嘱咐，她将所有个人捐款退回去，因种种原因没有退掉的9.9万元集体捐款，也全部捐献给西藏用于广电建设。无锡市有关部门得知她家住房太旧，优惠售给一套住房，胡惠文记住丈夫“清清白白做人”准则，硬是东拼西凑了10万元，补足了“优惠”的部分。她说，老任虽然去世了，但在她和孩子们的心里，一直感觉他仍出差在外，仍在西藏工作。每当看着他用过的物品，看着他在人生路上匆匆留下的照片，她和女儿们就觉得还像以前的每一天一样，在等待着他的归来。在他21年的“每周一信”中，他总是对孩子们千叮咛万嘱咐，循循善诱，还用平常省吃俭用攒下的钱为孩子们设立了“家庭奖学金”，从来不给零花钱、压岁钱……

而对任国庆永怀眷恋的，又岂止他的亲人！

（2000年12月11日）

像陈阳那样珍爱生活

昨天上午 9 时，一群系着红领巾的学生来到南京江宁区小里村 100 号，走进陈阳普通而不寻常的生命小屋。他们手捧鲜花献给只能趴在病榻迎接客人的陈阳，他们代表全校少先队员向陈阳读了一封感人肺腑的慰问信，他们将几千名师生捐赠的 1500 余元钱悄悄放在陈阳的床头。随后，他们围坐在陈阳的身边，你一言我一语，谈理想，谈生活，谈生命，谈人生。昔日充满生机的小屋，越发荡漾起缕缕情思。耳闻目睹陈阳的故事，几位同学不知不觉流下了泪水。时间不知不觉过去了两个多小时，临离开时，大家恋恋不舍……

全国省级晚报好新闻评奖揭晓

《拥抱每一天的太阳》等获一等奖

本报讯 2001年度全国省级晚报（都市报）好新闻评奖近日在长沙揭晓。本报选送的《拥抱每一天的太阳》等4组作品获一等奖，另有七篇作品获二、三等奖。

《拥抱每一天的太阳》是一组连续报道，写的是一个面对厄运挑战的病残姑娘陈阳，但其意义已远远超出了这个病残姑娘厄运的本身。报道没有停留在“爱心与厄运对垒”、“毅力与病魔抗争”抑或“生命对社会回报”等旧话题上，而是突破表层，写她在病痛中对生命的敏感、留恋和珍惜，写她“拥抱太阳”、“过好每一天”的呼喊和决心。报道没有局限于陈阳新闻事件的本身，而是以其为由头，针对社会上有人面对挫折轻易放弃生命、私欲膨胀草菅他人生命、庸碌无为白白浪费生命这三种现象，用三篇言论加以评述，从而强力拉升了主题。同时，通过“我对生命怎么说”的持续讨论，让人们把握生命的含义、体会生命的厚重、感受生命的激动。

获得一等奖的另外三组作品是：《莫非让小学生背百科全书?》、《爱，在牵手中升华》、《江苏英杰追踪》获成功策划奖（一等）。（杨 新）

原来，本报刊登的通讯《拥抱每一天的太阳》在 20 日见报后，立即引起省重点中学——南京五中师生们的热烈关注。经校领导研究，当天下午，他们便把陈阳的故事通过闭路电视，向每个班级的同学播放，同时将本报的报道剪贴、复印、放大，贴到每个班级，组织全校学生对陈阳珍惜生命热爱生活的精神进行学习和讨论。学校领导委托校团委准备“特别团日活动”，到江宁看望病中的陈阳。第二天，全校 800 多名团员每人交 1 元钱“特别团费”，许多师生自愿捐款，仅一天时间就收到 1500 余元。昨天，校德育处刘主任、沈老师等带领部分学生，乘着学校安排的专车，前往陈阳家慰问。

同学们的慰问信，情真意切，感人至深。信中说：

陈阳同学，我们钦佩你的乐观精神。即使是不曾遇过多少巨大困难的我们，也有着放弃、认输的时候，但我们注意到，你总是对自己充满了自信，你对事物的信任就像相信明天太阳一定会升起一样的坚定，这种对事物充满信心、保持着高度乐观态度的心情，不仅仅是你一步步前进的必需，同样也是我们一步步前进的必需。我们钦佩你顽强的意志力。我们没有经历过你的一些经历，也许我们也不能想象出这种从未有过的痛苦，但我们可以感到一种惊人的毅力。我们相信这六年中的每一个进步，都是一个强大的意志力在推动着你不断前进的。你也是一个血肉之躯，我们知道你曾经也放弃过希望，放弃过奋斗，但可贵的是你从不让希望远离自己，希望总是会被你紧握在手中，你也从不停下前进的脚步，不让人生之路上有一个中断的足迹。曾经傲视一切的命运，成了你忠实的仆人；命运魔王的魔爪不可能再玷污这一片用心照亮的圣地。你的毅力，你的奋斗，让自己永恒地站了起来，相反的，命运的魔王却只能倒下去了。

该校易善平副校长对记者说，现在城里许多孩子是“温室里的花朵”，没经过磨难，霜一打就“蔫”，遇不得挫折；竞争的环境，让他们常常缺少同情心和责任感；尤其是重点中学的一些孩子，还会有一种自命清高、不思进取的优越感。新学期开学，学校正在思考如何提高德育教育的针对性和贴近性，《扬子晚报》便及时推出陈阳的报道，为我们提供了鲜活生动的教材。他说，陈阳姑娘的事情很平凡，但很感人，对我们触动很大。通过对她的学习，可以“互动成长”，培养学生的“人文精神”“耐挫力”和“责任感”，树立正确的人生观、价值观，学会珍惜，学会热爱，学会关心他人、社会和自己，保持健康心态和人格，做好每件事，过好每一天。

其实，被陈阳的精神所感动、从陈阳身上得到启发的，又岂止是南京五中的师生们。几天来，本报几个部门的电话一直不断，不同的人在不同的时间，从不同的地方以不同的方式，传来不同的感受，他们在石城内外、大江南北汇成一个共同的呼唤：像陈阳那样珍惜生活，与陈阳一起共浴生命阳光！

20 日傍晚，句容县陈武乡杨巷村 46 岁的农民张二鹏读完本报的通讯后，忍不住热泪纵横，他想起了正在读大学的女儿，想起了正在读初中的儿子，他觉得文章写的就是自己的孩子，他觉得陈阳就是自己的孩子。他当晚拖起家中的几袋大米，来到街上卖了，连夜雇好了出租车，连夜裱好自己写的一幅字，第二天东方的太阳还没露头，便驱车赶往江宁，来看望陈阳。由于人生地不熟，找不着陈阳的家，又急匆匆给记者打来电话。电话中，他说给陈阳带来了两袋大米、一点水果，还有 160 元卖大米的钱。电话中他说他的女儿成绩很好，儿子拿了奥林匹克竞赛全省第一，万一他们遇到些沟儿坎的，能不能也像陈阳这样坚强呢？中午，陈阳在电话中给记者读了他赠送的字："祝玉女陈阳，像太阳永照人间"，落款是"疼爱子女又有责任的农民父亲张二鹏敬笔"……

南京天京大酒店副总经理沈家定在看到报道后的次日，特地赶到本报，代表全体职工表达对陈阳的关切、敬佩之情，他说："大家都被感动了！一位女服务员因恋爱受挫，便一直想不开，整天闷闷不乐，现在拿陈阳作对比，思想上受到触动。她认为，为这一点小事想不开，太不值得了。"

兴化市做水产生意的小老板姜韶喜今年 31 岁，他在生意场上遇到了一些挫折，常常唉声叹气，甚至想另谋他路。在看到陈阳的报道后，眼前豁然开朗。他在电话中说：我每天早晨 4 点起身，晚上 10 点下班，自己觉得很苦很苦。这倒也罢了，还经常亏本，经常被骗，有时真的想躺倒不干了。而现在看来，我的这点苦这点挫折与陈阳姑娘比起来，又算得了什么呢？

张家港邢先生的孩子也是在读初三的时候查出了癌症，患的也是骨肉瘤，与陈阳有着几乎一样的不幸遭遇，他希望自己的孩子也能像陈阳一样坚强，想让自己的孩子与陈阳通个电话。

昨天，陈阳妈妈的同事张红玲拿着报纸，含泪送给陈阳 100 元钱治病。南京锁金村一位 65 岁的女士，给陈阳送来水果，还带来一个治疗的偏方，怎么也不愿留下姓名……

是的，阳光无价，生活无价，生命无价，无价的美好属于每一个懂得珍惜、懂得热爱的人们！

（2001 年 9 月 23 日）

生活是大海，我是水手

——本报读者与陈阳谈生命（3）

陈阳的故事不仅给人以感染、催人以振奋，更激发人们对一系列问题的思索。

陈阳，带给人们生命的思考

徐州医学院临床六班学生田源在给陈阳的信中，通过自己的切身体验谈了对生命的感受。1998 年 9 月 7 日他刚入学，突然四肢瘫痪，连呼吸、吃饭都没力气，住院后病情进一步恶化，气管被切开，插入金属导管，无法张嘴吃饭，每天打一些流质食物维持生命。他曾几次想到死，可连自杀的力气都没有。于是他开始绝食，每次爸爸喂饭他都不配合。爸爸说："亚东（小名），求求你吃点。你这样，我心里很不好过。"说完爸爸哭了，他也哭了。他看见爸爸妈妈憔悴的面容，想到他们自他生病以来没睡过一个好觉，没吃过一顿好饭，他忽然觉得自己这样做太自私也太不应该了。从此，他暗下决心：无论发生什么事，都要坚强地活着，为了深爱我的父母以及所有关爱我的人。就这样，活着并痛苦着，三年过去了，他每一分每一秒都饱受着病痛的煎熬，但他坚持锻炼身体，坚持学习，目前生活已能自理。他说："每一个人在人生旅途中都难免会遭受挫折打击，当厄运降临的时候，有人选择了逃避，可是正是这种逃避演变成为对他们更致命的打击。而另外一些人，却能勇敢地面对它、正视它，把逆境作为一种动力去奋斗，并且一直坚持着，最终走出苦难的沼泽地，获得成功。"

南师大的刘曾娣同学为一位因失恋而自杀的女大学生痛惜不已："都说生命太匆匆，而面对这匆匆，我们应该怎样善待？蝉的一生，许多年的地下期待只为一夏的高唱；人的一生，有很多坎坷要去经历，一个人的价值，一个人生命的尊严，也将在这坎坷和希望中体现。"

南京华夏实验学校的李婕称陈阳是“南京的保尔”，她说：“对生命说yes，对怯懦说no！生命对我们来说已经不是单纯的名词，它更包含着责任。任何人没有选择生命的自由，也同样没有放弃生命的权利。”

陈阳，带给人们生活的思考

溧阳的“娟子”14岁失去母爱，初恋3年痛苦地“拜拜”，年年被评为优秀护士却因婚姻而失去工作，婚后生活艰难。爱子生了大病，爱夫又有过失，对她的打击一个接着一个，但她认为与陈阳相比，这些挫折只是生活中的一些“小玩笑”。她认为风平浪静不能让人“心跳”，挫折来了就要接受、消化、吸收，谁在困境中能够站起来谁就是英雄，谁就会主宰命运，谁就生活得更美。无锡高院驻中华园大酒店实习生张建明认为：“生命不只是活着，而是生活。一个人不能没有精神支柱，有了精神支柱，不仅能善待鸟语花香，也能够笑迎丛林沼泽。”

淮安市快鹿牛奶公司胡正祥来信说：“如果说活着是美丽的，那么生活就是美丽的，工作也是美丽的。用自己的努力去打扮生活，你会发现生活原来很精彩。坎坷磨炼意志，风雨铸就人生，只有经历过疲惫的人，才能领略生活的风采和快乐。”

省工商联的张鸿说："你暂时失业了，但你有顽强的意志、充沛的精力、创业的意识，你仍是生活的强者；你经营失利了，但你没有消沉，凭着增长的见识准备东山再起，你仍是生活的强者；你高考失败了，另找别的出路，只要保持志气，你仍是生活的强者。"

陈阳，带给人们人生的思考

滨海县的韩长春在电话中说，16年前，他因意外事故右眼失明，考了高分也没能上大学。1990年他只身来到镇江做码头搬运工，重达220斤的糖袋压在他并不强壮的肩上，几乎喘不过气来，但他觉得那是扛着理想，扛着生命，至今还为那段码头工人生活而自豪，似乎人生阅历也因此厚重，因为苦难是一所最好的大学。他一边劳动，一边读书，在地方报刊发表文章30多篇，只为不舍的文学梦。他说："朱自清不敢懈怠生命，贝多芬用自身锐气啄开生命的窗口。我的网名叫'今夜水手'，如果生活是大海，我就是那水手。风霜雪雨夯实了我的精神支柱，不经历风雨见不着彩虹。你说是吧！"

南京雨花西路210号的余闻认为：陈阳向世人展示了一种正确的人生观，值得不同年龄层次的人学习。他说现在有些人在学习、工作、生活和情感上，都不那么认真，而一遇到挫折、坎坷、困难和误解，就自暴自弃，全面崩溃，这实质上就是一种不健全的、消极的人生。

呈"丁"字状趴在床上的陈阳。

建湖县马沿粮库的游兵在来信中说："感谢《扬子晚报》组织的讨论，让更多的人从陈阳的故事中读懂人生，领悟生命。在竞争日趋激烈的今天，人们面临的压力越来越大，失恋、下岗等说不定什么时候就会拦住你生活的去路。只要坚定信念，不懈奋斗，你就会拥有美好的人生。"

(2001年10月14日。"陈阳"系列报道获全国省级晚报都市报好新闻一等奖)

暖心的泉水，从四面八方涌来

——薛元龙深情回首18年

“不能顶天，我也要立地”，扬州大学副教授薛元龙这一普通话语，连同他18年扎根农村扶贫开发的桩桩件件事迹（见本报2004年11月的相关报道），连日来，在广大读者心中，在天寒地冻的大江南北，涌动起阵阵春潮。看了报道，扬州机关单位、大街小巷的人们议论纷纷，为他们身边出现这样一位可亲可敬的老师而骄傲；薛元龙曾经扶贫过的康庄村、老舍乡、司徒镇的父老乡亲说，这么些年没见，没想到在报纸上看到薛老师，“他早该登报了”；在黄海农场承包了150亩地的张先生从报上认识了薛老师，从此他们电话不断，一定要跟薛老师学习种田技术……薛元龙，一位大学老师，为什么一年又一年，连续18年无怨无悔地下乡扶贫？究竟是一种什么力量的支撑，让他在披星戴月、栉风沐雨的艰难岁月里激情燃烧？2005年元旦期间，一个滴水成冰的日子，记者从南京赶到响水，又从响水赶到扬州，再次采访了他。

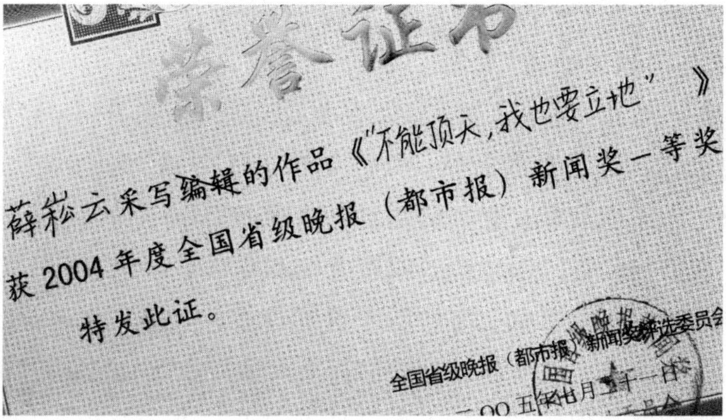

“丰产方的一块高产田”

刚刚送走新华社、中央电视台等几家媒体的记者，薛元龙略显疲惫，但一提到响水、一提到扶贫，便顿时充满了感慨。他感谢《扬子晚报》给了他那么多的美誉和激励，感谢记者在冰天雪地中再次走过他魂牵梦绕的响水大地。而当问及他坚守农村 18 年的精神支柱时，他谈得更多的却是他的母校、他的老师、他的同事和他扶贫地的父老乡亲。他说，扬州大学多年来一直有着服务“三农”的好传统，干部提拔、出国深造、申请学位、申报职称以及研究生实习等，必须到农村锻炼，时间至少一年，每年至少 200 天，这已经成为一项制度。从 20 世纪 50 年代至今，每个阶段都有许多老师辗转基层，50 年代在邗江，60 年代在沭阳，70 年代在无锡，八九十年代在响水和高邮，如今又到了海门、泰兴。他们联系实际、立足实践，把知识迅速转化为生产力，帮助农民解决了很多生产中的实际问题。1986 年学校和响水共同成立“生产、教学、科研联合体”后，下基层的师生更多，11 年中共有 300 多位老师、1000 多人次来到响水最贫苦的地方，进行智力、技术和项目扶贫，帮助当地脱贫致富，涌现出了许多可歌可泣的人和事。作为“联合体”的负责人之一，虽然薛元龙在基层的时间最长，吃的苦也最多，但他认为：“我只是一个优秀团队、一个战斗集体中的普通一员，是森林中的一棵树木，或者，至多是丰产方里的一块高产田，产量略高一点而已。我能够坚持不懈地做下去，是受到扬州大学的传统和氛围的熏陶。在我常年扶贫期间，学校在职称、家庭等各方面给了我许多力所能及的关心，我感谢母校！”

“心里有一种感恩情结”

薛元龙是个孤儿，他 3 岁丧母，4 岁丧父，从小由奶奶、姐姐和左邻右舍的乡亲们拉扯大。上小学的时候，政府免除了他全部的学杂费。读中学后，由于父母早亡、家境贫寒，老师们从自己有限的口粮中每人省一点，让他吃在食堂、住在学校。有一次生病，物理老师和化学老师用自行车，把他从高邮河西带到邗江的医院看病，来去数十里的奔波，老师汗流浃背的情景，至今深嵌在他的脑海里。1972 年，他被推荐上大学，公社书记说：“薛元龙从小没爹没娘，咱们就是他的亲人，不推荐他推荐谁？干部子女、关系户全部让路！”在大学里，伙食国家全包，每月还发给他 3 元钱助学金，这对于从小饱受饥寒的他来说是怎样的温暖啊……谈到这里，在扶贫中意志那么坚强的薛元龙，当着记者的面唏嘘再三。是的，虽然困苦，虽然艰难，但在他童年的心田里，在他成年的心田里，在他今天的心田里，始终流淌着一股股从四面八方涌来的清澈而温暖的泉水，从而也孕育了他知恩图报、乐于助人的善良。他说：“我是吃‘百家饭’长大的，党和政府养育我付出很多，我的心里总有一种感恩的情结。我入党那天，正是周恩来逝世一周年纪念日，当时我想，我有义务有责任回报社会。”于是，当自己的家庭遇到困难时，他安慰亲人：“咱们比农民好多了”；当儿女为工作的事找他时，他说：“不要给政府添麻烦”；而扶贫地农民芝麻大的事情找到他，只要他能做到，他都不遗余力。

薛元龙当初也有自己的人生设计，他想教教学生，写写论文，凭努力拿个高级职称，让一家人过上更好的日子。他不是做不到，但他考虑更多的是怎样才能更多更好地报答社会。他说，知识分子追求学位、追求出国、追求发明创造，这绝没有错，但不是每个人都适宜走这条路，怕就怕“高不成低不就”，怕就怕丢掉艰苦扎实的作风，怕就怕在浮躁中迷失自己。“在大学里，我看到许多令人景仰的老师，他们有的年事已高，但都亲自到田间拔草、插秧、施肥、灭虫、收割。他们做出了榜样，我不过是接过接力棒，把这个好传统坚持下去，再传给我的学生。在市场经济条件下，手中的这根接力棒更不能丢。”

“其实我们离不开农民”

2005 年元旦前两天，薛元龙重回康庄，十四组农户秦得福激动地说：“薛老师，我们能有今天多亏了你。我女婿搞杂交稻育种，今年毛收入 20 多万。”原来，村里四五个农户各自承包了 100 亩地搞杂交稻育种，按他传授的技术，去年亩产达到 600 斤，每家纯收入都在 15 万元以上。每当听到这类消息，薛元龙总是非常高兴：“我虽然走了，但技术留了下来。我的目的不光是教会农民种田，而是授之以渔，让技术扎根群众。老百姓能够依靠科技致富，就是对我最好的褒奖。”

作者与薛元龙（左）。

响水当地群众说，薛老师是个干事的人，与庄稼人亲得很；而薛元龙却说，“其实是我们自己离不开朴实的农民。学校本来派我下来一年，回校时群众自发凑钱连夜赶到扬州请我回来。那时他们太穷，渴望过上好日子，盼望有好技术帮他们富起来。农民的感情很朴素，也很真挚，我深受感动。群众信任，自己责无旁贷。从那以后，我就与他们打拼在一起了。何况我是学农的，把学到的东西用到农村和农业生产第一线，理所当然。我离不开农村和土地。”响水当地干部说，基层工作难做，只要薛老师在这里，我们心里就有底；而薛元龙却说，他在农村能够待下去做点事，离不开当地政府部门的支持，离不开基层干部的帮助。在农村待了 18 年，与基层干部一起摸爬滚打，相互间不仅建立了深厚感情，而且互相学习，共同提高，一起成长。南京农业大学毕业的杨春强，和工作组在一起同吃同住 500 多天，得到很大锻炼，现在已是响水县农林局的负责人。不少像他这样的大学毕业生经过扶贫和基层工作的锻炼，如今都已成为当地的县乡干部，成为各自岗位的中坚。薛元龙说，这就是我们常说的“留下一支不走的工作队”。重情讲义的薛元龙还告诉记者，自己埋头农村 18 年，家里有很多困难顾不上，亲人做出了巨大牺牲，当地政府在力所能及的情况下，给妻子“农转非”，安排子女读书，还破例授予他“盐城市劳动模范”等特别荣誉，这些都让他终身感怀，终身难忘……

看着眼前的薛元龙，记者忽然觉得他就像冬天里的一把火，燃烧着自己，温暖了别人。他的一席话，对生活充满感激，对生命充满感激，对老师、对母校、对父老乡亲、对党和政府充满了感激，唯独没有谈及他自己 18 年来的艰辛！

（2005 年 1 月 14 日。“走进薛元龙的精神世界”系列报道，获江苏省报纸优秀作品一等奖）

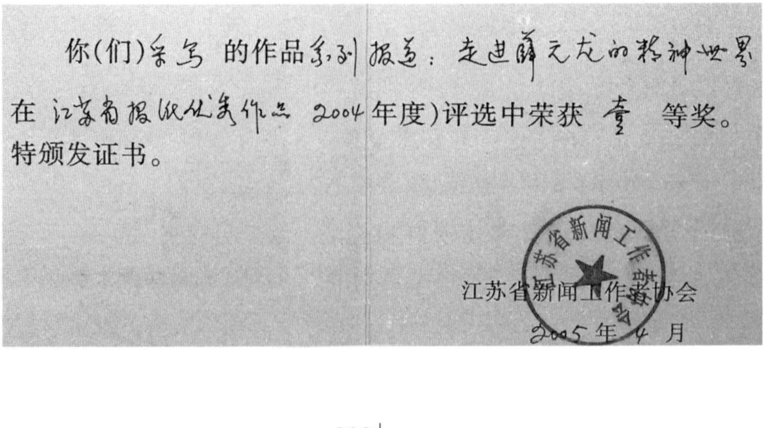
你(们)采写 的作品系列报道：走进薛元龙的精神世界
在 江苏省报纸优秀作品 2004 年度)评选中荣获 壹 等奖。
特颁发证书。

江苏省新闻工作者协会

2005年4月

《扬子晚报》盛赞大学老师薛元龙支农18载

《扬子晚报》11月9日以《不能顶天，我也要立地》为题，突出报道大学老师薛元龙扶贫支农18载的动人事迹……

报道说，18年，薛元龙从36岁到54岁，这正是一个知识分子最易出成果的宝贵年华。然而，由于没有时间应付外语，直到1994年，薛元龙才解决了“聘用制副教授”的名义职称。而这时，他的同事已是教授、“博导”了。在众人的议论声中，薛元龙有自己的人生坐标。他说，知识分子一般有两条路，一条是“顶天”，即跟踪尖端科技，搞发明创造；而更多的则是“立地”，即扎根实践，解决生产中的问题。如果不能“顶天”，那就让我“立地”，帮助农民脱贫致富吧。“我们是学农业的，如果地里长不出好庄稼、农民吃不饱肚皮、口袋里没有钱，那才是我们最大的耻辱。”今年10月，他受扬州大学和省农业资源开发局委派，又赶往淮安楚州溪河镇开发农业科技项目。这一去，又得3年！

阅评员认为，看了这篇报道，一位可亲可敬的知识分子形象跃然纸上：他的理想是那么崇高，他的胸襟是那么宽广，他的格言是那么精辟，他的脚步是那么坚实，真心实意地把一个知识分子的黄金年华和满腔赤诚，全部交给了农民兄弟。他的闪亮出场，闪烁着当代知识分子队伍的耀眼霞光。衷心感谢《扬子晚报》给我们送来如此精美的精神食粮！衷心祝愿薛元龙老师在新的征程中再谱新篇章！

（《新闻阅评》第753期，中宣部新闻局，2004年12月1日）

供领导同志参阅

新闻阅评

第753期

中宣部新闻局　　2004年12月1日

扬子晚报盛赞大学老师薛元龙支农18载

扬子晚报11月9日以《不能顶天，我也要立地》为题，突出报道大学老师薛元龙扶贫支农18载的动人事迹。

据报道，薛元龙是扬州大学的老师。1986年6月，36岁的他受学校委派，到响水县大有镇康庄村进行科技扶贫。在十分艰苦的条件下，他以火一样的激情推广杂交水稻制种，传播农业技术，发展多种经营，一干就是5年，全村人均收入由300元升到1800多元。1991年，薛元龙被改派到响水县老舍乡改造万亩盐碱地。他大胆引进国外先进的暗道排渍降盐法，培肥改土，引育良种，终于让1.5万亩荒无人烟的盐碱地第一次长出了金灿灿的稻谷，平均亩产550

打开青苔喝山泉

——关于陈阳系列报道的创新和挖掘

在媒体报道中，有一类关于平凡人生老病死的报道，常能牵动人心甚至催人泪下，但就主题而言，由于较多定位在“爱心与厄运对垒”或者“生命对社会回报”等层面上，读来已觉不新鲜。而《扬子晚报》在2001年9、10、11月连续推出的关于南京病残姑娘陈阳的系列报道，却突破窠臼，引起强烈反响，成为该报当年报道的一个亮点，广大读者来电来信逾千。有什么诀窍吗？我们的做法是：挖掘“生命”。

突入表层，别具一格描绘“生命”

2001年8月底，本报编辑部收到一封特殊的读者来信，这个读者，就是20岁的南京病残姑娘陈阳。她本来是个欢蹦乱跳爱唱歌的女孩，6年前，在准备参加中考的前夕，骨肉瘤忽然降临，她不得不住进医院，两年前，癌魔进一步侵蚀她的脊髓，她高位截瘫，每天只能呈“丁”字状趴在床上，听窗外的鸟声，看窗外的阳光。信中，她诉说了健康时的欢乐、患病时的无奈、瘫痪时的绝望、自杀时的痛苦和振作后的遐想……

陈阳的命运很值得同情，社会上像这类令人遗憾的“天灾人祸”也时有发生，就题材本身来说可以报道。然而，问题的关键在于，包括本报在内的众多媒体此类报道已经很多，仅与《扬子晚报》近年报道的吉云云、蔡艳红、小靖乐、任国庆他们比，陈阳的故事并不显得重大和特别，处理不好会失败；如何才能突破“爱心与厄运对垒”“生命对社会回报”抑或“毅力同病魔抗争”等表层，即便最终起到让读者欣赏一段故事、抛洒几多热泪、捐献一份爱心的效果，那也是在“炒冷饭”，也是在吃“别人嚼过的馍”。

陈阳的特点是什么？报道陈阳的目的是什么？我们反复思考着，最终，在她来信的最后一句话中琢磨出了答案：“我爱生命，我爱阳光！”在这里，我们发现了闪亮的“眼睛”——“珍惜”！“珍惜”二字，让我们心潮汹涌。也许健康时的陈阳并不知道生命的珍贵、时间的宝贵、生活的美好、拼搏的重要，只有当她病魔缠身、卧床不起、死神多次威胁她年轻的生命时，她才对这一切那么敏感、那么渴望、那么留恋，她才每天都想“飞”出她生命小屋的窗子去拥抱太阳，她才会发出“要过好每一天”的呼喊，这，不正是她最大的特点和意义所在吗？“珍惜”二字，不仅应该是陈阳这组报道的“切点”，也应该是其走出个人命运小天地、走向广阔社会空间、强力拉升主题、拓宽境界的着墨点和动情点。于是，不写“对垒”写“珍惜”、跳出“命运”写“生命”、面向“生活”写“生命”，成为最初事实上也贯穿系列报道始终的清晰思路。

如果说“珍惜”这个“切点”使系列报道“突入表层”，那么在第一次采访中对“亮点”的捕捉，就使首篇通讯“别具一格”了。这个“亮点”，就是陈阳的日记。征得本人同意，我们在陈阳日记中发现了许多催人泪下又令人深思的东西，比如：“我是一棵小草。小草枯萎了，浇点水又能活过来，可我呢？”“好喜欢一首歌《昔日重来》，倘若昔日真的能够重来，我一定好好珍惜生活。我愿用我的一切去交换，只要让我活着！苍天哪，给我一次机会吧……”“人活着，有多么好啊！不错，不如意事常八九，但留得青山在，不怕没柴烧，人生没有过不去的火焰山。”正是从这些日记中，提炼出了首篇通讯《拥抱每一天的太阳》的三个小标题：“我是一棵从不烦恼的小草”“活着，痛苦也是一种美丽”“人生没有过不去的火焰山”，每个小标题下直接引用陈阳日记的原话，层次分明地撑起了全文框架，加之文中强烈的抒情、简洁的叙事、恰当的描写以及包括意识流在内的各种表现手法的运用，9 月 20 日一刊出便引起反响，从形式到内容成为本报同类报道中的“这一个”。

点击生活，入情入理感悟“生命”

陈阳，让我们浮想联翩，这种联想，可以用通讯《拥抱每一天的太阳》的导语来叙述：“生活中，有人面对困难或挫折，常常轻易地舍弃生命；还有的人，为了个人的私欲，视别人的生命如草芥；也有的人，把生命当作赌注，将时光消磨在无为之中……”正是基于这个联想或者说构思，我们没有停留在对陈阳的客观报道上，而是在紧接着的三篇系列言论中，“搜索”社会，“点击”生活。

在市场经济大潮中，过去那种按部就班的生活节律、等靠要的依赖思想、求稳怕变的平衡习惯等，都受到前所未有的撞击，各种矛盾和压力也接踵而至，面对这些，极少数人选择了不该选择的“解脱”方式——自杀，我们在评论《生命，历尽风雨迎朝阳》中，以病中的陈阳仍然渴望生命、渴望生活为例，引导人们正确对待挫折和不幸，认为在痛苦和磨难面前采取自强不息还是消极逃避，正是区分强者和弱者的“坎”。

市场经济不仅带来丰富的物质，同时带来诱人的物欲，于是一部分人的私欲和不满遽然而生并不断膨胀，直至铤而走险，草芥他人同时又葬送自己，评论《生命，私欲膨胀成恶魔》对这种做法给以强烈鞭笞，并对其产生的心理机制加以剖析，阐述了“私欲”的合理性和“私欲膨胀”成“贪婪”的危害性，提醒人们任物欲横流，我“独取一瓢饮”，在竞争中通过正当途径实现自我价值，学会沟通，学会用法律手段处理利益纠纷等。

丰富的物质生活还让一些人贪图享乐，激烈的竞争又让一些人选择逃避，这就形成了一种“无为”，第三篇评论《生命，燃烧不已腾烈焰》正是就此展开的，评论以陈阳为例，告诉人们一个简单的道理：一个人除去幼年、老年、睡觉这些必要的“开支”，真正可以用来支配的时间屈指可数，人们能够选择的只有胸怀大志增加生命“厚度”、节约时间增加生命“长度”、奋斗不止增加生命“宽度”，别无其他任何捷径可走，因为“昔日”是绝不会“重来”的。

这三篇评论以身边人，说身边事，拉家常话，扯家常理，显示了晚报言论的特点。尤其值得一提的是，评论融散文、杂文、论文的笔法为一体，入情入理，有的放矢，设身处地，循循善诱，从而增强了冲击力、穿透力。当然，从陈阳身上可以“点击”到的社会问题远不止这三点，但用于说明我们如何挖掘“生命”的良苦用心，这三点已经足够了。这组评论实现了跳出“命运”写“生命”、面向“生活”写“生命”的升华，也提高了整个报道的品位和意境。

聚焦社会，组织讨论弘扬“生命”

如果说我们的构思是“突入表层”，那么具体的运作就是“分进合击”。在采编中，从一开始就在两条线上同步“作战”，其中的“副线”，就是围绕陈阳的病情、生活，尤其是报道见报后社会各界对她的关心。循着这条线，9月22日刊出了陈阳当初给本报的来信，23日的通讯《像陈阳那样珍惜生活》报道了几天来社会各界看望、关心、关注陈阳的情况，接下来的《让生命之树常青》《陈阳向记者诉衷肠》《暖流，涌向陈阳》等一系列报道，都及时记录下读者急切想知道的发生在陈阳身边的事情。

然而，我们的主要精力仍然放在“主线”上，这条主线，就是进一步对“生命”进行更深入、更广泛的“挖掘”。陈阳报道见报当天，读者打到编辑部的电话就接二连三，两三天后，全省各地及上海、安徽、湖北、山东、浙江等省市的读者来信纷纷而至，针对这种情况，我们决定把“蛋糕”继续做大，拿出大块版面，在读者间开展“我对生命怎么说”的讨论，从9月25日到10月14日，共推出8组集束性讨论文章，充分发挥媒体的教育和导向作用。从大量来稿中，我们又“挖掘”出了许多可歌可泣的“生命”，比如首篇讨论刊登的是秦皇岛的凌萍女士从北京打来的电话内容，2001年8月初，她因婚姻受挫，在家里打开煤气，一边看电视一边等待死亡的降临，这时央视《半边天》栏目正好播出南京残疾人孙静顽强创业的故事，于是她关上煤气，踏上南下的路；比如吉林的“问题”小伙子“若男”，在讨论中为自己过去的野蛮、庸碌、荒唐留下了深悔的泪，最后发出内心的呼喊：“真想好好做回人！”比如滨海的韩长春，16年前右眼意外失明，后来只身来到江南做繁重的码头搬运工，一边劳动，一边读书，一边笔耕，发表文章30多篇，他说比他身体重一倍的220斤的糖袋压在肩上，几乎喘不过气来，但他觉得那是扛着理想，扛着生命，人生也因此厚重起来……我们为初步的“挖掘”成功而激动，但对千封来信的处理又犯了愁，最后以“本报读者与陈阳谈生命”为副题，串起三篇通讯：《人生没有蹚不过的河》《不言放弃，重在进取》《生活是大海，我是水手》，把讨论推向高潮。

不仅如此，南京市五中、南京外国语实验学校、南京丁家桥小学、省龙潭监狱等许多单位，都以陈阳为例，开展了各式各样的思想教育活动；10月16日，共青团南京市委组织机关干部和学校的德育工作者，召开了“青少年应该向陈阳学习什么”的专题座谈会；10月底，省社会科学院的社会学、哲学、法学等专家们，也进行了“解读陈阳话感受”的座谈，针对社会问题，结合《公民道德建设实施纲要》，在更高层次上阐述了“陈阳”的意义……

打开青苔喝山泉

——关于陈阳系列报道的创新与挖掘

□ 薛崧云

在媒体报道中，有一类关于平凡人生老病死的报道，常能牵动人心甚至催人泪下。但就主题而言，由于较多定位在“爱心与厄运对垒”或者“生命对社会回报”等层面上，读来已觉不新鲜。而《扬子晚报》在2001年9、10、11月份连续推出的关于南京病残姑娘陈阳的系列报道，却突破窠臼、引起强烈反响，成为该报当年报道的一个亮点，广大读者来电来信逾千。有什么诀窍吗？我们的做法是：挖掘“生命”。

突入表层，别具一格描绘“生命”

2001年8月底，本报编辑部收到一封特殊的读者来信，这个读者，就是20岁的南京病残姑娘陈阳。她本来是个欢蹦乱跳爱唱歌的女孩，6年前，在准备参加中考的前夕，骨肉瘤忽然降临，她不得不住进医院，两年前，癌魔进一

陈阳的命运很值得同情，社会上像这类令人痛惜的“天灾人祸”也时有发生，就题材本身来说可以报道。然而，问题的关键在于，包括本报在内的众多媒体此类报道已经很多，仅与扬子晚报近年报道的吉云云、蔡艳红、小靖乐、任国庆他们比，陈阳的故事并不显得重大和特别，处理不好会失败：如何才能突破“爱心与厄运对垒”、“生命对社会回报”抑或“毅力同病魔抗争”等表层，即便最终起到让读者欣赏一段故事、抛洒几多热泪、捐献一份爱心的效果，那也是在“炒冷饭”，也是在吃“别人嚼过的馍”。

陈阳的特点是什么？报道陈阳的目的是什么？我们反复思考着，最终，在她来信的最后一句话中琢磨出了答案：“我爱生命，我爱阳光！”在这里，我们发现了闪亮的“眼睛”——“珍惜”！“珍惜”

那么渴望、那么留恋，她才每天都想“飞”出她生命小屋的窗子去拥抱太阳，她才会发出“要过好每一天”的呼喊。这，不正是她最大的特点和意义所在吗？“珍惜”二字，不仅应该是陈阳这组报道的“切点”，也应该是其走出个人命运小天地，走向广阔社会空间，盛力拉升主题、拓宽境界的着墨点和动情点。于是，不写“对垒”写“珍惜”，跳出“命运”写“生命”，面向“生活”写“生命”，成为最初事实上也贯穿系列报道始终的清晰思路。

如果说“珍惜”这个“切点”使系列报道“突入表层”，那么在第一次采访中对“亮点”的捕捉，就使首篇通讯“别具一格”了。这个“亮点”，就是陈阳的日记。征得本人同意，我们在陈阳日记中发现了许多催人泪下又令人深思的东西，比如：“我是一棵小草，小草枯

有多么好啊！不错，不如意事常八九，但留得青山在，不怕没柴烧，人生没有过不去的火焰山。”正是从这些日记中，提炼出了首篇通讯《拥抱每一天的太阳》的三个小标题：“我是一棵从不颓丧的小草”、“活着，痛苦也是一种美丽”、“人生没有过不去的火焰山”，每个小标题下直接引用陈阳日记的原话，层次分明地撑起了全文框架，加之文中强烈的抒情、简洁的叙事、恰当的描写以及包括意识流在内的各种表现手法的运用，9月20日一刊出便引起反响，从形式到内容成为本报同类报道中的“这一个”。

点击生活，入情入理感悟“生命”

陈阳，让我们浮想联翩，这种联想，可以用通讯《拥抱每一天的太阳》的导语来叙述：“生活中，有人面对困难或挫折，常常轻易地舍弃生命；还有的人，为了个人的私欲，视别人的生命如草芥；也有的人，把生命当着赌注，将时光消磨在无为之中……”正是基于这个联想或者说构思，我们没有停留在对陈阳的客观报道上，而是在紧接着的三篇系列言论中，“搜索”社会、“点击”生活。

在市场经济大潮中，过去那种按部就班的生活节律、等靠要的依赖思想、求稳怕变的平衡习惯等等，都受到前所未有的撞击，各种矛盾和压力也接踵而至，面

避，正是区分强者和弱者的“坎”。

市场经济不仅带来丰富的物质，同时带来诱人的物欲，于是一部分人的私欲和不满遂然而生并不断膨胀，直至铤而走险，草芥他人同时又葬送自己，评论《生命，私欲膨胀成恶魔》对这种做法给以强烈鞭笞，并对其产生的心理机制加以剖析，阐述了“私欲”的合理性和“私欲膨胀”成“贪婪”的危害性，提醒人们任物欲横流，我“独取一瓢饮”，在竞争中通过正当途径实现自我价值，学会沟通，学会用法律手段处理利益纠纷等。

丰富的物质生活还让一些人贪图享乐，激烈的竞争又让一些人选择逃避，这就形成了一种“无为”，第三篇评论《生命，燃烧不已殉烈焰》正是就此展开的，评论以陈阳为例，告诉人们一个简单的道理：一个人除去幼年、老年、睡觉这些必要的“开支”，真正可以用来支配的时间屈指可数，人们能够选择的只有胸怀大志增加生命“厚度”、节约时间增加生命“长度”、奋斗不止增加生命“宽度”，别无其他任何捷径可走，因为“昔日”是绝不会“重来”的。

这三篇评论以身边人，说身边事，拉家常话，扯家常理，显示了晚报言论的特点。尤其值得一提的是，评论融散文、杂文、论文的笔法于一体，入情入理，有的放

活”写“生命”的升华，也提高了整个报道的品位和意境。

聚焦社会，组织讨论弘扬“生命”

如果说我们的构思是“突入表层”，那么具体的运作就是“分进合击”。在采编中，从一开始就在两条线上同步“作战”，其中的“副线”围绕陈阳的病情、生活，尤其是报道见报后社会各界对她的关心。循着这条线，9月22日刊出了陈阳当初给本报的来信，23日的通讯《像陈阳那样珍惜生活》报道了几天来社会各界看望、关心、关注陈阳的情况，接下来的《让生命之树常青》、《陈阳向记者诉衷肠》、《暖流，涌向陈阳》等一系列报道，都及时记录下读者急切想知道的发生在陈阳身边的事情。

然而，我们的主要精力仍然放在“主线”上，这条主线，就是进一步对“生命”进行更深入、更广泛的“挖掘”。陈阳报道见报当天，读者打到编辑部的电话就接二连三，两三天后，全省各地及上海、安徽、湖北、山东、浙江等省市的读者来信纷纷而至，针对这种情况，我们决定把“蛋糕”继续做大，拿出大块版面，在读者间开展“我对生命怎么说”的讨论，从9月25日到10月14日，共推出8组集束性讨论文章，充分发挥媒体的教育和导向作用。从大量来稿中，我们又“挖掘”出了许多可歌

回顾整个战役，我们想起一句老歌词：“打开青苔喝山泉。”如果说陈阳这组系列报道的构思和运作，能够让广大读者透过表象把握到“生命”的含义、体会到“生命”的厚重、感受到“生命”的激动，那就是我们莫大的欣慰！

（《新闻通讯》2002年4期）

市民茶座篇

04

劳模授课该不该收费

评扬子晚报“市民茶座”专栏

《扬子晚报》的“市民茶座”专栏从1998年12月18日起，开展题为《我看“举牌不兑现”现象》的讨论，以赈灾晚会上承诺而不捐的现象为由头，对社会上某些虚假、伪善等现象进行了鞭笞。“市民茶座”是该报办了多年的一个群众言论栏目，每天发表3至5篇读者来稿，隔20天左右讨论一个话题，说的都是老百姓对“身边事”加以评论的“贴心话”。1998年讨论了《话说“多读书少喝酒”》《家庭该给下岗亲人什么》等17个话题，读者来稿高达7000多篇。作者遍及江苏省各市县及安徽、上海、山东、北京等地，许多专家学者也加入“茶客”的行列，使这个专栏增加了“高雅”的含量。

“市民茶座”常刊登正反两方观点，有交锋，有时颇激烈，仁智各见，畅所欲言，从而明辨是非，弘扬主旋律，支持改革举措，真正体现了“晚报也有大方向”的特点。这个专栏注重思想性和政论性的统一、内容和形式的统一；不搞固定的条文框框，刊登的稿件在观点、题目、写法、篇幅上不拘一格：有的要言不繁，点到为止，有的淋漓尽致，充分表达，有的是一篇精辟的论语，有的是一件身边发生的事情，有的是一个通俗的比喻，有的是一串有说服力的数字，有的是一个鲜明的对比，有的是一段生动的描写，有的是一节准确的引用……因此，得到行家和广大读者的好评。

阅评员认为，这个专栏准确、及时选择一些社会热点问题，以读者参与、博采众议的形式，进行旗帜鲜明的引导，是一种生动的群众自我教育的好方法。类似“市民茶座”的栏目在不少报纸上都有。《扬子晚报》的这种做法，坚持数年，又有所创新，值得借鉴。

（《新闻阅评》第8期，中宣部新闻局，1999年1月7日）

“市民茶座”1998 年度各期话题

一、年终评比怎么搞

编辑同志：“评比年年搞，花样各不同。”许多人对近几年的年终评比先进工作，已感到厌烦或反感。他们认为“评上先进不稀罕，评不上先进也无所谓”。究其原因，大致有三：一是领导“钦定”，往往凭个人的好恶和印象决定谁当先进。即使有“群众推荐”“无记名投票”等民主形式，最后还得由领导“集中”，一锤定音。二是有些单位因“民主评比先进”难搞，干脆来个“轮流坐庄”，今年选张三，明年选李四，后年选王二，人人有份，皆大欢喜。三是评选先进缺少科学的量化标准，谈成绩、论贡献全凭各人“自报自吹”，再加上“表扬和自我表扬相结合”，这样，评出的先进有失公正，众心难服。如何总结以往的经验教训，把今年的评比先进工作搞得更有成效，真正把公认的先进评出来，把群众的积极性真正调动起来？建议《市民茶座》开展一次讨论。无锡市锡州中路 1 号杨晓（1997 年 12 月 5 日）

二、父母当用何种方式爱孩子

编辑同志：贵报去年 12 月 24 日刊登了一位女中学生来信，她因承受不了妈妈的“逼子成才”“高压酷爱”，用笔沉重地呼出：“妈妈，换个方式爱我吧!”这位“苦恼的女孩”肖晓呼出了当代许多孩子共同的心声，应当引起广大家长和社会的重视。父母爱子女是人类的共性，在当今社会，我们父母用什么方式和方法去爱方能取得良好的效果，这是一个很值得研究的社会课题。建议贵报在“市民茶座”开展一次讨论，请广大读者特别是家长、教师和有关专家联系成功的经验或失败的教训畅所欲言，参与评说。但愿这次讨论能给那些正在烦恼中的家长和孩子以更多的启迪和帮助。南京中山北路艾华（1998 年 1 月 10 日）

三、从“雷锋车”看市场经济下的人际关系

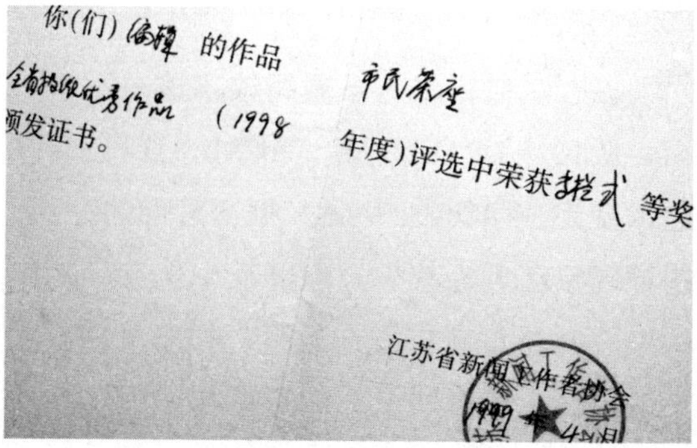

连云港市新浦汽车总站长途服务组的姐妹们，在尽心尽责做好本职工作之余，不避风雨，不避寒暑，一年 365 天，天天两次拉着“雷锋车”，义务为来自天南海北需要帮助的旅客们服务，一拉就是 35 年。“雷锋车”精神体现了不图索取、重在奉献的人生追求，爱岗敬业、助人为乐的道德风尚，团结协作、艰苦创业的进取意识，服务人民、持之以恒的坚强意志。“雷锋车”精神不仅为我们树立了学习的榜样，更给我们以深刻的启迪：在当前市场经济条件下，人际关系不仅仅是金钱关系，人的生命价值和意义远远不只是一点物质享受，而是对别人的帮助和对社会的奉献。越是发展社会主义市场经济，越需要培养和谐的人际关系，越需要倡导全心全意为人民服务的精神。读者朋友，您对这个问题是如何看的呢？欢迎来稿参加评说。（1998 年 2 月 13 日）

四、打假还需动真格

正在全国开展的“百城万店无假货”活动，受到了广大消费者的热烈响应。近年来，我国先后颁布实施了《产品质量法》《反不正当竞争法》《消费者权益保护法》等一系列法规，成立了专门执法机构，并年年以“3·15”消费者权益日等为契机，掀起一个个打假治劣的热潮，这对于消费者功德无量。但从另一方面看，市场上的假冒伪劣也从来没有绝迹过，有时还很严重，直接危及人们生命财产的安全。

看来，打假必须动真格。假冒伪劣、蒙骗欺诈虽然人人痛恨，但要彻底杜绝，仅靠执法机关独立作战不行，仅靠“3·15”一天的大张旗鼓也不行，仅靠王海式的个别人物更不行，关键还是要人人以法律为武器，打一场群众性的歼灭战。至于生产厂家应如何视质量为生命，做到不见利忘义，商业企业应如何严把进货关，做到守法经营，管理监督部门应如何加大工作力度，

做到执法如山，广大消费者应如何提高辨假能力等，还望读者朋友来稿参加讨论。（1998 年 3 月 4 日）

五、对自行车违章重罚该不该

从 3 月 15 日起，南京市对骑自行车闯红灯、行快车道、乱停乱放等交通违章行为一律罚款 50 元。据交管部门介绍，实施这一措施以后，全市自行车违章现象已大为减少。但群众中也有一些怨言，有的认为“处罚太重”，有的认为“对违章者应重在教育，扣车又罚款太不近情理”。对自行车违章究竟该不该重罚，读者朋友，你意见如何呢？欢迎来稿讨论。（1998 年 3 月 25 日）

六、市场经济下如何择业

市场经济下如何择业，已成当前社会热点之一。如何择业，说到底就是“择”什么“业”。这里有一个“胆子”问题，即如何在适者生存的竞争环境中，敢于拼搏，自强自立；这里也有一个“路子”问题，即如何在动态多变的市场条件下，善于选准适合自己的位置和方向；这里更有一个“面子”问题，即如何丢掉虚荣、艰苦奋斗，勇敢走出世俗偏见，从地平线上做起。而这些归根到底还是取决于“脑子”问题。如果人在今天，思想却没有渡过昨天的河，好高骛远，那么就会出现“有事没人干，有人没事干”的现象，而树立正确的择业观，对于下岗职工再就业，对于大学生自谋职业，对于中学生填写高考志愿等，都不无裨益。读者朋友你以为如何呢？（1998 年 4 月 14 日）

七、“赏识教育”体验谈

本报 5 月 2 日二版发表了《“赏识教育”轰动京城》一文，同时刊登了《一中学生轻生获救》的消息，其间的反差，令人深思。

怎样教育好孩子，一直是人们关心的话题。眼下，尽管教育改革正在逐步深入，但毋庸讳言，应试教育的阴霾却并没有消失，于是分快慢班级，排优劣名次，变育人为追分，变“滴水穿石”为急功近利，学生的负担越来越重，挤“独木桥”的行为愈演愈烈，而问题的关键在于：小小的生命之舟哪能够承受得了这许多！这种教育方式无异于“掠夺式经营”，与教育规律背道而驰。

作为素质教育的手段，“赏识教育”却让人们学会对孩子的信任、尊重、理解、激励、宽容、提醒，给教育的绿茵场吹来了清新的风。这看起来只是方法问题，实质上却涉及教育思想、教学体制、人才观念等变革的大问题。而在中考、高考日益临近，在学生、家长、老师们一并挣扎于紧张氛围的背景下，我们来讨论这个问题，将有着特别的意义。欢迎读者朋友根据所见所闻所历，谈谈自己的体验。（1998 年 5 月 5 日）

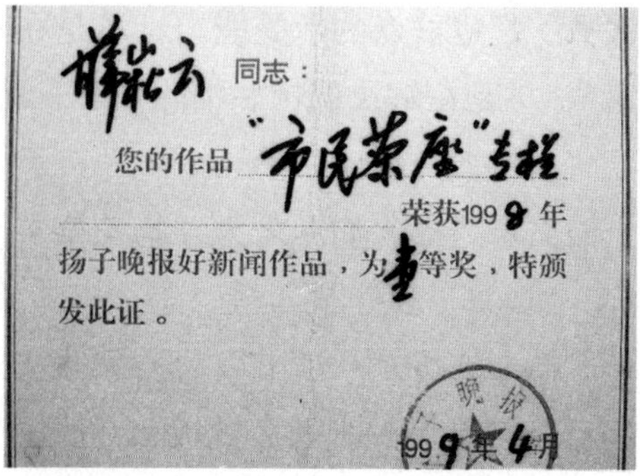
同志：
您的作品“市民茶座”专栏
荣获1998年
扬子晚报好新闻作品，为壹等奖，特颁发此证。
1999年4月

八、话说“多读书少喝酒”

今天，本报九版刊登了响水县倡导“多读书少喝酒”的报道。报道说的是基层干部，但对每一个读者不无教育作用；说的是待发达县的事情，但对富裕地区的人们不无参考价值；说的是作风建设问题，但对我们形成健康的生活习惯、建立正确的消费方式、培养文明的思想情操，都不无指导意义。

饮酒伤身，酗酒丧德，杯中之物耗费精力财力，是不争不证的事实；而作为知识的载体、精神的食粮、文明的阶梯，书报报答钟情者的却是无私无限的馈赠。如果说刚刚解决温饱的人们无钱读书而有钱喝酒、无钱看报而有钱抽烟、无钱投资而有钱赌博，或者既有钱又有闲的人们把财富和人生一股脑儿“明珠暗投”，那将是一种怎样令人痛心的浪费和遗憾！

更何况，改革开放，经济转轨，政府和社会想方设法帮助我们解困就业，而我们自己有什么理由不把有限的财力用在刀口上，不把有限的精力用在“充电”上，不把有限的时间用在创业上？有什么理由不去励精图治、艰苦奋斗，实现观念的飞跃和文明的跨越？欢迎读者朋友就此发表高见。（1998 年 5 月 10 日）

九、怎样看待“形象工程”

近年来，随着基础设施建设力度的加大，“形象工程”越来越多，它们有的成为城市或者区域的景观标志，有的成了某种事业或精神的象征，有的给群众生活带来质的改变，有的为经济发展创造了良好环境。

但也有一种“形象工程”，超越“初级阶段”实际，超越当地经济发展水平，超越群众的承受能力，不是在水电气路邮等生产生活性设施上搞“形象”，不是在解决温饱、消除失学、就业解困等“基本功”上搞“形象”，而是“打肿脸充胖子”，在豪华奢侈的“高消费”和“外强中干”的“假政绩”上做文章，被人们斥之为“搭花架子”。

“形象工程”搞不搞、怎么搞，关键看是为了事业搞“形象”，还是为了形式搞“形象”；是出以公心发展“两个文明”，还是出以私心捞取政治资本；是“有多少米煮多少饭”，还是“赶着黄牛当马骑”；是从群众的“柴米油盐”做起，还是唯上级的“喜怒哀乐”是从；是脚踏实地、表里如一，还是急功近利、虚假浮夸。

欢迎读者对此加以评述。（1998 年 6 月 12 日）

十、劳模授课该不该收费

南京中央商场以全国劳模个人名字命名，成立“张霓实业公司”，实行有偿授课，本报就此分别于 5 月 23 日和 6 月 25 日作了客观报道，引起强烈反响，读者纷纷来信来电，就劳模“传经送宝”该不该“明码标价”等问题发表看法。现将林德瑗同志的来信观点摘要如下：

——我认为，“劳模”是无私奉献的崇高象征，因而无价；劳模的成长离不开个人奋斗、组织培养和同志帮助，是宝贵的无形资产。然而，中央商场经营“劳模”，变“无形资产”为“有形财富”，变“无价之宝”为“有价商品”，变“无私奉献”为“有偿服务”，这样只能贬低劳模的先进性，甚至给劳模脸上抹黑。最近，一家私营公司请张霓授课，价码 1 万元（张霓个人只拿 600 元），值不值暂且不论，这种把好事办坏的举动本身就是“一文不值”，因为劳模如果能够用来“卖钱”，那么劳模也就“不值钱”了。我想，如果今后这个“出卖”劳模的公司“效益”并不理想的话，那么不是人们不需要劳模的精神和经验，不是人们“出不起”授课费，而是人们“瞧不起”这种也许是强加于劳模的做法。

这封信或许有失偏颇甚至有偏激之处，却引发我们进行更深层次的思索，譬如，如何看待市场大潮下的新生事物，如何正确充分地发挥先进典型的引导作用，如何将两个文明建设有机结合，等等。欢迎读者对这个问题加以评述。（1998 年 7 月 4 日）

十一、什么是好专业、好职业

最近采访一些刚走上工作岗位的大学毕业生，发现有个反差：有些好学校、好专业的学生，经过双向选择，来到一些自认为比较好的单位以后，却感到“没意思”；而有些在一般人看来并非好学校、好专业的毕业生，在被“好单位”拒之门外后，来到“合企”“乡企”“私企”等单位，反而觉得“有劲”。

有劲没劲，有意思没意思，说到底，与政治待遇、工资福利、住房条件、专业发挥、管理机制等有关。这就带来一个问题：在市场经济的今天，对于择业的大学毕业生们来说，什么是“好职业”？对于即将跨入高校大门的莘莘学子来说，什么是“好专业”？

选好专业，是为了将来选好职业；弄清什么是好的职业，有助于目前选好专业。而在选择专业、职业的时候，究竟应该确立什么样的标准？究竟该把工作岗位作为建功立业的场所，还是作为挣工资、图享受、混日子的地方？欢迎读者加以评说。(1998 年 8 月 1 日)

十二、家庭，该给下岗亲人什么

目前，各级党和政府正想方设法为下岗职工排忧解难、广开再就业门路，社会各行各业、各界人士也都尽心尽力为下岗职工捧上一份关爱，那么，作为文明的基点、社会的细胞，家庭，该给下岗者以什么？

当家庭收入因为有人下岗而略有降低之后，下岗者的亲人们是唯“经济”是瞻，认为下岗者“不争气”，把下岗者作为“出气筒”，甚至闹别扭、闹矛盾、闹离婚，还是“以人为本”，给下岗者一如既往的关心、爱护和温馨？当下岗者一时感到失落之时，下岗者的亲人们是通过种种方式让其重新鼓起人生的风帆、渡过迷茫的沼泽，还是冷淡隔膜，让其处于自感无助的境地？当下岗者觉得创业无门之际，亲人们是冷眼相待，还是积极帮助他（她）寻找再就业渠道，并且全身心地与其同甘苦、齐奋进？这些，看起来只是婆婆妈妈的家庭琐事，实质上却是个人品德、家庭美德、社会公德在关键时刻的集中表白。望读者朋友就此加以评述。(1998 年 8 月 19 日)

十三、要不要让孩子吃点苦

最近，本报陆续报道了一些社会资助贫困生入学的消息。也许，这些家境贫寒的孩子以及他们的父母对“吃苦”二字的体会，是那些家境宽裕的学子及其家长们所感受不到的。

俗话说：“穷人的孩子早当家。”这并非要我们人为地去甘于“贫困”、创造“贫困”，而是说，在社会文明程度和家庭生活水平日益提高的今天，怎样让我们的孩子吃点“苦”，从而在今后的人生道路上克勤克俭、坚韧不拔。这里有一个意志磨炼的问题。当然，对于是否开展“吃苦”教育，一直有着不同看法。对孩子究竟是该“劳其筋骨、苦其心志”，还是娇生惯养、养尊处优？是该“道是无情却有情”，还是“道是有情却无情”？是该让其早日以坚实的基础、坚韧的意志、坚强的体魄在并不平坦的人生路上自强不息，还是在处处呵护、事事如意的“顺境”中描画“风正一帆悬”的人生幻影，再向社会移交一盆霜打即蔫的温室嫩绿？欢迎读者朋友根据所见所闻、所历所感，发表高见。(1998 年 9 月 17 日)

十四、向失主索酬对不对

“我在马路边捡到一分钱，把它交到警察叔叔手里边……”我们是唱着这首歌走过来的一代人，我们正在用这首歌教育着祖国的下一代。然而，汹涌的商品大潮，使这种“从来如此”的道德准则面临着挑战。最近，南京一家出租车公司“规定”：司机在车上捡到东西，失主需向公司缴纳一定的酬金，用于鼓励、表彰司机的拾金不昧行为。对此，人们颇有议论。

本来，捡到东西归还失主是值得倡导的文明风尚，对于具体行业部门来说，也是服务承诺的题中之义，而给拾金不昧者以精神嘉奖乃至物质鼓励，更是理所当然；但是，如果说一种高尚精神的弘扬一定要通过物质去“激活”，或者说非得用“金”来酬谢“拾”者方能做到“不昧”，那么这种“不昧”的无私又能有多少“含金量”，尤其是在失主不愿而又强行作出“规定”的时候？向失主索取酬金究竟对不对？

欢迎读者朋友加以评说。（1998 年 10 月 6 日）

十五、怎样看待“个人隐私”

当你拆开子女信件对其循循善诱时，当你拿着爱人日记对其咄咄训斥时，当你津津乐道“小道消息”、置他人于公众误解境地时，当你擅自使用他人姓名、肖像、履历、病史等个人信息时……朋友，不知你意识到没有，你已“越位”在先，触犯了法律。

这也难怪，“个人隐私”概念的使用和这方面案例的增多，在我国只是近年来的事，它与社会文明程度、个人道德水准结伴而行。生活中，患有“窥私癖”和“长舌症”的毕竟是极个别，绝大多数侵“权”者纯属无意甚至善意，这更说明加强法制宣传、提高个体素养、强化公民意识的重要。

从社会大尺度看，尊重他人人格、保护“个人隐私”是文明发展的标志，唯其如此，个人与个人、个人和社会间才能和谐。那么，我们该怎样尊重他人隐私、维护自身权利？如何通过“个人隐私”意识的觉醒规范个人行为、创造良好环境、推动社会进步？对于故意和无意侵犯“个人隐私”者该分别采取什么措施？等等。欢迎读者来稿讨论。（1998 年 10 月 31 日）

十六、怎样对待家庭暴力

家，是个温馨的字眼！亲情、爱情、责任、义务、理解、宽容等浓缩于“家”的神圣之下，于是便有了一个个伟男淑女永不枯竭的精神原动力，便有了“老有所终，壮有所用，幼有所长，鳏寡孤独废疾者皆有所养，男有分，女有归”的政通人和，便有了社会安定与文明进步的动听旋律。然而，也有不谐之音。最近据有关部门调查，家庭暴力仍然是一个不容忽视的社会问题（见本报 17 日二版），在有些家庭，丈夫和妻子、家长和子女、儿媳和公婆乃至兄弟姐妹妯娌之间，家庭施暴的情况还相当严重，甚至造成妻离子散、家破人亡的恶果，这是令人十分遗憾和痛心的。

那么，生活中的你我他该如何从自身做起，防家庭暴力于未然？行政执法方面该怎样走出“清官难断家务事”的怪圈，行之有效地调解处罚？当面对家庭暴力时，受害者是以温情感化、伦理说教还是用暴力抗恶？是忍气吞声、忍辱负重还是以血还血、以牙还牙？是认为“家丑不可外扬”还是理直气壮地争得亲友同情、舆论支持和法律保护？诸如此类，望读者加以点拨。(1998 年 11 月 24 日)

十七、我看“举牌不兑现”现象

本期话题

我看『举牌不兑现』现象

吹牛也犯法

南京周斌：多少年来，“吹牛不犯法”的观念在有些人心目中根深蒂固。许多人在工作成绩方面喜欢“锦上添花”甚至“添油加醋”，吹得好捞个名利，吹不好也不犯法。于是，有人把这种“牛皮”吹到了救灾募捐这个严肃神圣的活动上，这是社会虚假浮夸的缩影，也是违法行为。

归来兮，羞耻之心

苏州沈一鸣：在社会向市场经济转变的过程中，一些人不顾道德约束，重利轻义，拼命捕捉谋利的契机，自以为摆脱道德的“重负”就是与市场经济“接轨”，这样做也许会占点眼前便宜，但从长远看，有道者才能谋大利。面对举牌不兑现者，真想大喝一声：“归来兮，羞耻之心！”

“白条”伤农心

建湖余晓娅：有些地方每年收购粮食时，一般都会许下“现金收购”的承诺。可民们卖完粮食后，拿到手的往往是一张张“白条”。

本期话题

我看『举牌不兑现』现象

给“献礼工程”提个醒

南京水佐岗路言：明年是新中国成立“50大庆”，“献礼热”正在升温，仅某直辖市定下的“献礼工程”就多达67个。创佳绩，献厚礼，当然好，但建设工程是“百年大计”，不能违背科学规律，要实事求是，量力而行。

另一角度看问题

南京张维：“举牌不兑现”固然不该，但也应从另一个角度来看待这个问题。今年八九月间，从中央到地方都发起募捐活动，不仅省里搞，市里也搞，有的还跨地区联合通过电视义演进行募捐。由于活动太多，声势很大，难免会出现……现象。这也值得深思。

一举两“德”

南京蒋坤鹏：在抗洪救灾募捐晚会上，大多数人“举牌”真心实意，弘扬了中华民族一方有难、八方支援的精神和美德，但也有

本期话题

我看『举牌不兑现』现象

讨论，没有结束

宿迁陆敬元：近年来，社会上人赊帐赊红了眼，不仅吃饭不给钱，有在商店里拿东西不给钱，铺路钱……原先，这种现象主要是……家的油，今天允诺明天给，明天推……天还，能赖则赖。现在，赊帐、赖帐……已经扩展到了经济领域的各个角……不知拖垮了多少人、多少企业。如……“举牌”者虽已基本“兑现”，令人欣……但生活中其它的败……现象仍很普遍，“……”还没有结束。

亡羊补牢

南京房祥：“举牌不兑现”看似令人吃惊，其实大多……“承诺难兑现”。对“举牌不兑现”者予以曝光固然不错，但如何预防这类现象不再出现，更有必要。否则，言而无信不仅干扰正常有序的社会生活，而且给人们带来的负面效应，不可低估。

何必“举牌”

江阴徐毅：赈灾义演插入“举牌捐款”，这种形式并不可取：一是与会者……

市民茶座

最近有报道说：在两场抗震救灾募捐文艺晚会上，社会各界认捐的 10 亿多元款物，至今连一半也未到位，惹得国家民政部长要曝他们的光。面对这种诺而不践甚至欺世盗名的做法，人们不禁要问：既有今日，何必当初？

俗话说“人无信不立”。信者，性也，在外为“信”，在内为“诚”。诚信，是一种素质和修养，是做人的根本，是工作的准则，也是建设精神文明、优化人文环境之必需。如果说今天“赖账”是不道德的“欺骗”，那么当初“举牌”就是图虚名的“伪善”。

当然，“举牌不兑现”只是“这一个”具体事情而已，却代表了一个较为普遍的现象。君不见，处世上的奸宄狡诈，工作上的虚假浮夸，乃至政治上的投机取巧，与这种沽名钓誉的“举牌不兑现”，实属一脉相承的近亲，社会生活中诚实善良的人们不知吃了它们多少苦头！对此，相信读者定有感触，必有一番分析评说。(1998 年 12 月 18 日)

(1998 年度《市民茶座》专栏，获江苏省报纸优秀作品二等奖)

多读书少喝酒，走向新文明

近20天来，《扬子晚报》在《市民茶座》栏目内，就我县正在开展的“多读书少喝酒”活动，进行了专题讨论，观点鲜明，要言不繁，使我们全县干群受到了一次很好的文明教育，对我们的各项工作也是一个极大的促进。

生活水平的不断提高，广大群众对社会文明的要求越来越高，也越来越追求科学、健康的生活方式，但是，由于思想基础和认识水平的差异，不少地方还存在着请客送礼、大吃大喝等陋习。提倡“多读书少喝酒”，就是要提倡艰苦奋斗、奋发向上的精神，这种精神不仅经济欠发达地区需要，经济发达地区也需要。我们市民在两个文明建设中，先后开展了“家庭读书工程”，组织发动“无锡精神”、“城市形象与市民素质”大讨论和“两讲四不”等市民行为规范教育等。这些活动的开展，有力推动了经济的发展和全市社会风气的好转。

话说“多读书少喝酒”

市民茶座

酒伤身 书医愚

南京周存绪：好多单位将书报费纳入工资中发放，有些人既不想买书，又不愿订报，可豪饮起来钱大把大把花，从不吝惜。古人说：“书犹药也，善读之可医愚。”当今深化改革，日新月异，人的思想若不

6月11日 星期四 第二版(A)

多读书少喝酒，走向

响水县县委书记 徐恒菊 县长 朱如华

近20天来，《扬子晚报》在《市民茶座》栏内，就我县正在开展的“多读书少喝酒”活动，进行了专题讨论，观点鲜明，要言不烦，使我们全县干群受到了一次很好的文明教育，对我们的各项工作也是一个极大的促进。

多读书，少喝酒，是对国家公务员的一项基本要求。人不学不知理，尤其是处于知识经济即将到来、政府职能不断转化时期的各级干部，如果没有一点“充电”和“赶考”的危机意识，仍然逍遥沉湎于“将进酒，杯莫停”的氛围之中，即使不是公款吃喝，也会耗费大量精力财力，使自己才疏德丧，直至成为滥竽充数的“南郭先生”，这样又怎么能够励精图治、艰苦拼搏，做到为官一任、造福一方，带领群众实现“两个文明”的跨越？当然，少量饮酒，适当应酬，乃人之常情，问题是滥啜豪饮，大吃大喝，有伤身心，有伤风雅，有伤形象，有碍党风和社会风气，有碍党群和干群关系，甚至会误事生非、违法乱纪。只有多读书少喝酒，才能建立一支过硬的干部队伍，才能创造出一种积极进取的良好精神状态。

多读书，少喝酒，是向社会文明更高层次攀登的重要途径。俗话说：十里不同风、五里不同俗，而一个地方的风俗习惯也有其值得承继和需要摒弃的

多读书，少喝酒，是对国家公务员的一项基本要求。人不学不知理，尤其是处于知识经济即将到来、政府职能不断转化时期的各级干部，如果没有一点“充电”和“赶考”的危机意识，仍然逍遥沉湎于“将进酒，杯莫停”的氛围之中，即使不是公款吃喝，也会耗费大量精力财力，使自己才疏德丧，直至成为滥竽充数的“南郭先生”，这样又怎么能够励精图治、艰苦拼搏，做到为官一任、造福一方，带领群众实现“两个文明”的跨越？当然，少量饮酒，适当应酬，乃人之常情，问题是滥啜豪饮，大吃大喝，有伤身心，有伤风雅，有伤形象，有碍党风和社会风气，有碍党群和干群关系，甚至会误事生非、违法乱纪。只有多读书少喝酒，才能建立一支过硬的干部队伍，才能创造出一种积极进取的良好精神状态。

多读书，少喝酒，是向社会文明更高层次攀登的重要途径。俗话说：十

里不同风、五里不同俗，而一个地方的风俗习惯也有其值得承继和需要摒弃的两个方面。在快节奏、高效率、强竞争的现代生活面前，“移风易俗”的主要内涵，就应该包括陶冶文明的思想情操、建立正确的消费观念、培养日常的良好习惯、形成健康的生活方式。要是刚刚脱贫或者解决温饱的人们，把有限的时间和财富不用在读书、看报、学练知能、继续创业上，而是去喝酒、抽烟、赌博、游手好闲，或者即使致富达小康，手中很有钱，不是把钱用来投入再生产，不是继续发扬艰苦奋斗、勤俭节约的传统美德，而是“我把青春赌明天”、错将“愚”乐当娱乐，追求高消费，追求奢侈享受，那么即使口袋再鼓，也只能是知识和精神上的乞丐，与“文明”二字越来越远。

多读书，少喝酒，无论在经济薄弱或者经济发达地区，都很重要。目前，响水刚刚脱贫，与先进地区相比差距仍很大，除了基础原因外，恐怕与干部群众的文化、科技、管理水平等有关。为了不陷入“越穷越喝，越喝越穷”的恶性循环，我县采取一系列措施，大兴读书学习之风。一段时期以来，领导干部的理论、决策水平不断提高，迎来送往的繁琐应酬明显减少，工作节奏加快，工作热情高涨，想办事、办实事的人迅速增多，为经济的发展提供了良好的环境和氛围。

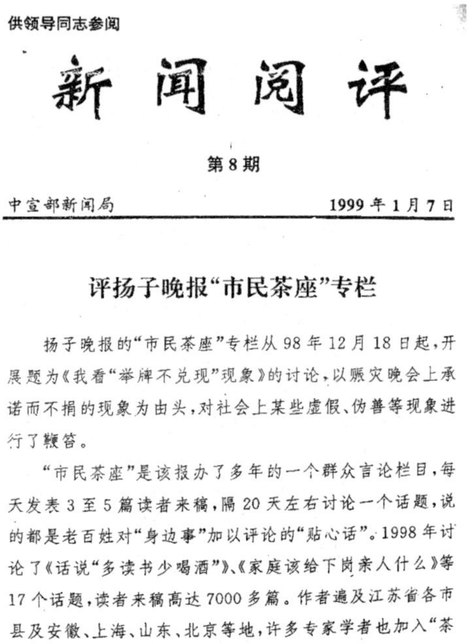
供领导同志参阅

新闻阅评

第8期

中宣部新闻局　　1999年1月7日

评扬子晚报“市民茶座”专栏

扬子晚报的“市民茶座”专栏从98年12月18日起，开展题为《我看“举牌不兑现”现象》的讨论，以赈灾晚会上承诺而不捐的现象为由头，对社会上某些虚假、伪善等现象进行了鞭笞。

“市民茶座”是该报办了多年的一个群众言论栏目，每天发表3至5篇读者来稿，隔20天左右讨论一个话题，说的都是老百姓对“身边事”加以评论的“贴心话”。1998年讨论了《话说“多读书少喝酒”》、《家庭该给下岗亲人什么》等17个话题，读者来稿高达7000多篇。作者遍及江苏省各市县及安徽、上海、山东、北京等地，许多专家学者也加入“茶

“多读书，少喝酒”，我们不仅要牢牢记住，而且要不断实践。

（1998年6月11日，由作者撰写，以响水县领导人名义见报）

晚报都市报言论怎样“接地气”

——以《扬子晚报》独家声音和创新模式为例

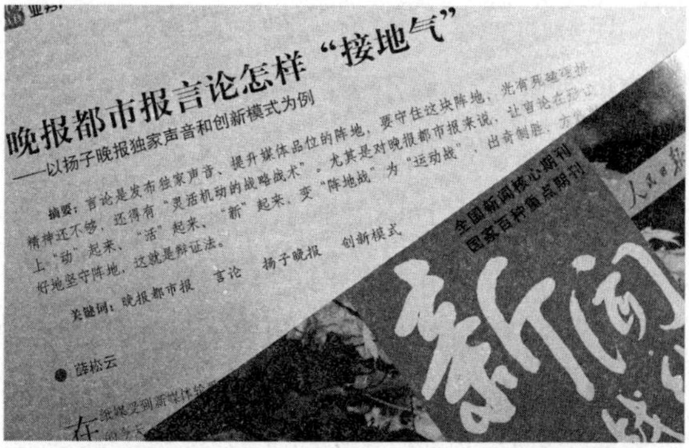

在纸媒受到新媒体轮番“逼宫”的今天，向以及时、贴近、生动、可读为法宝的晚报都市报，路在哪里？确实，人们打开电视、电脑或随时随地掏出苹果、安卓，真的要比打开一张报纸方便许多，而且同样及时、贴近、生动、可读，外加愉悦、可视、互动，等等。也就是说，在阅读快餐化、扁平化、碎片化时代，在机关报不断嫁接晚报都市报功能的时代，晚报都市报的传统优势几乎不再。

如何让读者的目光在晚报都市报的版面上多停留几分钟？强化新闻评论尤其是本报言论，是个不错的选择。一方面，从功能、文体、空间、语境上说，报纸相对新闻性渐淡、娱乐性渐升的新媒体，最大的优势就是深度分析和独家视角；另一方面，在报纸同城化、同质化竞争中，只有用独家声音、独家言论打造品牌核心部分，报纸才有脱颖而出的可能。事实上，今天的读者不只需要刷屏式的“闪视”，也需要有选择的“凝视”，还需要“接地气”的理性快感，只是不需要板着面孔说大话、套话甚至假话的言论罢了。

那么，晚报都市报言论怎样做到“亮眼球”“接地气”？

选题贴近生活，从“高大上”到“小清新”

如果说言论是报纸的旗帜，那么选题就是言论的关键。一篇成功的言论，往往并不取决于下笔后“怎么写”，而是取决于下笔前“怎么选”。言论选题可“大”可“小”：“大”到从“上面精神”和国家路线、方针、政策中寻找话题，这是机关报长项；“小”到从“下面声音”中提炼话题，以生动具体的生活素材替代概括性、概念性、纯理性题材，这是晚报都市报不二的选择。

每逢重大节庆，各级媒体尤其是机关报，常发表社论、本报评论员、署名文章等“大块头”，洪钟大吕，掷地有声，“高大上”。而晚报都市报往往另辟蹊径。有一年春节，《扬子晚报》先后在门面版连发3篇系列言论。除夕见报的首篇《难忘今宵》，抓住除夕家家户户要做的习俗小事，反映人、家、国、民族的关系和文化。在“除夕，是驱凶消灾的日子”一节，把贴门神、放鞭炮驱赶“大鬼小鬼”的风俗，同过去一年中华民族众志成城，让多种自然灾害等“魑魅魍魉”灰飞烟灭，“写”在了一起；“除夕，是辞旧迎新的日子”一节，把大扫除、换新衣、贴春联、守旧岁的喜庆和企望，同国家在过去一年取得多项建设成就的喜事盛事，“写”在了一起；“除夕，是亲情涌动的日子”一节，把团聚、祭奠、吃年夜饭、发压岁钱等生活浓情，同重情讲义、尊老爱幼、一脉相承的民族核心文化，“写”在了一起。大年初一见报的《今天是个好日子》，还是从当天的生活细节发轫：午夜钟声、0点焰火、电话贺岁、短信祝福，吃汤圆、吃年糕、吃饺子，走亲友、拜新年，“门外扭来秧歌队，村头响起锣鼓声”……烘托出普天同庆的景象，并得出：“好日子”来自艰苦奋斗、民族凝聚和远大理想。正月初五（小年）见报的《明天会更好》，则通过传统拜年活动和时髦的短信祝福，反映人们对皇天后土、国家社稷的感恩，再通过“小年饭”、喝春酒，表达人们感谢生活、感谢生命、为创造美好明天“壮行”的豪情。这3篇言论将春节风俗和人间亲情、爱国激情、民族豪情“捆绑”，通过身边小事情、小细节，反映了大文化、大时代。

选题即内容。选题的贴近性决定了内容的指导性。紧扣百姓关心的难点、热点、焦点问题，心平气和、客观公允地言人之欲言而未言，才能更好地引导舆情、服务民生。从内容和功能上看，《扬子晚报》言论大抵可分以下几类：一是彰显“精气神”，主要对一些重大典型，如连云港“雷锋车”、援藏干部任国庆、扶贫教授薛元龙等，加以浓墨重彩、深入浅出地评述、推广，提炼思想结晶，探讨精神亮点，分析情感世界，为社会提供“榜样的力量”。二是快递“正能量”，为生活中爱国爱民、爱岗敬业、遵纪守法、诚实守信、重情讲义、勤劳勇敢、尊老爱幼等好现象好做法鼓与呼，弘扬真善美。三是展示“刀笔利”，对一些假恶丑现象，如杀人放火打砸抢、卖淫嫖娼黄赌毒等行为，如政务民生工作中不作为、慢作为、乱作为等做法，加以剖析、警示、针砭、抨击，起到“激浊”作用。四是提供“小确幸”，紧挨生活评点生活，不以“小”而不为，柴米油盐、衣食住行、家长里短、生老病死信手拈来做选题，释疑解惑，指导生活，如《有理讲理莫用“蛮”》《岂能熟视无“赌”》《万金买邻》《春节又闻鞭炮声》、《90 平方米究竟有多大》等，这些选题“小清新”，但能解决“大问题”，读来亲切、“受用”。

晚报都市报言论选题曰“近”曰“小”，但不是不要高瞻远瞩，也不是不要大方向、大制作、大手笔，而是要“大”处着眼、“近”处入手、“小”处见大，让“一滴水映出太阳的光辉”，使之真正成为群众的贴心“小棉袄”。

形式出奇制胜，从“阵地战”到“运动战”

内容决定形式，受众决定风格。一般来说，机关报肩负着大政方针、重大事件、重要问题和新生事物的贯彻、解析使命，社论、本报评论员、编辑部文章、专栏评论、时评、述评、编后、编者按等评论形式，也就成了其宣传政策、倡导文明的重器和针砭时弊、干预生活的利器，但或多或少给人一种自上而下的感觉。晚报都市报虽然也承担着与机关报相向的功能，但由于受众是广大市民，需要平心静气、喜闻乐见、润物无声地实现“软着陆”，因此，短评、快评、采编手记、记者按、漫谈、沙龙评论、漫画评论、微评、“吧”等应运而生，甚至连“评论”也变称“言论”了。

在言论形式上，《扬子晚报》因时而化，不断创新发展。大体有以下几种：

署名短评。最初以门面版的“扬子快语”、经济生活版的“说说议议”为代表，前者主要对“重”“深”“新”“热”的话题发声，后者主要评论经济生活问题，刊登的绝大部分是本报记者、编辑撰写的言论。由于该报在业界以信息量大著称，版面十分金贵，每篇言论只 300 字左右，最多不超过 400 字，所以标题、观点、行文要求精准、“一步到位”，让读者一目了然。后来为了加强言论，“扬子快语”改为“新闻快语”等，不固定版面，篇幅也不断“解放”，一直发展到今天的“扬子今日谈”。

配闻快评。以江苏新闻版的“扬子絮谈”为代表，主要针对投河上吊抹脖子类的社会新闻“配发”署名言论，有着很强的贴近性和指导性。每天值班总编看大样时，觉得哪篇新闻需要评论一下，就立即安排人在短时间内完成三五百字的评论，连同新闻一同见报，及时、可读。与“编者按”“编后”不同，这类言论标题、作者、刊头等一应俱全。后来由此发展为“扬子新观察”“大杨说新闻”等栏目，篇幅也适当放宽。

系列长评。大抵针对某一重大主题或重要话题而发，但受“300字左右”限制意犹未尽，于是条分缕析，从不同侧面反映同一主题，搞他三五篇，连日见报，形成“串烧”。说是“长评”，其实每篇篇幅并不一定长，比如获中国新闻奖的“小学生恽刚跳楼事件”言论，共发4期，都是三四百字：《急火烙不出好烧饼》《“完美”情节几时解》《少年之过谁之责》《勿让应试魔棒逞凶》，4篇均以“小恽刚跳楼引发的思考”为副标“串”起来，按顺序见报。这种形式在评论一些重大题材、重大典型时，效果不菲，也屡试不爽，必要时更以“本报评论员”名义出现。

市民众评。说白了就是群众性言论，或曰“沙龙式评论”，以获省年度好栏目奖、受中宣部表扬的“市民茶座”为代表。“茶座”针对老百姓关心的话题，由主持人出题，然后从各地来稿中筛选出不同的观点，每篇编成一两百字，每天见报3篇左右，每个话题讨论两三周时间。这种形式还经常用于对重大新闻的策应，如在“烈士遗孤吉云云”报道中，开展《是什么让我们泪流满面》的讨论，在“南京姑娘陈阳”报道中，开展《我对生命怎么说》的讨论，都带来良好的效果。

板块集评。2006年《扬子晚报》顺应形势改为早晨出报，版式进一步向“都市报”靠拢，增设了“扬子时评”版，每期至少半版，直到今天。该版设立主持人和“今日热词”、“浮世绘”等栏目，每期从全国来稿中选登时评，形成视觉冲击。其中漫画评论“浮世绘”，主体由一则新闻、一幅漫画、几句打油诗组成，妙趣横生；另同电视台合办栏目，把电视评论直接嫁接到报纸上，也是一种创新。

言论，是发布独家声音、提升媒体品位的阵地，要守住这块阵地，光有死磕硬拼精神还不够，还得有“灵活机动的战略战术”。尤其对于晚报都市报来说，让言论在形式上“动”起来、“活”起来、“新”起来，变“阵地战”

为“运动战”，出奇制胜，方能更好地坚守“阵地”，这就是辩证法。形式千变万化，但万变不离其宗：走向“平民化”。

语言鲜活生动，从“站凳子”到“坐板凳”

评论的语言主要包括标题、论述和文字。由于功能略异，机关报评论的语言一般比较严谨、周密、全面，而晚报都市报言论则要求敏捷、灵活、精巧，说“家常话”，熔思想性于艺术性、趣味性之中，启发读者、推动工作。

先说标题。言论是报纸的灵魂，标题是言论的眼睛。在新媒、快阅与厚报叠加的时代，言论标题能不能一下子把读者视线吸引过来，再停留几分钟，是个艰难任务。晚报都市报言论标题可谓不拘一格，用得好就可成为“抢眼”的“卖点”。《扬子晚报》自撰言论的标题，要么就是大实话，如《这位母亲不该无法无天》《当真相一点点剥开，我很心痛》，典型的唠家常；要么生动灵巧，如《别把“愚”乐当娱乐》《“机关”与“关机”》《留住“两会蓝”，不能只靠“借东风”》，让人眼睛一亮；要么点化方言俚语，如《“冤家”何必成“对头”》《“鬼”捡熟人迷》《人情莫成“债”》，感到亲切；要么含有哲理，如《“爱”与“害”的辩证法》《“办法”与“法办”》《万分之一的冤案，百分之百的伤害》；要么幽默风趣，如《“哥们”别“义气”》《活见鬼》；要么带有文采，如《劝君少进一杯酒》《偶然·必然·未然》；要么带着情感，如《事不过二，好!》《老城区改造保留原住民，规划局副局长“愤怒”个什么名堂?》。为了顺应时评集结化、版块化趋势，有的标题长而重，从中就能读出重要信息，如《我们为什么感动? 因为对“信义”的执着一直都在》《从宝马肇事案的两轮舆情，看应对重大事件的经验教训》等。所有这些“套路”目的只有一个：用言论的“眼球”吸引读者的眼球。

再说论述。机关报评论在阐述观点时往往是“下视”，即自己“站在凳子上”说话，把需要阐述的问题居高临下地告诉读者；网络评论尤其是一些公知大V大咖们往往是“酷视”，即把个人观点活生生甚至恶狠狠地甩给读者，似乎不接受还不行，于是一通唇枪舌战吐口水，到最后也争不出个“米和绿豆”来。而晚报都市报言论必须是“平视”，即以平民的立场和视角、用平民可以接受的方式说话，和读者“坐到一条板凳上”，拉家常、拉呱、说悄悄话，或褒或贬，或抑或扬，或评或析，把握话语尺度，不说过头话，不图一时痛快，做到心热脑冷、和颜悦色、客观分析、理性表达，做到和风细雨、杏花春雨、轻声慢语、小桥流水。比如《劝君喝酒莫过量》的导语："迎来送往，亲朋欢聚，喝点儿酒，本人之常情。可如果往醉里喝，或非得喝醉不可，那就太不值得，也太不应该了。或许有人会说，我也不是公款吃喝，自个儿掏钱自个儿喝，要你唠叨个什么？话虽这么说，但过量饮酒有伤身体，有碍文明，甚至导致犯罪，却实在让人不得不说。"这样的平起平坐、苦口婆心，也许正是一项"独门绝技"。

由此得出晚报都市报言论在文字上的特色："软"而"活"，或朴实平易、娓娓道来，或风趣幽默、尖锐泼辣，或清新明快、饱蘸情感，而不是文绉绉、干巴巴、冷冰冰。这就要将逻辑思维与形象思维恰当结合，多用群众性生活语言，包括方言、俗话、口语、顺口溜、网络热词等，有时还需用浓烈的情感去感染读者，让议事说理形象、生动、有文采。这种文采不是油腔滑调、尖酸刻薄、炫才摆酷、故弄玄虚，而是一种机智的闪现。比如，《别让"鬼"迷心窍》"世间本无鬼，而某歌舞团却在舞台上演出了群'鬼'乱舞的节目，真是活见鬼！……这种置社会公德和社会责任于不顾，打起'鬼算盘'，玩起'鬼把戏'，甚至以'鬼'来卖弄色相，客观上是在宣扬封建迷信，宣扬低级粗俗的'黄毒'。"

写言论如烹小鲜，你做的"菜"有没有特色、合不合口味，只有读者知道。习近平同志要求新闻人俯下身、沉下心、察实情、说实话、动真情，努力推出有思想、有温度、有品质的作品，而这，也正是晚报都市报言论怎样"接地气"的最佳答案。

（《新闻战线》2016 年 11 期）

主要获奖作品目录（省二等奖及以上）

一、消息《涟水查处领导干部违纪建住房解决果断》

《淮阴日报》1990年11月8日

江苏省报纸优秀作品一等奖

二、系列报道“希望工程第一个大学生”

1996年9月10日首发

江苏省报纸优秀作品一等奖

三、系列报道“无锡百名教师抵制有偿家教”

1996年9月12日首发

全国省级晚报好新闻一等奖

四、系列言论“孩子，你为什么这样做”

1997年1月7日首发

《扬子晚报》好新闻一等奖（相当于江苏省报纸优秀作品二等奖）

五、系列报道“如何珍惜大学学习生活”

1997年4月20日首发

江苏省报纸优秀作品二等奖、《扬子晚报》好新闻一等奖

六、通讯、系列报道《阳光，洒满窗口》

1997年5月26日首发

江苏省报纸优秀作品一等奖、《扬子晚报》好新闻一等奖

七、系列报道“奖学金应该怎么花”

1997年11月10日首发

江苏省报纸优秀作品二等奖、全国省级晚报好新闻二等奖、《扬子晚报》好新闻一等奖

八、通讯《汗水滴滴重千钧》

1998 年 7 月 11 日

全国省级晚报好新闻一等奖

九、系列报道“轮椅上的研究生”

1998 年 9 月 25 日首发

《扬子晚报》年度好新闻一等奖

十、1998 年度《市民茶座》专栏

江苏省报纸优秀作品二等奖、《扬子晚报》好新闻一等奖

十一、系列报道“小学生恽刚跳楼”

1999 年 1 月 23 日首发

中国新闻奖二等奖、江苏新闻奖、江苏省报纸优秀作品一等奖、全国省级晚报好新闻一等奖

十二、通讯《检测皮肤识字》

1999 年 7 月 13 日

全国省级晚报好新闻一等奖、中国晚报新闻奖二等奖、江苏省精神文明建设优秀作品奖

十三、系列报道“张同双、蔡艳红夫妇”

2000 年 2 月 29 日首发

江苏省报纸优秀作品一等奖

十四、系列报道“吉云云”

2000 年 4 月 6 日首发

《扬子晚报》好新闻一等奖

十五、通讯《一位共产党员的烈士情结》

2000 年 5 月 13 日

《扬子晚报》好新闻一等奖

十六、通讯《无尽哀思麻栗坡》

2000 年 5 月 24 日

江苏省报纸优秀作品一等奖

十七、通讯《穿越时空的眷恋》

2000 年 7 月 28 日

中国晚报新闻奖特稿（特等）奖

十八、系列报道“任国庆”

2000 年 7 月 28 日首发

《扬子晚报》好新闻一等奖

十九、言论《三五年，是短还是长》

2000 年 7 月 31 日

江苏省报纸优秀作品一等奖

二十、通讯、言论《爱，在牵手中升华》

2001 年 2 月 25 日首发

全国省级晚报（都市报）好新闻一等奖

二十一、通讯《一篮吃不完的鸡蛋》

2001 年 3 月 7 日

江苏省报纸优秀作品二等奖、《扬子晚报》好新闻一等奖

二十二、通讯、系列报道《拥抱每一天的太阳》

2001 年 9 月 20 日首发

全国省级晚报（都市报）新闻奖一等奖、《扬子晚报》好新闻一等奖

二十三、通讯《感天动地一个吻》

2001 年 12 月 21 日

中国晚报新闻奖特稿（特等）奖、《扬子晚报》好新闻一等奖

二十四、言论《中国结，挂起来》

2002 年 2 月 9 日

中国晚报新闻奖一等奖

二十五、系列报道“老汉街头遭骂”

2002 年 3 月 20 日首发

中国新闻奖二等奖、《扬子晚报》好新闻一等奖

二十六、言论《感悟核心竞争力》

2002 年 6 月 4 日

《扬子晚报》好新闻一等奖

二十七、通讯《6 万海里牵“神五”》

2003 年 12 月 14 日

全国省级晚报（都市报）新闻奖一等奖

二十八、系列言论“满怀喜悦迎新春”

2004 年 1 月 24 日首发

《杨子晚报》好新闻一等奖

二十九、系列报道“走进薛元龙的精神世界”

2004 年 11 月 9 日首发

江苏省报纸优秀作品一等奖、《扬子晚报》好新闻一等奖

三十、通讯《“不能顶天，我也要立地”》

2004 年 11 月 9 日

中国晚报新闻奖特稿（特等）奖、全国省级晚报（都市报）新闻奖一等奖、江苏省优秀教育新闻一等奖

三十一、系列报道“勇救学生献身的英雄女教师殷雪梅”

2005 年 9 月 10 日首发

江苏省报纸优秀作品一等奖